My World Literature Map

我的世界文学地图

寇挥——著

北京出版集团公司
北京十月文艺出版社

目录

Contents

第一部分

一

想到这个题目时，我十分兴奋，以致午觉都没有睡成。失眠了。关于世界文学，在1995年我做过一次梳理，那时基本是20世纪的世界文学，虽说也捎带上了古希腊、古罗马、中世纪、文艺复兴时期、17世纪、18世纪，还有部分19世纪的世界文学，但主体绝对是20世纪的。那毕竟是二十一年前了，我的阅读范围还不够广阔，对于某些作家，不过是读了他一两本书。后来我逐渐扩大阅读的范围，从两三本到了四五本，我选择的重要作家，就会把他所有的作品读完。即使还有剩余，毕竟很少了。那时我写了一篇有五千字的文章，把我当时阅读过的作家都谈到了。那篇文章没有发表，但有几位老师看了，还是受到了震惊。第一个看那篇文章的是已经仙逝的李若冰先生，当时他给还在陕南上班的我写了一封信。因为那封信，我的文学信念更加坚定了。

前几天我终于把雨果的《海上劳工》读完了。他的五部长篇，这是我放在最后一部读完的，就是说我读完了他所有的长篇小说。过了两天，我陡然有一种豁亮感，好像混沌世界澄明起来了，天地分隔开了，神话里的盘古那样成了巨人，我对全世界的文学、全人类的文学有了一种整体感，有了透亮精确的认识。这团掩盖天地的大雾终于散去，我阅读的历程迎来了灿烂的光明。当我开始阅读世界上的第一部文学经典时，我就像盲人摸象，摸到哪儿都认为是象，其实那只是它的一个局部，一个很小的部分。而现在的我仿佛是这个盲人把大象全身触摸遍了，心里有了大象的整体轮廓形象、整个的认识，他知道大象的头是什么样了，在什么位置；或者说这个盲人摸遍了大象的全身之后，他突然复明了，恢复了视力，把眼前的象看得清清楚楚了，这就是我今天对全世界全人类文学的感觉。大雾散去，视野开阔，远山近野尽收眼底。我现在还奇怪的是，这种感觉为什么是在我阅读完了雨果的《海上劳工》之后来到的呢？而不是在阅读完了他的其他几部长篇《悲惨世界》《巴黎圣母院》《九三年》《笑面人》之后呢？这可能源于我对于这部长篇的重视。在我没有阅读他的任何一部长篇的时候，我就把这部小说作为一定要阅读的长篇买下了，虽然一直没有读，但心里一直对它是念念不忘的。它确实是描写大海的杰作，一个人与大海，雨果可以写出精彩的十万字，没有任何其他人物，就是吉利亚特与大海。海明威写出了五万字，梅尔维尔写的是一船人，整个捕鲸船与大海与大鲸的较量。在没有阅读《海上劳工》之前，我怎么会知道在1866年之前，雨果就在这方面，在描写大海大自然方面显示了他人无法超越的天才呢?

我要谈些什么呢?是全世界全人类的文学，主要是小说、戏剧和史诗。我首先要树立一个制高点，一个标杆，一个夜空里的海上灯塔。有了这样的灯塔，才会照亮全世界的文学。这样的灯塔便是《悲惨世界》和《白鲸》。我认为在全世界全人类的文学中，这两部作品是最伟大最崇高的，这是所有的文学都无法企及的。我定的标准是：作品整体感觉上应该是伟大，崇高，大爱极善，应该是神秘，形而上，强大的象征力量，来源于终极，回归到终极，人类与宇宙的神秘纽带就是由这样的作品织起来的。上面说的两部作品都做到了。一个基督化身的苦役犯，或者说上帝能够把任何一个普通的人点化为他的代表，替天行道，冉阿让就是这样的化身。他是苦役犯，可通过努力把一个妓女的女儿提升到了天堂世界里，一个灰姑娘成了男爵夫人。我要补充的是，伟大崇高的作品还应该具备童话性，神话性也是可以的，当然童话性更能使作品鲜嫩绚烂，色彩犹如彩虹，《悲惨世界》就有这样的童话光彩。这个受苦的人，这个坐了几十年牢狱的苦役犯，他为一个妓女的女儿铸造一座天堂，他用他的智慧创造了大量的财富，还从法国的街垒战中把与妓女的女儿相爱的奄奄一息的男爵的儿子救了回来。他不但为妓女的女儿打造了一个物质的伊甸园，还从她的身体里取了一根肋骨，为她制造了一个英俊潇洒的亚当。他的极善大爱行为使一直追捕他的国家冷酷机器化身的沙威受到了致命的冲击，他所坚守的国家法律崩溃了，他个人的精神也同样分崩离析，结果是跳水自尽了。这是一个人对一个国家的胜利，他用他的大爱战胜了国家。

这篇文字将会相当地长，还是慢慢写吧。

这部世界头号小说里，钱是个很重要的介质。苦役犯出了牢狱之后，获得了主教大人的银器，到海滨城市成了企业家。在监狱里苦役犯们创造了制造代用宝石的方法，他把那样的方法带到了海滨，使海滨城市的经济腾飞。他成了市长。他有了大量的金钱。财富能够帮他完成最大的梦想，把他自己塑造成了圣徒，也把妓女的女儿培育成了幸福的主人。与雨果同时出生于1802年的大仲马于1846年完成的《基督山伯爵》中重要的小说工具也是金钱财富，可这样的介质在大仲马那里只能变成通俗小说的利器，完成非崇高的复仇。人物心中若是有大爱极善就不会有复仇这样的故事。在巴尔扎克的《高老头》中，伏脱冷要用金钱把拉斯蒂涅培养成上流人士。狄更斯于1861年出版的《孤星血泪》，也是一个苦刑犯用他在澳大利亚创造的巨大财富把年轻人匹普供养成上流人的故事。但这些作品都远逊于《悲惨世界》。

我认为全世界全人类文学第二大标杆、第二座高峰是赫尔曼·梅尔维尔的《白鲸》。这部五十多万字的长篇小说，我在上个世纪90年代初就激动兴奋地攻读过了。阅读完它之后，我产生了创作十万字长篇小说《捕杀“大记忆”》的构思，并在1994年春天就把它完成了。我的这部小说虽然在文字细节上不够精彩，但它的宏大的构思本身就是一半的成功，我今天依旧认为它绝对是一部大气量的作品。阅读《白鲸》的起因是一个比我大十多岁的朋友的引导，这位朋友叫爱琴海，他是一个具有奇谲天才的诗人、画家、哲学家、小说家。他一人兼有四个领域的身份，其精神的旺盛和体力的坚强非一般人所能够匹敌。在人生的幼年时期，特别是在获取知识的幼年时，有一个年长的智者给予启发引导，这是人生的机缘与幸运。他建议我阅读《白鲸》，读完之后，我想起了童年时大人讲过的传说，说是大地下面有一个其长度可以跨州过县、其粗壮如窑洞山谷那样的巨蟒，它一翻身就会造成大地震。这样的幼年记忆与梅尔维尔的巨型想象造就了我的新奇构思，这个构思是我在公交车上时突然涌现出来的。我坐车前往十五公里之外的汉中城，当时我在一个叫褒河的小镇上工作。下车之后，我步行到了东门桥，到了这位老朋友家里，由于兴奋就把刚刚诞生的构思讲给他听了。他也十分激动，在他正在完善修改的长篇纪实文学《太阳雪》里写了二三百字，专门把我的构思讲述了一番，并提到了我的真名。他把他的《世界灾难史》送给我，叫我阅读里面有关世界上发生的大地震的资料，全力支持我把这个构思变成小说，也就是《捕杀“大记忆”》。我仓促上阵，准备显然不足，但还是写了十万字。我曾经到汉中市图书馆查阅有关地震的资料，复印出了许多世界地震资料。那上面是按年月前后编排的世界地震次数，我本来打算就按照那上面的年月与地震情况，专门写一部“大记忆”在大地之下的游历行程史诗，最终没有写，也就放下了。

还是说《白鲸》这部伟大著作吧。它面对了神秘，无边无际的神秘，神秘力量来自于人类不能认识的远方或者深处的一切，这头叫莫比·迪克的庞然大物无疑来自于远方和深处的神秘，它代表的不是它自己，它代表了所有的远方和深处，与它斗争就意味着与神秘世界开战。这个叫亚哈的船长带领着一船亡命徒在大洋里寻找和追赶着神秘世界的化身莫比·迪克。这头白鲸多年前咬去了亚哈船长一条腿，他是真的要复仇吗？似乎没有那么简单。他应该是小说里第一个与神秘世界遭遇上的人，于是他召集了一船水手，带领着他们去寻找神秘。他倒不是非要报仇雪恨，他是要向神秘挑战，认识一下主宰光明世界的黑暗和神秘，也就是向神明挑战，妄想打通人与神的世界。结果是，神秘世界的使者白鲸就在大洋的某处等着他们，一场大战爆发了，结果是一战俱亡。只有一个叫以实玛利的船员被神秘世界放了回来，向人类回忆了这个故事。《白鲸》象征意义深远而宏大，意义延伸扩大到任何一个人类事件中去，干脆就是人类未来命运的大寓言和巨预言。我记得看过一个简略的述评，谈到一个悖论问题，捕鲸船是资本经济金钱财富的人类大社会，白鲸也是资本，这艘船杀死了白鲸，白鲸反过来毁了这艘船。我的记忆不是那么准确，模糊感觉好像不是这么说的，原文的真正意思我没有能力复原了。要说捕鲸船是科技也未尝不可，白鲸是科技的终极目标，结果是到达目的地，也就意味着死亡与终结。到那份儿上，什么也不会有了，人类与神明都会消失，只余下茫茫太空。亚哈是《圣经·旧约》里一个国王的名字，他来自《圣经》，来自于人类的初始时期，去往人类的未来世界。这部作品浓缩了人类的过去、现在和未来，用象征手法处理了人类的过去，也指出了人类的未来归宿。这部长篇与《悲惨世界》一样是人类文学的双峰，同样的高度，同样的广度和深度。

二

泪水，这就是我想起法国文学时瞬间产生的两个字。这似乎并不是我对法国文学的总结，而是我对她的感情。半生坎坷，最能表达我的心的便是对于法国文学的阅读回忆。法国文学似乎就一直浸泡在我的泪水里，那白色的结晶，那盐——不知是我从法国文学中吸收来的，还是从我的身体里来的，两者相混，已经很难分清彼此了。

我曾经有一个阶段对法国20世纪的龚古尔获奖作品微词颇多，而对英国的布克奖大加赞赏，这在当时也许是对的，现在看来，那时的我实在是还处于低级阶段，还不能够认识全世界全人类的文学，只是站在局部，以局部评判局部而已。今天我猛然发现整个英国文学史除了一个莎士比亚外，居然再没有一个可以称道的文学大家，而在法兰西却有可以称得上伟大的三位大师，他们分别是：司汤达、巴尔扎克和雨果。这三位巨人全是法国19世纪的。我在二十岁时就读了《红与黑》，可读《帕尔马修道院》时已经年近半百了。本来我对司汤达这样一位法国19世纪的作家很不放在心上，他1783年出生，死于1842年，他的《红与黑》出版于1830年，《帕尔马修道院》成书于1839年。可当我阅读完了

《帕尔马修道院》后，对一个文学朋友说，我曾经认为法国文学只须读巴尔扎克和雨果两个人就行了，可我现在认为他们两个也不需要读，只须读一个人，这个人就是司汤达。我当时对《帕尔马修道院》是如此看重啊！今天看来，这无疑是过分了。司汤达大雨果十九岁，大巴尔扎克十六岁，是这两位的朋友与导师。这位大师引导影响了两位世界大师，这师生三人算是占尽了世界上所有的风光。他们生活在同一个时代，为人类贡献的精神食粮都是顶峰级的。对于司汤达的《红与白》我不便评价，我通过淘宝网购买到了复印本，上下两册，适当的时候我会阅读。巴尔扎克的《人间喜剧》近百部小说作品，包括他的戏剧作品《投机商》等等，我一部不落地读完了。尽管有的读的是简写本，可一点儿也不影响我领略它们的杰出与伟大——只能是这样的情况：要说读简写本有问题的话，那么它的问题是较少或者较多地遗漏了它本身包含的优秀与杰出，而不是相反。我觉得最值得向大家推荐的是一个中篇：《永别》。对于《永别》，我专门有一篇文章进行解析，其中对于别列津纳河战役的复制手法，我是推崇备至。后来我想到英国18世纪有着“文坛坏孩子”之称的劳伦斯·斯特恩的《项狄传》，其中托庇叔叔在他家的后院里复制了战场，他没黑没白地在那小型复制的战场上冲杀，滑稽有趣，令人开怀。巴尔扎克与斯特恩存在学习与继承的关系，这是毫无疑义的。全人类的文学从它在神话时代诞生的那一天就被不断地继承发展着，人类用无数代人的智慧共同发展着他们的文学，一直往深处走，往高处迈进，我想在这个过程中一定会产生一部现代的人根本无法想象的作品，这部作品将会包括所有的作品。巴尔扎克的长篇《搅水女人》《贝姨》《欧也妮·葛朗台》《绝对之探求》等等都是值得深读细读的。他的短篇《萨拉金》《沙漠里的爱情》同样不可小视。在法国，在人类的19世纪，最伟大的作家应该是雨果了。我选的全世界全人类的两部伟大小说他就占了一部。他的五部长篇小说应该一部一部读到最后一个字。我最初读的是他的《九三年》。我这样说是因为我把十六七岁时阅读的《笑面人》不算数了。智力不到、理解力不够的阅读，不但是白白浪费工夫，还会最大限度地糟蹋伟大的作品。

在法国，我只选了这三个作家，全是19世纪的。拿破仑出生于1769年，于1821年去世。这三位伟大作家的人生与这位历史巨人的生平有着不容忽视的交织。伟大自由的时代会诞生自由思想的伟大作家。这样看来，自由的梦想和理念与伟大作品的关系几乎就是鸡与蛋的关系，没有自由的信念，就不可能有伟大的作品。谁要怀疑这个定理，是不会为人类的文学做出巨大的贡献的。出生于1810年的缪塞五岁时与他年轻貌美的母亲于1815年的黄昏一齐为拿破仑滑铁卢大败哭泣。这母子两人哭泣的不是拿破仑，而是为自由的失败而哭。自由之梦对于一个不愿做奴隶的人是何等重要。一个甘愿当奴隶的人，当奴才的人，还是趁早放下你的笔吧，难道奴才的思想用得着书写吗？

梳理法国古今文学，在文艺复兴时期的拉伯雷是值得研读的。他出生于1495年，死于1553年。他的不朽名著《巨人传》里的自由精神多么昂扬，探索世界及人的奥秘，说后来的梅尔维尔受到他的影响不是没有根据的。把《白鲸》和《巨人传》进行对比研究，你会发现后者继承了许多前者，前者不可估量地影响了后者。高乃依、拉辛、莫里哀三位古典主义文学骑士并不在我开列的全世界全人类文学大家的行列，但你不能不读它们。拉辛的戏剧我是读完了的，莫里哀的戏剧也读完了。法国启蒙主义时期，伏尔泰的小说、狄德罗的小说、孟德斯鸠的小说、卢梭的小说一部也没有进入伟大的范畴，他们也没有一个进入我的选择。

我记忆中，法国文学中雨果之后的一些作家，是像福楼拜、莫泊桑、左拉这些代表性的作家。有评论家说福楼拜使小说有了现代性，以此肯定他对文学的贡献并给予他崇高的地位。我在这里要说的是，难道作者从叙事中退出来，就是为小说做了巨大贡献吗？这算什么本事啊！你可以调查一下，现在写作的哪一个不会这样写？不过是人人都一学就会的一个小窍门而已。伟大的品质是学不会的，更不是人人都能学到手的廉价玩意儿。

有人可能对于我上面说的话觉得莫名其妙，这是有原因的。我应该把我在另外一篇文章中开列的我认为的全世界全人类的十六位杰出作家的姓名写在这里——

荷马、索福克勒斯、但丁、拉伯雷、塞万提斯、莎士比亚、司汤达、巴尔扎克、雨果、梅尔维尔、陀思妥耶夫斯基、乔伊斯、卡夫卡、布尔加科夫、福克纳、卡彭铁尔。似乎还应该把列夫·托尔斯泰加上。加上他实在勉强，我不放他一马，可能会遭到众多人的诅咒。他的《战争与和平》说老实话，是一部并不十分优秀的平庸之作。尽管这巨著中有许多读过后会留下深刻记忆的地方，我对它的评价还是不高。里面的进展性战争结构取的是历史的自然进程，可其中的人物情感结构实在不足为训。安德烈公爵的娇小的妻子由于生育而亡，他开始追求娜塔莎，娜塔莎在他给她规定的一年订婚期内被皮埃尔的妻子海伦的哥哥罗纳托尔打动了春心，在她与罗纳托尔私奔的行动中，被外来力量强力阻止，天下传闻，导致娜塔莎喝砒霜自杀，后来又被抢救了过来。至于娜塔莎的哥哥罗斯托夫这个沙皇的忠实崇拜者，一个愚蠢的忠诚沙皇的世袭贵族，他与安德烈的妹妹玛丽亚公爵小姐的婚姻，没有什么文学成分可言。皮埃尔在妻子海伦不幸暴毙之后——安德烈公爵也在战场上中了拿破仑军队的炮弹受了重伤，在撤退途中路经莫斯科与娜塔莎相遇，娜塔莎照顾重伤中的安德烈直到其命归黄泉——一个男子与一个女子婚姻中的另外一方都自然死亡，计划中的障碍也随之消除，他们终于走到了一起。按照列夫·托尔斯泰的说法是，他们寻觅到了幸福。这样的情感结构要不是有个广阔的法俄战争作为人物存在的大环境，简直就是一部烂情感戏，俗气而没有才情。皮埃尔独自一人到战场上去寻找生命的意义，或者说去解脱妻子海伦对他的蔑视所造成的内心痛苦，他的战场独行的段落倒是很值得一看的文字，特别是他在波多底诺战役中的如梦幻一般的实地探究，还有莫斯科撤退的情景都是不容低估的优秀文字。安德烈受了重伤后对于星空与死亡的感受与思考，也是十分漂亮的段落。问题是总体或者说主体结构无法令我这样的阅读者佩服与满意。世界上以某个历史进程、以战争进程为小说人物命运进程的结构的小说太多了，这样的结构几乎不用思考，拿来用就成了，这不是小说的智慧，而是小说家平庸的表现。世界杰出作家的名单中，还有必要把尤金·奥尼尔加上，他的戏剧成就是不容忽视的。

有人一定会质问我，你有什么资格说《悲惨世界》与《白鲸》是全世界全人类文学的两座高峰，凭什么选出那十六七位世界级作家，我的回答是，凭着我对世界文学近三十年的阅读。

对于法国的浪漫主义文学我还得做一些补充的看法。雨果年轻的时候十分崇拜夏多布里昂，立志将来要成为夏多布里昂第二。夏多布里昂的作品我接触得相当晚，去年读了他的《阿达拉》《勒内》，感觉都是一些小制作。夏多布里昂与后来顶峰期的法国浪漫主义文学领袖人物的雨果、也是他的崇拜者的作品相比，我有一个发现，像《阿达拉》《勒内》这样的小说，只注重了它的情感结构，也就是男女恋人的爱情冲突与危险处境，而没有把男女主人公的爱情磨难放到广阔的社会变革或者战争的大背景中去，这样的情感结构就显得单薄，也不太可能创作成长篇巨著。浪漫与想象力关系紧密，从拉伯雷的《巨人传》，这个源头就向世界宣泄开了，一路流淌下来，溪流变为大江大河，进而成为广阔的无边无际的海洋。这里有拉马丁、维尼、巴尔扎克、欧仁·苏、大仲马、缪塞等等，雨果似乎是所有的水的总和。在拉伯雷之后、雨果之前，还有普雷沃神父的《曼侬·雷斯戈》、贝纳丹·德·圣比埃的《保尔与薇吉妮》，这两部以情感结构为主体的小说我都是今年春天才补读的。书籍是我多年前买的，但都把它们放到以前居住的地方了，读前只好通过淘宝网重新购买。这两部小说当然在法国浪漫主义文学中起到了嬗进作用，但它们自身都不杰出，更谈不上伟大。不过，能够充当阶梯，无疑也是非凡的荣耀。

20世纪法国更是文学的浩瀚海洋，可没有一部可以称为伟大崇高的作品。文学流派林立，意识流、超现实主义、存在主义、荒诞派戏剧、新历史主义小说、新小说派小说、新寓言派小说，普鲁斯特、布勒东、萨特、加缪、贝克特、尤奈斯库、尤瑟纳尔、罗伯-格里耶、克洛德·西蒙、勒克莱齐奥、莫迪亚诺，还有纪德和莫里亚克浪漫主义文学的继承者，这些20世纪的辛勤劳作者，文学园地的农夫，他们的体量都过于狭小，他们的精神也过于萎缩，他们倒是玩弄出了非凡的智慧火花，可他们的作品距离伟大崇高越来越远，他们像被阉割了精神，缺乏神明烛照，色彩灰暗，雾霾重重。萨特算是他们里面的佼佼者，可他的《恶心》等一系列小说和《禁闭》等戏剧作品，除了《阿尔托纳的囚徒》还可以一读外，其他作品不值得重视。加缪更是没有什么作品值得称道。我年轻的时候曾经把加缪的《鼠疫》一遍又一遍地读，把他的《局外人》和他的很多中短篇小说也细加研究，没有想到今天我会下这样的结论。

我最早阅读的是罗伯-格里耶的《橡皮》。我沉浸到这部篇幅不算长的长篇小说中，读过至少三遍。读的遍数尽管不少，所收获的对于新小说的认识却十分微少。当时我有一中篇小说《沉睡》，就是学习这部小说的叙事手法写成的。这篇习作应该是写于1986年前后，在二十六年后发表在一个没有名气的地方刊物上，也算是对我当年的辛苦钻研的致敬。作者把弑父淫母的古老神话藏头露尾、蹑手蹑脚地安插进整个小说的进程之中，这是我当时最得意的发现。缓慢沉静的叙事节奏，使那些速读快读的读者掉进陷阱，滑入迷宫，不知东南西北。慢慢地用你的心去读它，感受它沉缓的情调的确是一种享受。至于小说中使用的橡皮，把关键的节点擦掉，使读者的路径断裂，这种方法我觉得是一种机械技术性的，是一学就会的，不是天才的创造，不必惊讶。我的《沉睡》把卡夫卡的《城堡》与罗伯-格里耶的《橡皮》结合起来，把环境变成我所生活的汉中小城市，这样一个中篇，还是大体集中了我二十三四岁时的智慧。后来我在修改这个中篇时，又在城堡中心放置了一具棺材，于是便创造了有别于卡夫卡 “城堡”的“城堡之墓” 。《嫉妒》是我最爱的罗伯-格里耶的小说，我曾经把它像念经一样阅读，它的沉缓凝慢的叙述句子，音乐旋律一般能够治愈阅读者的忧伤。沉浸到它的语言中，心灵的抚慰浓郁醇厚。《橡皮》里深藏了古老的希腊神话，《嫉妒》的结构更是把希腊神话的钢铁重新填进熔炉，重新熔化，重新铸造。关押弥诺陶洛斯牛怪的迷宫，或者说弥诺斯王为他的王后与海神派来的牛结合所生的儿子建造的一座天堂式的宫殿，便是这样一座迷宫。自始至终没有露面的主角，只有他的视角观察着一切。作品所呈现的事物全是主角的视角镜头。他对于他的妻子的忌妒全在他的视角里呈现。视角对于眼前事物的选择，无疑也是作家的主观选择，重复出现的景象其实便完成了象征的功能。重复出现的事物就是象征，就有了特别的内涵。这位隐去身体、只有视角的丈夫其实是一位不动声色的国王，他统治着这个小小的国度，他的臣民是他的妻子和他的朋友，还有他的妻子的朋友。这么说，曾经备有威势的王国已经式微成一个小小的家庭，他只好以夫妻这样的婚姻合同关系维系他的统治。有统治就会有忌妒，深深的忌妒，致命的垂死的忌妒。假如主角还有国王的威权，他的口腔是法庭，他的话语是法律，他就完全可能会把他的朋友和他出轨的妻子送上断头台。中国王朝出现过宫女快要把皇帝勒死的事件，参与者全部被凌迟处死，《嫉妒》的主角恐怕也有着这样一颗没底的心。这部十万字的长篇小说仿佛写尽了人类的结构，统治与被统治，从最大的帝国到最小的家庭概莫能外。国家无限分解下去，唯一的存在是一个个小小的家庭，人类走到了这一步，到了最小的时代，他们的内心却还是痛苦的，是怀有致命忌妒的。内心虽小，痛苦的能量不容低估，一座火山也未必能与之相比。是什么给予主角这样的权利呢？是爱情吗？这似乎是人类永远不可解脱的宿命。像《海滩》那样一个短篇，分析起来，也需要很大的篇幅，还有《密室》《归途》，都是我曾经痴迷不已的名篇。

提起新小说派的克洛德·西蒙，我不能不想起一个曾经在一起浴血奋斗了近十个年头的文学朋友。我另外买了一本《弗兰德公路》，到他所在的村庄去，把书送给他。他说这比娶了一个新老婆还要叫他兴奋。我们曾经在一起攻读法国新小说，翻越的最高的大山便是西蒙。这位种葡萄的法国作家曾经是我那位朋友的榜样。你想想一个三十多岁的农民，怀着征服法国新小说的梦，他所付出的是血是泪，想起这样的壮举，我能不垂泪吗？上个世纪90年代，这位朋友由于对法国文学的热爱，陷入了空前的穷困之中。他写的那篇《太阳落山的地方》对我的心的触动至今还在。但这位朋友不得不在90年代末期放弃了文学创作，放弃了文学梦。戏剧性的是，二十多年后——去年冬天我去他居住的村庄看他，他已经有了三层别墅，经济彻底翻身了。又过半年，他打来电话约我去他家。叫我没有想到的是，他说他已经计划好了，重返江湖。我一听就心碎了。我没有流泪，那是因为场所不合适。这就是叫我无法不垂泪的法国新小说啊！

《弗兰德公路》中的情爱忌妒故事，古老而没有新意。骑兵队长雷谢克因为美丽的妻子与他的赛马骑师依格莱兹亚在马棚里有私情，而甘愿在第二次世界大战的公路上，高举祖先遗留下来的战刀，把自己暴露给德国人，以这种方式自杀了。小说的内核基本是这样的，把这样的核心故事放置到万马奔腾的弗兰德战场上，欧洲战争旋涡的中心地带，西蒙用他诗一样的语言，油画一样的画面，把这诗画结合的文字战马集合成为巨浪巨流，《圣经》中的大洪水一样奔腾，壮阔的气势，奔流的力量，把阅读者一起拖向银河的深处。西蒙是在写画，用文字把画面描绘出来，工笔画，精雕细刻，一姿一势莫不具有雕塑的效果。在战斗的间歇，在马上，在公路上，在农家马棚里，在雾气飘飞的存放干草的农家院落里，在农家少女的朦胧影像下，小说中的佐治一直在向他战场上的朋友与伴侣布吕姆讲述他的亲戚雷谢克家族的古老故事。这个讲述人所讲述的一切是可疑的，不确定的。后来布吕姆也变成了雷谢克家族故事的讲述者，他更多的是想象，是虚构，帮佐治解决了很多不能自圆其说的悬疑。这部小说的元小说手法是很值得研究和学习的。小说中的人物在制造故事，好像作家已经远去，把小说创作交给了小说中的人物。你能相信小说中的人物所讲述的一切吗？美国小说家威廉·福克纳的《押沙龙，押沙龙！》应该是这部小说的样本，西蒙对于前人的创造性学习借鉴本身就是值得褒奖和效法的。对于《农事诗》的阅读，显然就没有了阅读《弗兰德公路》时的兴奋与快乐感了。

娜塔莉·萨洛特的《金果》是在我对法国新小说热爱了许多年之后才翻译过来的，虽然热情减了大半，还是利用余温完成了阅读之梦。整个小说建立在对于一部并不存在的叫《金果》的小说的论说与介绍当中，仅仅这样一个构架就给予我这样的阅读者当头一棒，叫我清醒小说的生命在于创新。玛格丽特·杜拉斯也是新小说派的主将之一，她的一个叫《广场》的中篇曾经让我迷恋不已。《情人》是变化之后的新小说，畅销是必然的。

马塞尔·普鲁斯特是意识流的发明者之一，他的《追忆流水年华》与詹姆斯·乔伊斯的小说区别十分明显。我感觉他与英国的弗吉尼亚·伍尔夫比较接近。我对于这部长篇小说的阅读跨越了近三十年。自从心目中留下了意识流小说的深刻印痕之后，我就惦记着所有的意识流经典。上个世纪90年代初这部长篇刚一出版，我就邮购了。之前我反复读过选本《斯万之恋》。我读了第一卷《在斯万家那边》之后，就放下了。缺乏兴奋点，叙事没有什么变化，老是一种模式。但是，去年冬天，我终于下决心把这部名著读完了。在这里我主要谈谈《女囚》《女逃亡者》。这里的主角是马赛尔和阿尔贝蒂娜，马赛尔对阿尔贝蒂娜非常忌妒，痛断肝肠的忌妒。由于他的忌妒，阿尔贝蒂娜无法再忍受下去了，于是不辞而别。马赛尔在她逃亡之后，并不亲自去找她，而是派别人去，自己则完全沉陷进对她猜想的焦虑之中。尤其是当他收到阿尔贝蒂娜的姨妈发来的电报，得知她因骑马撞树而亡，他并没有出发前往她的葬身之地，而是独自一个人待在一个封闭的房间里，忍受悲伤，忍受难以遏制的对于她的思念与想象。这样一种单一的情绪所形成的文字哀婉而忧伤，倾泻千里，长达十余万字。这确实是小说的奇迹，是普鲁斯特创造的文学奇迹。这部小说阅读起来，节奏缓慢，情调感伤，能够抚慰一颗受伤的心灵。

荒诞派戏剧产生于上个世纪50年代的法国，主将有塞缪尔·贝克特、尤奈斯库、让·热奈。我曾经对荒诞派戏剧十分痴迷，把《等待戈多》《犀牛》《阳台》作为学习的典范。塞缪尔·贝克特于1969年以法国人的身份摘取诺贝尔文学奖的桂冠，他也是位重要的新小说家，小说作品队伍庞大，读完它们是十分艰难的。《莫洛伊》《马龙之死》和《无名的人》阅读之后，受到的启发不是太大。贝克特采用前者在寻找前者、后者在寻找前者的结构，把整个大地变成了迷宫，把寻找之路变成了阿里阿德涅之线。通篇是碎片化的内心独白，阅读历程十分枯燥。尤奈斯库有一部长篇小说叫《孤独的人》，也是一部了不起的作品。这些戏剧家的成就主要表现在戏剧方面，小说对他们来说是次一等的。让·热奈的《阳台》中，不同的人扮演他们梦想中的角色，面具成了十分重要的东西，这与尤金·奥尼尔的《大神布朗》有异曲同工之妙。让·热奈的长篇小说《鲜花圣母》中的神话元素，使小说显得非同凡响。坐牢的人被鲜花圣母救出牢狱，这样的事似乎只能发生于梦里，但现实真的如此，这就是魔幻现实主义文学的手法了。

新寓言小说是上个世纪70年代法国的重要文学流派，前后有勒克莱齐奥、帕特里克·莫迪亚诺分别于2008和2014年获得诺贝尔文学奖。一个小小的文学流派能有两个人斩获世界第一文学大奖，这说明世界对于这个流派的文学价值的重视。勒克莱齐奥总共有近三十部长篇小说，《沙漠》是他的一个高峰。《流浪的星星》《乌拉尼亚》《金鱼》写得比较轻浅，与儿童文学靠得太近，重量不足。

水泥、玻璃、钢铁的混合交响——这就是我反复研读勒克莱齐奥的《战争》之后的心灵留痕。重读这部将近二十万字的小说，缘由是勒克莱齐奥先生出席云南某国际文学活动，恰好又在古城西安这个地界上，我去聆听了他的题为《播种》的专题演讲。我在接触法国20世纪的文学时，自然是不能不被其70年代的新寓言派的小说常常纠缠。我读米歇尔·图尼埃尔的《桤木王》《礼拜五或太平洋上的虚幻境》，朱利安·格拉克的《沙岸》《半岛》，帕特里克·莫迪亚诺的《星形广场》《寻我记·魔圈》（后译为《环城大道》和《暗店街》），尤瑟纳尔的《熔炼》《梦幻中的罗马古币》《哈德良回忆录》等新寓言派的主将们的作品，就无法把勒克莱齐奥绕开。但我对他二十三岁时写的《诉讼笔录》一直喜欢不起来。上个世纪90年代我没有买到《战争》，但2001年，在汉中新华书店顶楼的旧书特价大厅看到了摆在架子上专供借阅的这样一本书。我花了五十块钱办了借阅手续，还另外借了一本什么小说。这两本书我没有还，那押金就算是买书的钱吧。当时我读了一遍，乱糟糟的，过了十七年，居然一点儿印象都没有留下。我心里留下了一个疑问——书的封面上有这样的文字：法国当代文学名著·新寓言小说代表作。我真的理解不了。新寓言小说的代表作，怎么一不见小说，二更不见寓言呢？新？就因为这个新字，小说与寓言——一切都变了吗？不管怎么说，其他新寓言小说家的小说还是有脉络可循的。后来见到了这位作家的《乌拉尼亚》，不长的小长篇，读了，觉得其所描述的因交通事故而诞生的一个路边乌托邦小社会这样的构思没有什么新颖之处，是世界上的其他作家早就试验过的，由此我看出这位作家的平庸，缺乏惊世的天才创造性。没有料到的是，他在2008年获得了诺贝尔文学奖。他再一次引起了我的重视。我虽然不喜欢他的小说，也不看重，可我还是随着中国翻译界对他的小说的一步步翻译而深入了解他，阅读他。我手头没有他的《沙漠的女儿》，就到陕西省图书馆去借了，读了。这部小说写游牧部落首领玛·埃尔·阿依尼纳，这位老人带领着部落在茫茫大沙漠里迁移，殖民者的军队在追赶他们，这支迁徙的部落在大沙漠里的行程带有史诗的悲壮性，还有大漠的残酷环境和壮丽风光——这使我对这位作家赞赏起来了，逢到文友聚会，就会谈到这部小说的壮烈。小说中另外一个主角是移民到欧洲内陆法国的拉拉，这位年轻的姑娘在给人家当保姆，过着奴隶一样的日子。

勒克莱齐奥的小说不断翻译成中文，有二十多本，我从当当网上一次把它们全买了。《沙漠的女儿》一书还给了图书馆，因为有新出的版本，厚厚的，沉甸甸的。还有《巨人》。有个乾县的老朋友叫卢敏，他带了两本勒克莱齐奥的书，想叫他签名。我们在西安君乐城堡酒店大厅里把另外一个外国人误认为是勒克莱齐奥了，那人拿出了他的护照，说明他是另外一个人。虽然闹了笑话，我还是觉得挺有意思的，这毕竟是我第一次这么勇敢地与一位法国人交谈呢。后来，勒克莱齐奥演讲完了，吃饭的中途，我对卢敏说把笔准备好，让他签名，他绝对不会拒绝的。老朋友卢敏脸上笑容灿烂，他如愿以偿了。

我有两本《战争》，一本是通过那种押金的方式得到的，后一本是我在古旧书店淘来的，只花了五元钱吧。勒克莱齐奥的演讲时间是10月14日，之前的10月4日，英籍日裔的石黑一雄获得了2017年的诺贝尔文学奖。我从西安到汉中去，打算写我的长篇《陨童夜行》。写作状态来源于生活状态，一直没有好的状态，小说也就不太想写。我仿佛像个小偷一样居住在这个我从1983年一毕业就分配的工作单位的后院里，但怕遇到单位的书记和院长。他们给我办了借调手续，不发工资了，我倒是可以依靠省委、省政府出台的作家艺术家百优计划的资助金写作，但是心安不下来。我先是重看了石黑一雄的《长日留痕》，写了评论。这才重看这本《战争》。这一次我把这部小说看明白了。2013年我重读过帕维奇的《哈扎尔辞典》，当时觉得是把疑点谜团都解决了，但没有把阅读体会写出来，今天回想时，又什么都没有了，模糊一团。

勒克莱齐奥出版这部小说的时间是1970年，他刚刚三十岁。写作时间应该早于这个时间，他当时也就二十八九岁吧。这样一个年轻人写小说是靠激情的，小说经验并不多。这部小说明显受到了法国超现实主义小说布勒东的《娜嘉》的启发与影响，还受到了新小说派小说的影响，是两者的综合产物。《战争》中的Bea.B.，这个拿航空包的年轻姑娘应该说是《娜嘉》中的主角的另外一个版本，而这部长篇也可以说就是《娜嘉》的扩写版，还有波德莱尔的《恶之花》的转化成分。这个姑娘是小说进展的视角性人物，小说自始至终都用她的视角和心理，她的感受，她的思维。与她搭伴的是一个叫X.的男子。这个男子是个流浪汉，与《诉讼笔录》中的亚当·波洛属同一个祖宗。整个世界里，物质的世界里，一个女性一个男性，仿佛创世之初的夏娃和亚当。这叫我联想起瓦雷里的长诗《年轻的司命女神》。一个年轻女性的思维与感受，一条蛇，一个男人，创世神话的壮丽。战争是指欲望、物质膨胀，城市的膨胀生长扩大，一切发展都是战争。发展就是进攻占领，就是战争。词的繁殖也是战争。战争就是繁殖。战争无处不在。假如说这就是小说里的寓言，那么它就是寓言小说，是新寓言小说。从Bea.X.这个词可以看出这个物质战争时代的两个人物，一女一男，是结合成为一体了。这就相当于创世之初夏娃与亚当的结合。这里好像缺少一个重要的道具：蛇，魔鬼撒旦。那么，战争，物质的欲望，扩展，占领，膨胀，繁荣——这就是那条古老的换了新颜的蛇。这条蛇其实就是阴茎，是生殖柱棒。生殖就是战争，性交就是战争。这大概就是这部小说的寓意。

叫Bea.B.的这个年轻姑娘在《圣经》时代先知耶利米的认识里是巴比伦大淫妇，是大红龙，是女战神。“战争机制仍在她体内”，“我知道这个女人是战争之首的一种标记，就在我们自相残杀之际穿越沙场而来”，“听着，钢铁女人，将你那完美的机器停上一会儿，停止前进。一个词，只需你吐出一个词，也许战争就会停止。发出命令吧，你将在肌肉骨骼的龙卷风中升起，在你的光帆之中，你会是女王”。这个女人消失了，还会回来，死了，还会活，那个男人X.也会如此。这一女一男既然是人类两性的代表，除非人类绝种了，他们是不会消失掉的。他们代表了所有，过去的和未来的。最后他们进入了地下世界。“有人曾试图弄个明白。有一个人，有一天，想要知道战争是什么，怎样才会结束。有个人想要打碎玻璃，畅吸空气，想要喊出自己的词语，找寻到和平的空间。然后他消失了。看得到和平的人尚未存世，他们甚至还未曾被孕育。而我自己，我也实在说不准我是否已经诞生。”

危地马拉的米赫尔·阿斯图里亚斯说过，空气、土壤、河流与水泥、玻璃、钢铁以及塑料的区别在于，一个是大自然的，一个是人工的。他说他希望他的小说是空气、土壤和河流。人类会在自己的制造物里窒息掉的，会在这场永无止境的物质欲望战争里毁灭掉的，这样的人工制造物就是战争，而《战争》这部小说就是这种水泥、玻璃、钢铁、塑料的混合制造物。我尽管很不喜欢这样一个人工混合制造物，却不得不居住在水泥、玻璃和钢铁混合构建的楼房里，整天与塑料打交道。这就是《战争》给予我们的警示。

莫迪亚诺的《星形广场》中对于已经远去的纳粹暴行的恐惧，导致主人公在梦中被绞死在星形广场。这与哈恩伯德的《英雄广场》有同源性，意义也相近，虽然如此，却并不影响它们各自杰作的地位。《星形广场》中，现实中的我与思维中的我是两个并行不悖的我，现实中的我是根本，而意识中的我是能够随意滑行的，意识有多么快的速度，这个我就可以像意识一样抵达任何地方，比如可以一下子从巴黎跃到纽约。现实与意识分离为两个层面，意识层面附丽于现实层面之上。这种方法莫迪亚诺竟然在二十多岁时就能发挥应用自如，说明他的确是一个天才。

米歇尔·图尼埃尔虽然没有夺取诺贝尔文学奖，但比起前两位，我觉得他的文学价值似乎更高。《桤木王》是我深爱不渝的小说。一个法国青年受纳粹思想毒害，为纳粹学校寻找学生——这实际像是魔鬼的门徒为魔鬼去捕获可以奴役的灵魂一样。这位法国青年把年轻的孩子骗进学校，洗脑，叫他们充当纳粹的炮灰。这个思维本身具有不可估量的启发性，叫我们看透一切专制奴役的本质。《礼拜五或太平洋上的虚幻境》重写鲁滨孙的故事，把他写成朝相反的方向退化的典型，像猪一样在泥潭里打滚儿。朱利安·格拉克的《沙岸》几乎是对《伊利亚特》的翻转创新，意义不凡。

起源于爱伦·坡和波德莱尔的象征主义文学，早期有马拉美、魏尔伦、兰波。马拉美的《牧神的午后》虽然写的是潘神对爱神的追逐，写的是神话境界，我经过分析，觉得这样的杰作来自他的学校生活。他是英语老师，他的心理变成了潘神的心理，他的花枝招展的女学生们变成了爱神。把现实生活转化为远古神话，这首诗是一个典型的范例。后期象征主义有瓦雷里、里尔克、叶芝和艾略特。后三位诗人都不是法国人，我只就瓦雷里的诗歌谈一点儿感受。我多次反复细读《年轻的司命女神》，感觉这首长诗比他的《海滨墓园》要杰出，也要难懂得多。我从《年轻的司命女神》中分析出了人类最初的神话：蛇、亚当和夏娃，还有另外一个男人。这些人类原初的关系具有的是永恒的文学价值。《蛇灵诗草》有译为《一条蛇的草图》的，可以作为《年轻的司命女神》的补充解读。

焦虑、烦恼，无尽的折磨，这便是尤瑟纳尔的《梦幻中的罗马古币》这部中篇所给予我的阅读感受。多年前，读这部近十万字的作品，印象深刻，对其文学手法与深厚内涵备受震动，心想这是一部了不起的作品。事隔多年，也许是十年前吧，我再拿起它读时，已经不知其终了，完全像读一部新小说那样陌生，最可笑的是，很多地方弄不懂了。一是时间漫漶，二是这部小说的平面环境空间结构确实不是写给普通读者的。我来说说这部小说的内容吧。上一次阅读后，没有去写谈说的文章，所以才落了个上面所说的结果。记忆中除了它是不可放弃的、还应该再读的小说这样的警示之外，就没有什么了。

一个城市，罗马的平面环境之上，相当于一座舞台，时间用的是最少的时间，现在时，人物不少，他们分别活动于城市的不同地方，当然有交集，相遇，对话。戏剧几乎是对话构成的。这是一部小说化的戏。乔伊斯的《游动山崖》，《尤利西斯》的第十章，我的中篇小说《城市童话·虎外婆》就是这样的结构。围绕一个中心——刺杀独裁者的行动。小说故事发生在1933年的意大利罗马。当时的独裁者是墨索里尼。小说中没有明写。

在这座舞台上活动的是几家人。居里奥·罗维斯一家。丈夫居里奥·罗维斯，妻子居瑟帕，女儿乔瓦娜，残废外孙女咪咪。乔瓦娜的丈夫叫卡尔洛·斯蒂沃，三十二岁，是位作家，一位反独裁的有行动的革命派作家。他被独裁政权抓了，流放到了一个叫利帕里岛的荒岛上。他患有严重的肺病，是在流放的荒岛上自杀身亡的。居里奥是个卖化妆品的店老板，他曾经雇用了一个英国年轻女人，这个女人叫琼斯，她在罗马等从伦敦汇来的钱，其间在居里奥的化妆品店里打零工，没有上岗证，工资忒少，她似乎不在乎这些，与店老板有了感觉，导致居里奥的老婆居瑟帕到店内大闹，醋劲十足，发疯了一阵。

围绕卡尔洛·斯蒂沃这位被流放的反独裁作家，还有另外三家人。

堂·卢杰罗·迪·克莱多一家。他有两个女儿，一个是罗萨丽娅·迪·克莱多，她在小圣母教堂掌烛；一个叫安吉奥拉。安吉奥拉嫁给了富有的青年巴奥罗·法利那，又与歌剧团的一个男高音私奔了，后来成了电影明星安吉奥拉·菲戴丝。巴奥拉·法利那的情妇是个妓女，叫莉娜·齐亚丽，她患了乳癌。她有个二十岁的叫马西莫·伊阿科夫雷夫的男朋友。这个马西莫是个俄国人，与卡尔洛·斯蒂沃是同一个刺杀组织的。他是马塞拉的情人。马塞拉是这部小说的中心人物，是她完成了对独裁者的刺杀动作。她也是卡尔洛·斯蒂沃的情妇。她从事革命行动之前是个护士，她的丈夫是阿列桑德罗·萨特医生。马西莫把莉娜介绍给了萨特医生，中间的连线是马塞拉。她父亲是个无政府主义哲学家。堂·卢杰罗的妻子叫拉什勒。这一家来自西西里岛，在那儿有一个叫杰马拉的庄园。

医生萨特一家。

老画家克雷芒·卢克斯。

特拉帕尼公主，堂·卢杰罗家想把女儿嫁给公主的儿子。

她的儿子特拉帕尼小侯爵。

还有重要的卖花老太婆迪达一家。她有很多丈夫，其中一任丈夫是叫弗格图沃索的老园丁，还有一任丈夫是个酒鬼，叫卢卡。她的女儿有阿丽蒂娅、图利亚、马利亚、阿涅斯，儿子有纳尼、伊拉里奥；女婿奥瑞斯特·马利南兹是个水管工，十分特别的小说人物，深夜一直在巴尔波宫广场上修水管，极具象征意义。

电影院门口多情的顾客送给了卖花老太婆迪达十里拉罗马古币，迪达把古币施舍给了老画家克雷芒·卢克斯，老画家克雷芒·卢克斯在接受了迪达施舍的十里拉罗马古币之后，与送走了马塞拉的马西莫一直在广场上谈话，而不远处黑夜里的影子便是这个水管工马利南兹。克雷芒·卢克斯把古币扔进了广场上的喷水池，马利南兹又从水里把古币捞了起来。马利南兹是正在分娩生育的阿丽蒂娅的丈夫。

人物关系大致就是如此。他们之间的联系是无机的，没有故事，有的只是平面环境中进行的事件。这枚罗马古币具有的梦幻色彩，读者不是太好把握，它容易使人联想到古代罗马对独裁者恺撒的刺杀。今天的反独裁者完全不能与古代的反独裁英雄相比了，刺杀的武器已交到了女性手中。马塞拉事前就把刺杀行动明白告诉了丈夫萨特医生。这位医生过去也是反独裁组织的成员，他背叛了，成了告密者。马塞拉之所以要把刺杀行动告诉这个告密者，是为了折磨他的灵魂，他在如此的轻蔑侮辱之下，是不会去告密的，而且根本就不相信会有那样的行动。

环境或者舞台把无机的人物紧紧捆绑到了一块儿。人物之间认识与否，或者有无情感关系、姻缘关系、血统关系，倒一点儿也不重要，同在舞台上，这样的联系足够紧密了。

先读了我的这篇读后感，再去阅读小说，我相信你理解它就会变得容易多了。

法国情感结构小说的发端应该说是拉法耶特夫人的《克莱芙王妃》。读这部也就十万多字的小说，前前后后延续了有半个多月，读了两遍，第一遍比较粗疏，第二遍就细致多了。读后又放了十多天吧，想到再不就这部小说写出自己的感受和心得，就会忘了许多东西，想写的时候，还得再次温习，恐怕还是吃力不讨好的。这个夜晚才刚刚十点多几分，睡得早也不好，就把这篇文章完成了吧。有好多天没有触摸键盘了，这就像抽烟一样，是有瘾的。既然是瘾，就会有快感。闲话还是少说吧。

读了《克莱芙王妃》，我才明白法国情感结构小说的发展脉络和走向，到20世纪出现《追忆似水年华》这样的小说是自然发展的结果，是小说历史的必然。后者写了马塞尔这个年轻人的绝望忌妒，以及对阿尔贝蒂娜的爱的忌妒，而早在17世纪，拉法耶特夫人的《克莱芙王妃》就已经把人间爱的忌妒写到巅峰状态了。克莱芙亲王因为忌妒而亡，病逝前还怕妻子与她爱的德·内穆尔公爵结合，便立了遗言，在他死后，妻子进修道院，绝了人间欲望，也使爱她的德·内穆尔公爵陷进了地狱深渊。

拉法耶特夫人生于1634年，殁于1693年，寿命不足一个甲子，除了这部较长的小说，还有几部中篇小说。《1688和1689年法国宫廷回忆录》应该也是一部相当细腻的情感杰作，没有见到译本，也就没有幸运阅读。《克莱芙王妃》之后，有普莱服神甫的《玛侬·列斯戈》，贝纳丹·德·圣比埃尔的《保尔与维吉妮》，贡当斯的《阿尔道夫》，斯丹达尔的《卡斯特罗修道院女院长》，梅里美的《卡门》，巴尔扎克的《苏镇舞会》，直到雨果的《悲惨世界》，情感结构小说才到达了巅峰。之后出现的此类小说便是强弩之末了，下坡路上的事物了，不会再高起来了。这里要解释的是，我所说的情感结构小说与文学史上所说的心理小说还是有差异的，像《悲惨世界》并不排除心理小说的优点，但也不被它所限定。我对雨果的小说有过相当大篇幅的分析，这儿就不再赘述了。

莫里亚克的《给麻风病人的吻》无疑是对《克莱芙王妃》的继承和发展，尽管构造极其相似乃尔，但还是变出了新意，这就是创造，应该褒奖才是。把这两部小说放到一起，是因为我对它们的核心特别欣赏。《克莱芙王妃》中，王妃把她内心爱上了德·内穆尔公爵这样的隐秘告诉了丈夫克莱芙亲王。这位丈夫多么希望她把这事一直隐瞒下去，至死也不要如此坦诚相告。妻子爱上了另外一个男性，又希望她的丈夫同样不放弃对她的爱，这就得与死神拥抱了。人的忌妒心理源于私有，性爱是私有的极端形式，人类几乎是根本不可能克服的。要么放弃，要么死亡，既然不放弃，还想活下去，没有这样一条路！《给麻风病人的吻》中，富家少爷让·佩罗埃尔是个丑陋的男子，一朵花一样美丽的姑娘诺埃米的父母贪图富家金钱，把女儿嫁给了让。但诺埃米根本就不爱让，让明白之后，就常常到他的患了肺痨的好朋友那儿去，直到染上世纪不治之症，达到了自杀的目的。让在患了重病之后，希望早点死去，使诺埃米解脱，但他死前发现给他治病的年轻医生爱上了他的妻子，深陷嫉恨深渊之中。他死后，妻子并没有答应年轻医生的求婚……这与克莱芙王妃的命运简直如出一辙。

三

下面谈一谈英国的文学吧。

我稍微一想，结果连自己都吃惊了，英国文学除了莎士比亚外，竟然没有一个可以进入我的眼界的。我所开列的世界文学双高峰上没有英国文学的影子，我所选择的十六七位世界级作家中，詹姆斯·乔伊斯是爱尔兰人，与英国的关系是有一些，但也不能把他归到英国文学里去。这是怎么回事？英国文学竟然这样惨！莎士比亚之前英国文学有些什么呢？《贝奥武甫》是民族史诗，是整个民族集体无数个时代的合成性创作。英国文学里似乎只有诗歌，除了诗歌几乎没有什么可说的。莎士比亚之后的笛福的《鲁滨孙漂流记》是应该认真一读的，亨利·菲尔丁的《弃儿汤姆·琼斯的历史》和《大伟人江奈生·魏尔德传》，还算能读的作品，其他的像理查逊、萨克雷几乎等同于通俗作家。简·奥斯汀不过是闺房里的世界，除了婚姻似乎她就没有思考过其他事物。我阅读了司各特几乎全部的历史通俗小说，有近三十部吧。其中的《威弗莱》我一直念念不忘，读起来轻松愉悦，但是文学价值不高。

勃朗特姐妹的世界放射出了刺眼的光芒，但与世界文学两大顶峰尚有相当大的距离，《呼啸山庄》距离相对要近一些，我是不能不把它放在心上的。记得有一次文友爱琴海先生叫我在世界上选五部小说，我把它与卡夫卡的《城堡》放到了一起，足以说明它在我心目中的令我敬仰的地位。狄更斯的小说产量浩瀚，但它们过于低端通俗，值得玩味之处有限。哈代和康拉德都是跨越两个世纪的人，一半人生在19世纪，一半人生在20世纪。哈代生于1840年，离世于1928年。康拉德生于1857年，殁于1924年。我花了很多时间研究他们的小说，时间没有浪费，使我认识到他们的优秀之处，但他们的优点并没有使我把他们放入十六七位世界级作家之列。把他们放入全世界全人类的文学进行观照，我感觉他们还是不够分量。20世纪的英国，意识流的主将弗吉尼亚·伍尔夫，她的小说天才是没有问题的，可她的小说都不够崇高和广阔。你可以在某个领域钻一只眼，这只眼再深都不行，这便是我对她的小说的总体感受。高尔斯华绥、威廉·戈尔丁、多丽丝·莱辛都非大家，只能说他们的勤奋耕耘是可敬的。

《鲁滨孙漂流记》的整个结构，特别是开始与结尾是媚俗而实用主义的，但它的中间部分，鲁滨孙上了荒岛之后，他独自谋生，从追猎畜牧到种植粮食的过程，几乎演绎了人类发展的几个阶段，有了浓烈的象征色彩。一个人的求生历程可以扩大为整个人类的发展史，这样一部小说，自然为它赢得了崇高的文学经典的地位。我在接触亨利·菲尔丁时，首先读的是他的《大伟人江奈生·魏尔德传》，把一个盗窃团伙的头目称为“伟人”，还为他作了一部长篇传记，这本身就够标新立异的了。小说的政治讽刺意味也是它不容低估的重要内容。先锋小说家马原先生对《弃儿汤姆·琼斯的历史》非常看好，并深受其影响。在从岳阳到6501工程的山路上，我还专门请教过他。但这部长篇小说我只看过它改编的同名电影，小说文本至今还没有阅读，这不能说不是一大遗憾。我会全文读它的，这要在适当的时候，读了小说全文后，也许我会对这部杰作有一个全新的认识。

《简·爱》的整体结构似乎并不优秀，其中的逃亡细节，我虽然是在二十岁时阅读的，至今还难以忘记。以前我在攻读世界20世纪文学的各个流派时，对夏洛蒂·勃朗特这样的作品是持不屑一顾的态度的，认为那是老掉牙的、庸俗不堪的货色。现在回想《简·爱》的内容，你会发现它的深部有一个灰姑娘或者丑小鸭的童话，问题是夏洛蒂把这个色彩绚丽的童话糟蹋了，她的思想意识过于世俗，心里装的除了婚姻、家庭那样的人工性概念，就没有什么超越的东西了。观念陈旧，这对一个作家来说是致命的缺陷。她的妹妹艾米莉是能够冲破传统世俗观念束缚的，《呼啸山庄》显然是惊世骇俗的，弃儿希刺克厉夫对主人家的女儿凯瑟琳的爱情可谓天长地久、永恒不朽。这部小说对于人性的黑暗面的探索所达到的深度，是应该进入不朽小说行列的，可它与雨果的代表作相比，就会把它的缺陷映衬扩大出来。希刺克厉夫这样的人物无法与冉阿让媲美，他实在太小，连地狱里的撒旦身上那点儿“大”都没有。不过这部小说倒是可以作为《悲惨世界》的背面而存在，把它们放到一起细加对照，会有非同一般的发现。

刚才有位叫李大唐的年轻朋友打来电话，打断了我，但这个打断使我发现一个奇妙的巧合。《呼啸山庄》中希刺克厉夫的钱，《简·爱》中简·爱的钱，《悲惨世界》中冉阿让的钱，《白鲸》中亚哈船长的金币，《基督山伯爵》中主人公的钱……财富这种东西几乎成了人类小说中的神明，这一道具如此重要，使我骇然。希刺克厉夫出走三年后返回呼啸山庄，他带回来了财富，他把财富作为他的枪炮进行了一场翻天覆地的革命，这样的革命与历史上发生的革命如出一辙。钱的不同用途，决定了上述小说的高低不同。犹大出卖耶稣的三十个银币也许是一切钱的源头，资本显然是可怕的，它将把人类带到一个不祥的未来，这就是为什么《白鲸》可以充当人类未来的启示录的理由。

我既然把莎士比亚选入了我开列的世界级大作家行列，就应该对他说一些什么。他的近四十部戏剧，三十七部吧，这样庞大的阵容，不给他一个位置，显然苛刻了。世界文学双高峰肯定是没有他的位置的，即使把他列入十六七个大作家，我也是有微词的。《哈姆雷特》中的主角完全是个自私透顶的个人主义者，他明着是为拯救被叔父僭取的王国，其实是为了自己阴暗的内心、他的恋母心理以及对他的父亲死后留下的王国的欲念，他非要那些还活着的人，他的母亲、叔父、朋友、恋人……所有的人都毁灭了，他才安心。这样一个把整个世界连同他自己都毁灭了的王子，这样的一个比魔鬼还要可怕的人，这样一部以此为主要构架的戏剧，它可以是不朽的，但它在我内心的评判台上是不会有较高地位的。要说梅尔维尔的《白鲸》的主人公也是把一船人都毁灭了，但他毕竟是为了探索人类背面的神秘领域，小说写道他是为他的一条腿被咬掉复仇，实质上并不是完全那样。小说家是有其神秘象征意图的，而哈姆雷特的重整乾坤，完全是为了一己私欲，为鬼魂报仇，这不是人能干得了的事情，完全是一个欺诈性的幌子。《麦克白》中的麦克白与他的妻子的血腥暴虐和哈姆雷特几乎没有多大的区别，一个是杀了国王夺取他的王位，一个认为王位本该是他自己的，被叔父僭越，他要夺回它。《李尔王》中的国王是个把王权分配给了他的女儿而又反悔了、图谋夺回的专制独裁者，他的第三个女儿从外国引来了强大的军队，帮他夺回权力，结果包括李尔王自己没有一个人活下来，全毁灭了。《奥赛罗》中的将军更是一个忌妒凶残的小人，他因怀疑就掐死了他的所爱，他完全是一个野人，一个把他人当作私有财产的奴隶主。创作出了这样的名著的莎士比亚真的就那么伟大吗？由此可见他只是一个没有独立思想的戏剧家，他匍匐在专制国王的脚下，为国王制作一些喜闻乐见的作品。

四

我本来还想就英国的哈代和波兰出生的英籍作家康拉德的小说说三道四，但这似乎有违我的初衷，我不是为总结与评论他们而写这样一篇文字，我的目的是指出两部世界文学高峰，并遴选出十几位世界级大师，引起反对或赞同的喧嚣就行了。

德国格里美尔斯豪森的《痴儿西木传》是我二十多年前就阅读过的流浪汉体小说，我对它的评价很高，曾经建议我的一些文学朋友阅读。莱辛的戏剧《爱米丽雅·迦绿蒂》我在阅读时曾经心潮澎湃过。父亲亲手刺死女儿，为了所谓女儿的贞洁，真是弥天大谎。如果那欲占有这位弱女子的亲王是个诱奸犯强奸犯的话，那么这位父亲就是杀人犯，是真正的凶手。在这里，莱辛的思想糊涂而僵化，他并不明白世间最重要的是什么，他没有把人看作第一重要的，而是把由人的大脑产生的一些空洞反动的观念看成比人的生命还要重要的东西，是那些观念为人服务，使人变得更为美好而需要它们，而不是为了这些丑恶的观念而把人作为祭品。

歌德是德国文学中最伟大的人物，我在二十几岁时对他十分蔑视，说他是个平庸至极的家伙，那无疑是年轻人的狂妄。他的早期著作我很早就读过，他的诗剧《浮士德》也是二十多年前就读过了，想象的瑰丽辉煌，深深地揳进了我的记忆。他最长的小说《威廉·迈斯特的学习年代》我是今年春天看完的。这部小说文笔轻松恬适，阅读时会把你心灵的忧伤一一抚平治愈。他的《威廉·迈斯特的漫游年代》的故事性与前者相比就差远了，但其中的“教育省”的乌托邦性质还是不能不叫我大吃一惊。乌托邦和反乌托邦类小说在我心目中有着重要的地位。这里既然谈到反乌托邦类小说了，不妨就说一说英国的乔治·奥威尔、赫胥黎，俄国的扎米亚京。要说赫胥黎的《美丽新世界》还算是小说的话，那么我觉得奥威尔的《动物农场》《1984》和扎米亚京的《我们》就不能算是严格意义上的小说，为它们发明一个文学的新品种新名称似乎更合适一些。

歌德的“威廉·迈斯特”系列像是轻喜剧一类的作品，读后在你心中会留下绵长久远的记忆的柳絮，它在风中摇晃，或者把湖面划开闪过瞬间的涟漪，实在不是什么重量级的作品。席勒是歌德的年轻朋友，也可以说是他的学生，《强盗》和《阴谋与爱情》皆是在歌德指导与影响下写成的。歌德的戏剧作品《铁手骑士葛兹·冯·伯利欣根》与《托尔夸托·塔索》还有其他一些剧本，读过后印象淡漠，缺乏强烈的冲击力量，即使他的最辉煌的诗剧《浮士德》里面，也没有多少令你惊异的新思维，这不能不叫你失望。这位大作家缺乏反叛抗争精神，没有自由的诉求，从来没有在自由与奴役上有过撕心裂肺的时刻，这与他的处境是一致的。

印象中德国19世纪没有特别伟大的小说家，而克莱斯特和霍夫曼只是令我敬佩的小说家。我常常把《米夏埃尔·科尔哈斯》这样的马贩子起义的小说挂在嘴上，介绍给文友们。这部中篇是非常有力量的，它的文学价值应该不小于塞万提斯的大部头《堂吉诃德》。霍夫曼的《伐伦矿山》等一系列中短篇小说，我是一篇不落地看过的，他的长篇《雄猫穆尔的生活观》我读过两遍，对他最先开创的两部小说穿插合为一部的小说形式大有兴趣。这使我联想到美国托马斯·品钦的《万有引力之虹》，这部长篇是由四部长篇小说穿插合成。20世纪德国有豪普特曼、黑塞、托马斯·曼，还有伯尔，还有君特·格拉斯等一些作家。豪普特曼的《索维那的异端者》还是令我振奋了一番。亲兄妹相爱合婚生育了儿女，住到了没有人迹的高山上，过的是半原始人的生活，靠牧羊为生。兄妹结合生育的女儿出奇美丽，她的美征服了当地想教化她的年轻牧师，他与她在荒山野地完成了亚当夏娃式的结合。豪普特曼的戏剧《沉钟》充满神话童话色彩，是令我憧憬的，而他的《群鼠》等现实剧显然不是我所喜爱的。托马斯·曼的《魔山》对于我来说还有一段回忆起来相当耻辱的故事。这个故事与我的贪心紧紧连在一起。那大约是上个世纪90年代初，广西漓江出版社出版了《魔山》，我通过邮局邮购了一本。后来我到汉中市的新华书店去，发现有另外一个版本的《魔山》，是外国文学出版社出的，上下册两本。漓江出版社出的是厚厚的一本。我多么想再买一套这种分上下册的版本，可我手头钱不多，好像是还缺几元钱才能买下它。我是骑自行车去的市里，回来的时候上了石马坡，被一堆人吸引住了。那是用扑克牌扎圈赌博的，一次十元钱。我看得入了迷，一心想着要是能赢十元钱，就可以下坡重新到城里书店去把那上下册的《魔山》买回来了。我看准了，用手压住了一张牌，押了赌注。当庄家揭开牌后，我傻了眼，输了十元钱。一个不认识的同路小伙子也骑在自行车上，他说一圈的人就你下注了。他的意思是说就你一个人是傻瓜。确实就我一个人是傻瓜。邮购的《魔山》太厚了，估计有两斤重，也是畏惧它的厚度，近一千页，我读完它，用的是另外买的一个版本，一种小32开本、上下册的。魔山是一个大的象征，是死气沉沉的人类社会与人类的缩影，住在魔山上的人全都病入膏肓了，他们忍受着末日的折磨，没有得救的希望。世纪绝症控制了魔山地区，凡是进入这个高山区域的人都像入了魔鬼的老窝，不能指望健康地活着下山了。主人公在山上待了七年，世界大战爆发了，他才得以逃下山去。魔山仿佛是被病魔死死纠缠住了，迷住了，一直沉在噩梦里，只有山下世界大战的隆隆炮声才能把病魔吓跑，山上的病人也就从虚弱中醒来了，纷纷挣脱病魔，活跃起来了。这部小说无疑具有深刻广阔的思想，它没有停留在人类固有僵化的思想观念之下，山下的战争好像是古希腊时代的特洛伊战争，死气沉沉的希腊世界被长久和平的浓雾掩盖住了，帕里斯劫持海伦这一小小事件刺激了他们的神经，他们兴奋起来了，活跃起来了，组成了庞大的希腊联军，驾驶着无数战舰，从海上开向了特洛伊城。他们将要在特洛伊城下建立英雄功业，使他们的姓名响亮起来，进入到人类的英雄史册，至今不朽。《魔山》的主人公汉斯·卡斯托尔普宛若一位希腊战士，他奔下魔山，投入到了战争的洪流当中。梦魇解除了，病魔也不敢再纠缠了，悄悄地躲到了它自己的老巢里。这里好像在呼唤战争而不是和平，文本分析的走向实际如此，没有必要回避。伟大作家的思想是超出人类固有观念的，这样的现象在列夫·托尔斯泰的《战争与和平》中也很明显。沙皇俄国似乎到了只有在舞会中才能打发消磨时光的昏沉时代，拿破仑的到来把俄国活尸变成了活人，刺激出了他们身体里本来存在的热量，他们要活出一个新样子来。可以把《魔山》与《白鲸》对照一下，整个魔山地区好像就是一艘大船，世界大战便是那只叫莫比·迪克的白鲸。《魔山》出版于1924年，《白鲸》出版于1851年，两者相差七十三年，孔圣人的寿限，显然托马斯·曼是学习并继承了梅尔维尔的小说智慧。

赫尔曼·黑塞的《荒原狼》你什么时候阅读，都会对自己产生巨大的绝望感，因为你会觉得黑塞的这部小说你一生都写不出来。它是20世纪卡夫卡之后的一部顶尖杰作，它的想象与梦幻堪称典范。《荒原狼》我是第二次读了——真是想象力的丰碑。第一次阅读大约是在上个世纪90年代初期，算起来也有近三十个年头了。我记得最初认识这位小说家是因为他的长篇小说《玻璃球游戏》。一位文友那儿有这部小说。我后来逛书店淘书时，买到了他的《纳尔齐斯与歌尔德蒙》《在轮下》《彼得·卡门青》，还有篇叫《美丽的青春》的中篇，读得青春期的我激情高涨，但对这位德国作家的印象并不特别好，没有惊奇，没有佩服得拍案叫绝。我想这可能是因为我所读过的他的小说，大多都是写实性的，来源于生活的真实。80年代的一期《世界文学》上有他的两个短篇，一篇叫《内与外》，另外一篇叫《婚事》。前一篇哲理性很强，给我的思维有过冲击，记忆比较深。漓江出版社出版的《获诺贝尔文学奖作家丛书》有他的《荒原狼》，我买到以后读了。我没有想到的是，在这部不太长的长篇小说中，黑塞居然能够把想象力发挥到令我震惊的地步，我无法不对他留下深刻不灭的记忆。但二十多年后，我已经忘记了是什么样的想象内容使我不能忘怀。我只记得小说的后面，作者写狂了，疯了，想象力飞翔起来了，具体是什么，却连一二三都说不出来了。我一直想着要把这部长篇重看一次，计划中要读的约翰·班扬的《天路历程》才读了几十页，便拿起《荒原狼》重读了起来，没有料到，一下子读了七八十页，就索性把它读完了。这的确是一次阅读的狂欢，这部长篇为世界上的想象力树立了一座参天的丰碑。

小说先是出版人十八个页码的解释性文字，然后才是小说主角哈里·哈勒尔的自传，自传中另有二十个页码的对于“荒原狼”这种半狼半人的论述——小说由这三部分组成。这三部分中的解释与论述没有多大意思，舍弃掉也不会觉得可惜，它们对小说起到的作用并不关键。我认为这部小说只留下主角的自传部分就足够了。没有这个自传，它什么也不是。

哈里·哈勒尔来到了一个陌生的城市，他焦躁苦闷，到处乱逛，以避免回到租屋后挥起刮脸刀往自己的脖颈上来那么深深的一下。这里我要先说的是，法国新小说派的主将罗伯-格里耶的实验小说《吉娜》应该说是在这部小说的启发与影响下创作的，两者相似的地方实在太多。《荒原狼》创作于1927年，《吉娜》是上个世纪70年代的产物。托马斯·曼的《魔山》出版于1924年，这部小说对《荒原狼》无疑是有巨大影响的，同样的德语世界，托马斯·曼还年长赫尔曼·黑塞两岁。更主要的是《魔山》也是想象力的创造物，但它毕竟没有前者的想象力所创造的世界那么壮丽辉煌，冲击力也没有前者巨大。据我的阅读范围之内的观照，我认为德语文学在想象力方面成就最为突出最为辉煌的是歌德的《浮士德》和黑塞的《荒原狼》，其他的就等而下之了。歌德的晚年之作，有个前源是英国马洛的《浮士德博士的悲剧》，其原创性在歌德这里就大大地打了折扣。而黑塞的《荒原狼》我还没有找到它的前源。它的前源应该说就是歌德、托马斯·曼及德国的浪漫文学传统，格里美尔斯豪森、霍夫曼、富凯、斯笃姆、克莱斯特、格林兄弟等等。还有大黑塞十五岁的豪普特曼，应该说也是影响了黑塞的作家，他的《沉钟》《索阿那的异端者》等含有浓烈童话色彩的作品，也是德语文学中的上品。

哈里·哈勒尔这位既有狼性又有人性的人物，像爱尔兰作家詹姆斯·乔伊斯的《尤利西斯》中的布卢姆、斯蒂芬和莫莉一样，是个夜游神之类的家伙。他在浪荡，漫游，范围以他居住的这个城市租屋为中心向外扩展。黑夜里，他看见了一面墙，上面有“荒原狼”“魔剧院”的字样。眨眼间，那些文字消失了。又有一个形象模糊的人举着一面大旗，旗帜上书写着上面那些文字，很快也没有了踪影。这个魔剧院在为他们的营生打广告，搞宣传，但顾客只针对哈里这唯一的人狼或者狼人——荒原狼。他去一位年轻的教授家里吃饭，与教授和他的妻子的意识形态产生了严重的冲突。他们是好战思想分子，民族自大主义者，“爱国主义是流氓们最后的堡垒和天堂”。哈里吃了人家的饭，并不领人家的情。他不愿委屈迎合他坚决反对的意识形态。他逃离了年轻教授的家。他碰见了送葬的队伍，跟着走，到了墓地，莫名其妙地参加了陌生人的葬礼。到了一个饭馆，有人介绍他到一个什么什么舞厅去。他去了，乱哄哄的，混乱，吵闹，嘈杂不已，一个年轻美丽的姑娘接待了他。她问了他的姓名，当他问对方时，姑娘说他错过了问的时机。她给了他一个地址，约定下次相见。

在这一次约会中，他得知她叫赫尔米娜。他疯狂地喜欢上了这个姑娘。赫尔米娜把她的好友玛丽亚支使到他那里，他夜半归来，这位浑身热腾腾的姑娘早就在他的被窝里等着他了。这是多么美的想象！天堂一样的情景。一切小动作都是为了最后那场盛大的化装舞会做准备的。盛大舞会开场了，他虽然不想去，脑子里打了退堂鼓，但还是阴差阳错地去了。一去就被它热烈的气氛兴奋迷醉了。这场化装舞会的高潮当然是魔剧院里的表演。演员不是别人，就是参加者自己。魔剧院有一条条走廊，走廊两边是无数房间。这里的情景使我联想到爱伦·坡的小说《红死魔的假面舞会》。这里是想象力的盛宴，想象力的大餐。哈里·哈勒尔进了一个房间，房间里的空间是无限大的。这又使我联想到了布尔加科夫的《大师与玛格丽特》。这部苏联作家的小说创作于1940年，公开出版时间已经是60年代了。要说受影响，也只能是布尔加科夫接受了黑塞的文学恩泽。魔剧院第一个房间里的“猎汽车”十分刺激，哈里可以像在真正的战场上那样朝公路上的汽车射击，打死开车者。被袭击的汽车越来越多。哈里完全进入了角色，一切都成了真的。想象力在这里的历程可谓丰富强烈，历经天下所有秘密。最后，一切繁华热闹都沉寂了，魔剧院仿佛变成了地球热寂后的荒原。哈里打开了最后一扇门，看到他的命根子，他的爱情的主角赫尔米娜正与琴师帕勃罗赤身睡在一起，做完了肉体欢乐的一切特技之后，松弛地瘫软着。他拔出刀子，扎进赫尔米娜的胸膛。他对他感情的背叛者予以了最高级别的惩处。

海因里希·伯尔大体属于纪实性文学范畴。君特·格拉斯是想象文学的继承者，他的导师与前辈应该有霍夫曼、格里美尔斯豪森、托马斯·曼、歌德等。还有一个叫克里斯塔·沃尔夫的女作家，她的《美狄亚》《卡珊德拉》都是取材于古希腊神话与传说，她从古老的传说中发现我们这个时代，或者说从我们现在这个时代发现了古老时代的幽灵。我曾经十分热爱这个作家的作品，几乎买到了她所有的中文翻译作品，在读了她的《美狄亚》和《卡珊德拉》之后，对于她的《天使之城，或弗洛伊德博士的外套》却已经失去了阅读的热情，虽然一出版就买了书，却至今还放在书架上。我想这种翻写或者说新写历史或传说神话，是一个作家某个时期的兴奋点，过了那个时期，也就兴奋不起来了。詹姆斯·乔伊斯把奥德修斯从古代擒获，把他放到爱尔兰首都都柏林的大街上，把他曾经海上磨难的十年历程也挪动到了城市里，把他变形为一个叫布卢姆的犹太人，从事着现代职业——这样的结构与构思对一个年轻的学习者是挺新鲜刺激的，但过了那样的时期，心里会产生旺盛的厌烦情绪。为什么就不能写一部叫阅读者找不到源头的全新作品呢？迄今为止，人类的作家们几乎穷尽了小说的所有表现结构，我指的是人类情感结构。一个男人，一个女人，这两个数字无论你如何交叉变幻，它也不会出现新交叉新结构了。美国的黑色幽默大师约翰·巴思说文学枯竭了，死了，于是他不断地进行滑稽模仿，写出他自己的杰作《烟草经纪人》《羊童贾尔斯》。这位老兄认为戏仿能够解决枯竭的问题，真的如此吗？戏仿其实是无能的黔驴技穷之表现，你戏仿出来的东西不管多么能叫人笑，还赋予了新意，但它毕竟是建立在人家的旧有结构与形式之上的，主体是已有的，你所创造的新还能叫作新吗？这是实在没有办法了的办法。

德国还有个剧作家，他叫汉德克，他的戏剧实验取得的成就是得到世界公认的，他的《骂观众》，他的《无欲的悲歌》《守门员罚面对罚点球时的焦虑》《左撇子女人》等很多书都有了中文译本，他名声很大，可我的记忆里却不知他哪部作品是伟大的。他不像奥地利的哈恩伯德那样处处显露天才，总感觉他的作品中人为的加工成分太多了。

五

法国、英国、德国的文学我粗略地谈了一通，都是凭多年的阅读记忆谈的。我本想开始对俄国文学进行评谈，但转念一想，那是一个巨大的工程，还是先从奥地利这样的小工程开始吧。我最近从孔夫子旧书网花八十元书款、十元邮寄费网购了一本《特罗塔家族》。说起来好笑的是，这本书就是我所居住的城市西安的陕西人民出版社出版的，是1987版的。那个年月可能还没有太白文艺出版社，它还只是陕西人民出版社下面的一个编辑部，这样一想就更觉得有意思了。我曾经在太白文艺出版社上过几年班，我居然花这么大的代价从我上过班的出版社买了这样一本小说。我在陕西省图书馆读者服务网上没有查到这本书。好在现在的网购真是太方便了，只要你不怕书贵，凡是在国内出版过的书，你都能买到。《特罗塔家族》是奥地利作家约瑟夫·罗特的作品，这个罗特出生于1894年，去世于1939年，只活了四十五岁。这部小说原来的名字十分响亮：《拉德茨基进行曲》。它在法国《理想藏书》中的德语文学中名列前十名。不仅仅是德国，而是整个德语世界，居然都名列前十名，这说明《理想藏书》的编选者是多么重视这部小说。我把德语文学前十本抄录于此：1.《维吉尔之死》（小说，1945年）［奥地利］赫尔曼·布罗赫；2.《沃伊采克》（剧本，1836年）［德国］乔治·毕希纳；3.《亲和力》（小说，1809年）［德国］约翰·沃尔夫冈·歌德；4.《审判》（小说，1925年）［奥地利］弗兰茨·卡夫卡；5.《米夏埃尔·科尔哈斯》（小说，1805年）［德国］海因里希·冯·克莱斯特；6.《魔山》（小说，1924年）［德国］托马斯·曼；7.《没有个性的人》（小说，1930—1943年）［奥地利］罗伯特·穆齐尔；8.《马尔特·劳里茨·布里格纪事》（日记体小说，1910年）［奥地利］莱纳·马利亚·里尔克；9.《查拉图斯特拉如是说》（散文诗，1883—1885年）［德国］弗里德里克·尼采；10.《拉德茨基进行曲》（小说，1932年）［奥地利］约瑟夫·罗特。

对于《理想藏书》，我觉得编选者问题太多，认识的高度不到，无法鉴别世界上的伟大作品，编选倾向于多、滥；似乎编选者十分恐惧把杰作遗漏，就尽量把这个队伍的阵容扩大。布罗赫是我期盼多年的作家，到目前为止，他的杰作《维吉尔之死》还没有翻译到中国大陆，但有关这部作品的研究性文章倒是不少，我可以多少了解一些它的真相。伟大作家与历史上的皇帝的关系，同样是人，身体结构相同，大脑也相同，一个是作家，手里握着创作的天才，一个是君主，手里攥着他人的生杀予夺。一般情况下，掌握智慧的人总是受制于掌握权力的人，掌权者可以欣赏保护掌智者，也可以把他消灭掉。布罗赫尝试通过但丁崇拜的导师维吉尔与独裁皇帝奥古斯都的关系，把作家与君主的关系，无论是肉体的还是精神的，来一次全面的阐述与清算。同样是人，同样的细胞组织，人类的大多数为什么总是被一些少数人压制与管理着呢？少数人结成团伙群帮，就把各自为主的多数人压制强迫住了。君主专制时期，人类就处在这样的政治统治下。这个时期专横而漫长，至今还不愿主动退出高台。我研究苏联斯大林时期的伟大作家布尔加科夫时，发现了同样的问题。布尔加科夫这位苏联时期的伟大作家，在他在世的时候，生活在斯大林的阴影之下，整个心态不是正常人的了，他对主宰他生命的人说他是俄罗斯的一匹孤狼，他的心灵确实是那样一匹狼，在自由的荒野里寻找自己的使命。但在现实中，由于斯大林因他写给自己的信而回了电话，他便与君主有了有别于他人的特殊关系。他受到了君主的特别关照，他们好像有了朋友关系，这是他对这种关系的一种误解。这怎么可能会是朋友关系呢？这是主人与他家豢养的一只狗的关系。狗受到了主人的关照，有了感恩的心理。布尔加科夫在这种心理下苟延残喘，悄悄地完成了他的伟大小说《大师与玛格丽特》。这与罗马大诗人维吉尔写作他的史诗《埃涅阿斯纪》的情况十分相似。维吉尔为何要在他生命的垂危时刻烧掉他苦心经营的《埃涅阿斯纪》呢？他一定认为他的创作被玷污了，甚至是被强奸了，其中有了杂质，有了强权者的肮脏物质。仔细分析，你会发现《埃涅阿斯纪》中罗马皇帝的物质太多了，那是维吉尔抗争与拒绝的东西，是他的心灵不容的东西，他烧掉它是力图想要清除那涂抹到他身上的肮脏杂物。他没有烧掉它，在他热病昏迷中已经力不从心了。布罗赫在小说《维吉尔之死》中说维吉尔是克服了自己的偏狭心理，克服了对于皇帝的偏见，最终同意留下了那部史诗。布罗赫的《维吉尔之死》不会是什么可以与世界文字双高峰的《悲惨世界》和《白鲸》比肩的作品，他的思想意识尚未完全松懈，古老庸俗的观念还限制着他，他挣脱不了，也就决定了他的作品的不够高大、不够崇高。布罗赫的《未知量》前不久有了中文译本，是个不长的中篇小说，有兴趣的话可以买来看一看。岁月的尘埃已经把《埃涅阿斯纪》湮没覆盖了，我是说把史诗中的对于皇帝的奴才心理磨蚀掉了，只留下了传奇和故事。我这样一个读者，在远离古罗马屋大维时代的环境中，对这位皇帝没有什么感觉，所以我能够安下心来阅读这部史诗。问题是，你可以设想一下与维吉尔同时代的古罗马人，特别是当时的诗人作家知识分子群体，他们心目中的维吉尔会是什么形象呢？他们会骂道：他甘愿做皇帝的一只狗！我对布尔加科夫充满了巨大的同情，假如斯大林没有专程给他打电话，他也就与君主没有丝毫的关系了，他的心理就不会扭曲变形，他心灵和大脑的压力与羞耻就不会那么沉重巨大，他不但会完成他的《大师与玛格丽特》，还会坚强勇敢地生活下去，不管多么拮据潦倒，他还总会给自己弄一口粮食。可是，情况恰恰反了，君主的关照，成了他的心病，越来越严重，他也只能在英年之时去向死神报到，以得到最终的解脱。

罗伯特·穆齐尔的《没有个性的人》中文译本有一千二百多页，要阅读完它，得花费巨大的工夫，好在它是上下两册，可以分开读。我记不清是用多长时间把它读完的。之前有一位酷爱哲学的朋友提醒说这部作品要快读，读完之后，才会体会它的了不起。还说这部作品应该叫一个哲学家来翻译，精妙之处估计是在文字的哲理性上。可我读完之后，对这部世界巨著大失所望，为何要把微小的、琐碎的事情用史诗那样的笔触来写呢？联想到亚历山大·蒲伯曾以《劫发记》滑稽模仿史诗，当然是可以这样写的，可我在穆齐尔的这部长篇巨著里并没有读出戏仿与反讽的趣味。小事物里没有滑稽，无疑就分析不出好玩的意思来了。假如与俄国的《叶甫盖尼·奥涅金》《奥勃洛摩夫》《当代英雄》中多余人的众多形象挂靠起来，那么这个没有个性的乌尔里希也是一个与他的时代和帝国同样奄奄一息的没有希望的人，这样一个人物预示两个帝国的腐朽与没落，这样下结论的话，那么这部长篇我算没有白读。

有一个短篇小说叫《古斯特尔少尉》，是一位叫施尼茨勒的作家写的，我最初是在上海译文出版社办的《外国文艺》上看到的。这篇小说中使用的意识流方法好像有别于其他作家的意识流小说，它用意识到的事物代替了主人公的行程。它基本是一篇行程小说，但行程却是逐渐呈现的事物与景象。帝国军人的荣誉遭受到了侮辱，这位少尉要向面包师讨回荣誉，但他内心深处的恐惧折磨了他整整一夜，在次日早晨他得知面包师已经重病身亡之后，才如释重负。把这样一个短篇与穆齐尔的长篇巨著比较，似乎能够得到同样的结论：这个皇帝统治下的帝国确实到了末日。一切都腐朽了，连军人的勇气都腐烂了。帝国军官既没有包容大度的胸怀，原谅他人的冒犯，更没有战斗的勇敢，只是在内心深处咀嚼着他受到的所谓的委屈，这样的人物已经是高度退化了的俄国多余人了。莱蒙托夫的当代英雄实际应该叫作反英雄，尤索林与朋友决斗，一枪把对方打倒，他看着朋友的躯体滚下悬崖，不为所动——这样的多余人虽然血腥冷血，但还是有一种力量感，使读者心灵战栗。弗兰兹·约瑟夫一世的奥匈帝国的确已经到了病入膏肓的末日，作家们的感觉与眼光是多么灵敏与尖锐，他们在它还活跃的时候就准确地感知到了。

无独有偶，约瑟夫·罗特的《拉德茨基进行曲》同样写出了这个帝国的腐朽，一个帝国行将就木之时，才会散发出如此巨大浓重的气味。作家们是猫头鹰，是鸱鸮。一个出生于边远山区的卫队长的儿子，在战场上看到一个随从官员把望远镜递给皇帝，皇帝举起望远镜往远处看时，这位年轻的军人以迅雷不及掩耳之势把皇帝按倒的同时，一颗子弹射穿了他的肩胛，于是这位成了索尔弗里诺战地英雄的年轻人被皇帝册封为男爵。他的第二代、唯一的儿子成了地方长官，他变成了一幅画像。到第三代时，还是单传，地方长官把儿子卡尔·约瑟夫送上战场，献给了如今已经年老的皇帝。这个叫特罗塔的家族三代单传，断了根……就因为那样一个动作、一个行为，导致了这个家族的死灭。三代单传再也传不下去了，孙子在祖父的形象的压力下，甘愿为皇帝战死，他的父亲是个文官，没有从军，坚决不让他的儿子从军，可是这个儿子在祖父的光环下，自豪、义无反顾进了军队。皇帝需要这样的热血青年，他需要没有止境的血，鲜血。一个帝国腐朽时，就会需要更多的血。再多的血也不可能挽救它。这部小说使我感受到了一种无奈的悲哀。这是一曲家族帝国的凄凉挽歌。

施尼茨勒的小说我最早买过《相思的苦酒》，薄薄的一本书，没有读，一直在书架上放着，到后来离开陕南时，也没有把它带走。后来买了他的《轮舞》，看了之后没有留下印象。他的大中篇《艾尔莎小姐》最早是在一本叫《国外文学》的杂志里看到的，艾尔莎小姐为了救她的父亲，把赤裸的躯体裹到大氅之下去见那个能够救她父亲的富商，从高高旋转的楼梯上下来，走到大厅时昏倒了，大氅滑落，艳惊四座——这还算是一部有趣味的小说，情景设计得很美，也很野。

关于奥地利的文学，托马斯·伯恩哈德是不应忽略的。他对他的祖国，对这个国家到了深恶痛绝的地步，他在他的遗嘱中毫不留情地拒绝奥地利出版他的所有作品，他死后五十年也不许出版。这个愤怒而有骨气的作家，生前靠一位老护士的资助完成了文学大业。这位大他几十岁的护士是给他看病的医生的遗孀，多亏这位对文学无私奉献的女性，伯恩哈德才得以完成《英雄广场》《鲍里斯的节日》等不朽作品。但这位作家对他受一位退休护士供养进行写作的现状却羞恨难当，在《鲍里斯的节日》里，鲍里斯显然是作家自身处境的化身。

有人一定会认为我没有读过2004年诺贝尔文学奖获得者耶利内克的作品，或者是忘记了她。她的《死者的孩子们》是她小说的最高成就。其他如《钢琴教师》《情欲》《贪婪》等长篇小说，小说水平较低。她的一些戏剧，如《魂断阿尔卑斯山》《女魔王》《漫游者》《云团·家园》《死亡与少女Ⅰ–Ⅴ》，我十分赞赏。但我在这里确实不太想谈论她，关键是没有心情。这也不知是为什么。这位女作家曾经赞扬过伯恩哈德，受到过他的深刻影响，她的才华明显在他之下。伯恩哈德活得太短了，或者说他在世时，他对人类的文学贡献还没有被世界充分认识到。我在这里替他鸣不平似乎没有必要。

六

全世界全人类的文学（我指的主要是小说）如此浩瀚，小说家更像是夜空的星辰，我花了数十年时间阅读他们的作品，现在要一下子回忆起来并加以评说，感到这样的工作缺乏创造性，没有激情，也就动力不足。问题是这项工作开始了就得进行下去，还得进行到底，工作虽然苦闷机械，做完了你就会感到这是应该的。把你的经验告诉年轻人，你付出的时间和精力，会获得回报的。哪怕是一个青年学子的一声："老师，你好！"也能够慰藉我的心。

意大利、希腊、西班牙的文学还是放到后面谈论吧，我就零散地谈一谈北欧和中欧那些小国的小说。我不是历史学家，也不是文学史家，更不是文学评论家，我仅仅是个小说家，在我二十多年的创作生涯中，我创作之外便是阅读。我对当代的作品没有多大兴趣，我是沿着文学史的脉络阅读的。我的阅读年龄与创作年龄同岁，我创作了十一部长篇小说、八十篇中短篇小说，我把近百年来特别是近四十年来中国翻译界翻译的世界文学作品做了同步阅读。我读的是文学史中的杰作与经典，经典之外，我几乎不去问津。我有创作了十一部长篇小说的经验，有创作了八十篇中短篇小说的经验，有三十多年的小说阅读史，这样的经验与条件，我相信我对世界文学的判断是基本准确的。

这一部分会轻松一些，我敲键盘的手指也就更自由一些。一说起捷克就必须说哈谢克，他的《好兵帅克》特别叫好，这样一部作品我几乎耳熟能详，但却没有读完，即使萧乾译的删节本我也没有读完，根据小说改编的电影倒是看完了。也许我对受它影响下的美国作家约瑟夫·海勒的《二十二条军规》看的次数过于多了，到我拿起这部小说读时，热情顿减。假如我是先看的《好兵帅克》，我的兴奋点就会一直持续到小说的结尾。它的前面有拉伯雷的《巨人传》、塞万提斯的《堂吉诃德》，还有果戈理的《死魂灵》，还有众多的流浪汉体小说，这一类型的小说家族实在是过于浩渺繁荣了，它的后面还有塞利纳的《茫茫黑夜漫游》《死缓》，还有索尔·贝娄的《奥吉·玛琪历险记》、约翰·巴思的《烟草经纪人》。在上个世纪80年代末期的中国书店，我常常看见哈谢克的短篇小说选，始终没有把它买下，今天想来是最大的遗憾。这部小说的人物帅克一个人抵抗奥匈帝国，一个人戏弄哈布斯王朝，这样的以人物为亮点为关键的小说，无疑会写出无数笑话，是很热闹的小说。但这部小说没有写完，也就是说没有结尾，这种没有完整结构的小说，似乎是不需要情感结构的，说白了，它其实是不可能有杰出的结构的。它玩的是人物，这个人物干的事可多可少、可长可短。像《堂吉诃德》也不会有很好的结构，人物死了，似乎也就是最好的结局，也是没有办法的结尾了。《好兵帅克》假如能够写完的话，它的结局还不就是帅克死了，还能会有什么样非凡的结局呢？

捷克还有个剧作家哈维尔，民主革命后当了总统，他的剧本一直见不到，也就没有阅读的幸运。再就是移居法国的米兰·昆德拉，这是大家谈得最多的一个小说家。他也喜欢谈他阅读过的作家，比如他崇拜英国斯特恩的《项狄传》，这曾一度成为我阅读的指南。我是1987年就盯上他的，那时韩少功与人合译了他的《生命中不能承受之轻》，还有《为了告别的聚会》《玩笑》《生活在别处》，我记得作家出版社一次引进了他四部小说，我全部邮购了。这位作家在中国大陆算是红了，红了三十年了，还在红，还要继续红下去。针对这样一个当红作家，在2005年哈罗德·品特以怪诞戏剧成为诺奖得主时，我写过一篇文章，预言他不会获得这个奖。按照当时诺奖评委的观点与标准，昆德拉这样的作家确实是不够格的。比如他的成名作《玩笑》，把人类情感结构建立在一个可笑的玩笑上面，这样的小说能有多大分量呢？路德维希因为给他的女朋友写信时开了一个玩笑，被告发，结果被送进苦役营劳动改造。这个玩笑当然是一流的，是有极高文学价值的。他到劳改营后，有一个患精神病的姑娘每天到公墓前偷一束鲜花，然后把它送给他。她无法直接把鲜花送到他的手上，只好把它放到监狱的门口。这也是送给所有被监禁者的花。这位姑娘是被她拥有党员干部身份的伯父强奸后患上精神病的。这是小说的前半部分，放到世界文学的一流行列中，顶呱呱的。问题是，这个苦役犯出狱后，去勾引把他送进苦役营的那位已经成了党员干部同学妻子的前女友，他成功了。可他没有想到的是，那位官员早就想甩掉他的妻子，一直没有机会，也找不到理由。路德维希给这位瞌睡得要命的官员头下垫了个枕头。瞌睡来了寻枕头，他的处心积虑的行动变成了一个玩笑。这个玩笑低俗而下流，不具有文学的价值，更是与崇高伟大沾不上边。解析这部作品，可以看出昆德拉是个缺乏结构能力的作家，他找不到也创造不出人类情感的大结构，这样他的小说也就像这部小说的名字一样，落到了一个玩笑的下场。假如把后一个玩笑整个删掉，这部小说的力量感会大幅度增强。《生命中不能承受之轻》在世上充满了喧哗与骚动，可它宛如莎士比亚的戏剧《麦克白》中的主角麦克白的台词一样，“它只是幻影而已”，没有实体。按照我的小说新理论“人类情感的新结构”标准，这部作品显然只是重复了一些人类情感的旧结构，除了其中的社会政治背景对于人物的压迫与残害有其杰出的意义外，它在主体性上存在致命的缺陷。

社会政治对于人的压迫与残害，这样的有意义的作品，一个纪实性作家也能够完成，他只要如实把人物受压迫与残害的经历写出来，就是一部纪实性杰作。像苏联时期的索尔仁尼琴、沙拉莫夫留下的文献所具有的不朽价值不容抹杀。护士特蕾莎因为出于对外科医生托马斯的爱情，由边远小镇来到首都住在托马斯的家里，以及托马斯的情人女画家萨宾娜对于性的不倦追求——这些情感故事的背景是大专制帝国对于小国捷克的占领，知识分子纷纷流亡国外。托马斯因为一篇不同声音的小文章而被剥夺了继续拿手术刀在医院工作的权利，与特蕾莎到了边远的乡村种地度日。他们开卡车去参加一个乡村舞会，深夜回来的路上，车翻人亡。卡车被监视托马斯的新政权暗探做了手脚。《生命中不能承受之轻》这部小说的社会意义是巨大的，也许这就是它如此走红、如此有市场的原因。它的确安慰了我们不安的心灵。我对它不满意的是，托马斯与特蕾莎，还有萨宾娜这样的人物之间的情感结构没有突破人类已有的旧结构框架，在情感主体构架上没有新的创造，没有新的贡献。我这样批评这部小说是出于这样的原因：假如把特蕾莎、萨宾娜这样的女性人物去掉，把小说中的情爱情色元素剔除，只把外科医生托马斯一个人物留下，事情或者说事件还是原来的事件。他在苏联大军占领捷克之后，因为一篇异见文章而被情报机构盯上，失去了操手术刀的权利，被撵出了他工作的医院，只好到他以前给看过病的一个乡村大叔那儿种地谋生。即使到了这样的偏僻山区，情报部门的“沙威”也没有放过他，在他开的卡车的刹车上做了手脚，以貌似偶尔车祸的方式把他除掉了——这样一部小说同样具有巨大的震撼性，对社会专权的控诉同样强烈。既然如此，为什么还非要添加特蕾莎与萨宾娜这样的女性人物呢？是为了调味吗？添加一些好看的颜色吗？昆德拉没有创造出情感的悲剧，只是创作了一部社会悲剧，情感人物成了可有可无的调料品。他也没有创造出情感的崇高形式与结构，比如像《悲惨世界》中冉阿让对珂赛特那样的伟大情感结构。

这位捷克裔的法国作家的其他作品还有很多，我就没有必要一一在这里分析了。还有赫拉巴尔的《过于喧嚣的孤独》《底层的珍珠》《我曾侍候过英国国王》，我读了之后没有感觉，也就不胡说八道了。还有个叫塞弗尔特的诗人，1984年获得了诺贝尔文学奖，漓江出版社出过他一本叫《紫罗兰》的诗集，我很早就读过，但是今天几乎把他忘了。好了，捷克文学这一页就翻过去吧。

七

波兰作家密茨凯维奇的诗剧《先人祭》是我惦记多年的伟大作品，它是文学中的诗歌，我没有能力像批评米兰·昆德拉的小说那样得心应手。波兰这个不幸多难的民族，长期遭受沙俄欺压，19世纪的《先人祭》的创作背景与后来昆德拉作品的背景几乎是一模一样的。与昆德拉的小说相比，我更看重密茨凯维奇鬼魂幻象的想象力。他无疑从古希腊史诗《奥德赛》中多方借鉴，把古典文学的经典元素注入到了自己民族的幻想结构中，把一个民族的呻吟变成了伟大的诗歌绝唱。1980年获得诺贝尔文学奖的米沃什也是一个诗歌天才，他紧紧地咬住政治压迫这个主题不放，在他的作品中，政治意识转化成了他的天才。一个作家如何把个人所受到的压迫残害转化为整个民族的心灵反抗的合唱，这与一个诗人的天赋关系重大。显克微支也是一个诺奖得主，有人把他的《灯塔看守人》喜爱得不得了，认为写出了什么爱国情怀，可我并不看好他的小说。他的小说过于通俗化了，司各特与大仲马应该是他的导师。

保加利亚有个叫帕·维任诺夫的作家，有一篇叫《障碍》的中篇小说，我在上个世纪80年代早期就阅读过，可它却一直没有从我的文学记忆里消失。一位中年音乐家深夜从酒吧回家，当他打开车门时，已经有一个年轻姑娘坐到里面了，她无家可归，在她的请求下，他只好把她带回了自己的单身汉套房里。她似乎不是生存在现世的人，她的超然物外使他们之间不可能有什么肉体的接触，他也是一个有道德底线的人，吸引住他的是姑娘的精神世界。姑娘说她常常在星空飞翔，她劝他与她一起飞翔。他与姑娘来到高楼的顶上，练习如何飞向星空。他试了几次，承认自己天生愚钝，无法找到遨游星空的感觉。因为公务外出，他把那姑娘留在他的家里，当他回家时，姑娘已经坠楼死亡。难以理解的是，那姑娘坠落的地点远远地离开了楼房，是在一片空地上。显然在星空与中年音乐家之间存在着无法逾越的障碍，有了这样的致命障碍，他也就不可能进入那姑娘的世界。假如剥开作家虚构加工的外壳，探寻原本的现实，可能会解析出这样的故事：一个中年人与一个十七八岁的姑娘之间有了爱情，但是中年人没有勇气跟年轻姑娘迈向爱的星空，姑娘自杀了，留给中年人的是无尽的痛悔。帕·维任诺夫把这样一个平常俗气的现实主义素材提升到了幻想文学的浪漫境界，把现实扩展到了梦幻里，冲出了地球，飞翔在星空……

罗马尼亚作家诺曼·马内阿的《黑信封》，是一个恒久的黑色梦呓。主人公托莱亚的全称是阿纳托尔·多米尼克·万恰·沃伊诺夫，马内阿一会儿用多米尼克，一会儿用万恰，一会儿用阿纳托尔，一会儿用沃伊诺夫，频率用得最多的是托莱亚，五个名字实际上指的是一个人，阅读者一不小心，就会把它当作好几个人，那样的话，一下子便乱了套，肯定就读成了一锅粥。这算是阅读障碍之一。阅读障碍最大的是小说里的隐喻和梦呓，迷乱的梦呓是黑色的，混沌的，足以使稍有不慎的读者触礁沉船。虚写与实写的手法并用。虚写的部分存在于实写部分人物的对话里，就是说有一些人物只活动在主要人物的话语中，对话存在，他们才有生存的环境和权利，对话消失，他们也就消失了，他们是一群飘浮在小说实写人物想象和对话的世界里的人物，但这并不意味着他们就是次要的、无关紧要的人物，他们在小说里所起到的作用、所包含的内容甚至重于实写人物，在他们身上所负载的象征、隐喻意义，几乎成了小说的核心。虚写人物有亚努利和他的夫人埃米利亚，有托莱亚的父亲老马尔恰，还有具有重要作用的摄影师塔维——他们都活在托莱亚的意识里，抑或梦幻，抑或想象，抑或与其他人物的谈话里。马尔恰家的毁灭，预示了一个邪恶时代的繁荣。老马尔恰的死亡是这个家族毁灭的关键，而导致老马尔恰死亡的罪魁祸首是始终没有出场的摄影师塔维。他是专制社会的特务机关“聋哑人协会”的骨干人物，托莱亚对他的寻找历尽千难万阻，依然没有结果。这个摄影师塔维的名字也在不断变换，他好像与托莱亚的姐夫混合到了一起。托莱亚终于侦察到了他曾经居住的楼房，他去了近千次，那里一直没有人出现，最后出现的是个叫作韦内罗的女人。这个女人与一条狗居住在这套房子里。这里对于狗的描述充满了暗喻。马内阿虽然没有明写，但我感到那条狗可能就是摄影师塔维的化身，他变成了狗但仍像人一样与韦内罗同居一室，韦内罗把它当男人一样对待。托莱亚离开房间，在黑暗的楼梯上，听到了人与狗相拥的声息……

托莱亚幻觉中的那群鬼魂是小说前后贯串的重要象征。鬼魂们总是出现在污水河边的山坡上，托莱亚来到它们中间，辨认不出自己的父亲老马尔恰。“他从打头的人手里接过火炬，谁也没有看见他，但他可以看见自己。他微笑着接过火把。他吹了口气，病人头发凌乱的脑袋瞬间消失了。多米尼克先生微笑着走向下一个—— 一个憔悴的红发农民。他也把那人的脸吹灭了。就这样，他一个接一个地把他们都扑灭：蜡烛和脸庞，他们都消失得无影无踪。”人的世界异化成专制下的鬼魂炼狱，托莱亚被“聋哑人协会”的特务发展的线人——房东太太——告发，赤身裸体地被拘入精神病院，走向了马尔恰家族的最后灭亡。

这实在是一部向读者理解力极限挑战的小说，我认为我只读懂了它的百分之八十，不懂的百分之二十还有待我进一步地阅读。

已经不存在的南斯拉夫有个叫安德里奇的作家，也获得过诺贝尔文学奖。他的《德里纳河上的桥》中对于酷刑——桩刑——的描写，能够使阅读者的心滴出血来。我相信这里的酷刑描述一定影响了莫言的《檀香刑》。我觉得他最值得研读的是大约有五万字篇幅的《万恶的庭院》。老苏丹去世，大儿子巴耶塞特和二儿子杰姆争夺继承权，杰姆战败后逃往罗得岛上的天主教约翰骑士团，被以接待苏丹的规格盛宴款待，实际上是被控制做了囚徒，失去了自由——这段历史是一个叫恰米尔的年轻学者讲述给狱中难友哈伊姆的，哈伊姆把他听来的故事讲述给了另外一个狱中难友年老的塔罗修士，同时讲述了年轻学者恰米尔因为喜好研究历史而被省长关进监狱的故事。恰米尔所讲述的兄弟争夺权位的历史与他自己所属时代的现实惊人相似：当朝苏丹有一个兄弟被宣布为白痴遭到终身监禁。恰米尔在监狱里被狱官打死。年老的塔罗修士把从哈伊姆处听来的恰米尔讲述的故事和他本人的故事在他临终前讲述给了狱中的一个年轻的教士。他本人的故事是他自己如何进了这所监狱——万恶的庭院的。我觉得这种层层讲述的金字塔型结构是对小说手法的一大贡献。这种方法未必就是安德里奇首创独创，但我确实是从他的这部小说里看到这种手法的。这种层层转述与现实生活中的情况是一致的。我们听一个人讲了一个事情，他讲的事情是他听来的，而讲给他的讲述者也是从另外一个讲述者那儿听来的……这样推演下去，将至无穷。在安德里奇这里，每一个转述者自己本身也有悲剧，他们都在万恶的庭院里，都有不幸的历史，每增加一个转述者就会增加这个转述者本人的故事，这座由尖顶往下建造的金字塔就会扩大一级，没完没了地扩大下去的话，这座金字塔将会变得无限大，这种膨胀本身就是对于万恶的庭院的罪恶的象征化处理，黑暗变得没有边际……

塞尔维亚作家帕维奇的《哈扎尔辞典》是写梦幻的奇文，许多人物在他人的梦里度过了一生。为了完成复仇，报仇者只好到他人的梦里去寻找那躲避到梦里的仇人，结果报仇者与仇人在梦里搏杀，双双殒命，报仇者与仇人都永远回不来了，消失了。帕维奇无疑受到了博尔赫斯的启发，把博氏的短篇发扬壮大成了长篇，当然也添加了更为复杂的内容，并融合进了他本人所属的民族梦幻与传说。上海的翻译家曹元勇先生翻译了他的《君士坦丁堡的最后之恋》，是用塔罗牌结构创作的小说典范，我还没有读到此书的幸运，以后读了它再谈吧。

瑞典皇家文学院给予匈牙利作家凯尔泰斯·伊姆莱的授奖辞是“作品支持并肯定了个体用脆弱的经历反抗历史上的野蛮的、未开化的专制独裁”。纳粹德国之所以会横行世界，就是因为有了希特勒的绝对权力。那是人类未开化时期的罪恶幽灵附身到希特勒身上的结果。那是类似于野兽群中战胜了其他所有雄性动物的东西。那是人可以把人的尸体当作食物的时代。那个时代无人认为吃人是邪恶的。那个时代人还不是人，是“野兽”中的一种。纳粹德国这种返古的力量把人类倒退到了那样的时代。它几乎是遗患无穷的。凯尔泰斯童年时期是在纳粹集中营中度过的，可成年以后的他，青年、中年时期的他，依旧生活在“童年时期”。纳粹德国灭亡了，但匈牙利却变成了本质上几乎没有什么区别的纳粹德国。他在童年时期得出的“生存就是顺从”的活命经验，依然有效。忍受着，扼杀掉所有的自由，自由的行动会导致生命的丧失，扼杀深入到思想深处。成年的凯尔泰斯生活在他的小说《非命运》中的“集中营”里，必须像个未成年人一样唯唯诺诺，只有一条道路是通向生命的，即使到行将就木的那一天，也得像个“听话的孩子”，严格遵守“幼儿园”的规章制度。

集中营不是消失了，而是扩大了，整个匈牙利都成了集中营。这个时候，一个像凯尔泰斯这样具有强烈自由思想的人还会让他的孩子来到这个世界上吗？不为奴隶主制造生养小奴隶，这种最小范围的反抗显得多么无能。可在现代奴隶制国家，统治机器再不像18世纪的美国南方那么原始，反抗者并没有一个“密西西比河那边的北方”可逃。奴隶们由于在童年时就被吓破了胆，一旦他的孩子来到世上，他绝对没有把孩子杀掉的勇气。一个软弱的奴隶只能想出一个软弱的办法——不让孩子来到世上，不叫他出生。这种悲凉恐怕是悲凉之最。凯尔泰斯的亲身体会为他赢得了世界上的最高文学奖，这是不幸之幸。但是不可忽视东欧剧变给他带来的福音。除了第一部长篇小说《非劫数》（1975年）是在东欧剧变之前完成外，《惨败》（1989年）和《祈祷文——给一个未出生的孩子》（1990年）都是在剧变之后写作的。这是凯尔泰斯比索尔仁尼琴、帕斯捷尔纳克和布罗茨基幸运的地方。

美国黑人作家莫里森是凭想象完成对于奴隶心理的描述的。她靠的更多的是智慧。凯尔泰斯只须把他生命的历程变成小说就行了。他一生都没有逃出奥斯维辛，他还会在对“集中营”世界的思索中写作下去。今天的匈牙利虽然不是“集中营”式的社会了，可凯尔泰斯不会放弃他的思索。世界上还有很多人，包括与他同样杰出的一些作家依旧生活在“集中营”式的社会里，他们的“生存”依旧“就是顺从”。这就导致了他们可能会写出《非劫数》那样的作品，可他们怎么可能会写出《祈祷文——给一个未出生的孩子》这样的作品呢？这是多么可悲的命运！

八

冰岛作家拉克司奈斯，我读过他的长篇《独立的人们》和

《青鱼》这样的短篇。前者与挪威作家汉姆生的《大地的成长》十分相像，作者也承认继承了前者。二十多年前，在我的鼓动下，一个文友把书店里的压舱货——一套《历年诺贝尔文学奖长篇小说简缩本》买了下来，好几百元人民币，我之所以鼓动文友买，是因为我花那几百元有些吃力。我借了其中的好几本，其中有一本是《独立的人们》。当时我读后觉得前面写鬼魂与传说的几章，对于荒野、对于拓荒的原始神话性的开掘，极有冲击力。后来从省图书馆借来全本读后，反而感觉不如简写本那样强烈了，竟然给它下了一个平庸的结论。《青鱼》对一个九十多岁老太太顽强地日夜拼命剖鱼的描述，我觉得不值得特别推崇。这位现实主义作家缺乏的是象征扩展的能力，不能把剖鱼老妇提升为整个民族之母的地位，小说也就没有震撼力，更没有绵长的无穷余味。我倒是对瑞典作家拉格奎斯特的《侏儒》倍加崇尚。这部作品里的强大象征力量，把一部十万字左右的小说提升到了百万字的现实主义作品都无法到达的广阔度。瑞典作家斯特林堡的戏剧叫我十分纠结，他的《到大马士革去》我寻找等待了很多年，五六年前终于读到，现在回想起来，记忆竟然十分模糊，没有什么特别的地方。凭着这样的记忆，我似乎没有资格谈论它。《一出梦的戏剧》我看了至少两遍，也没有留下深刻的印象。《鬼魂奏鸣曲》中死去的大学生的鬼魂经常来到主人家门口讨要牛奶，还有橱柜中的、死去的、变成小骷髅了的妻子，种种怪诞的情景令我耳目一新。

汉姆生的《维多利娅》是我认为已有的人类情感结构里面的不容忽视之作。女主角维多利娅与男主角相爱，但男主角是个穷作家。维多利娅的父亲濒临破产，为了救父，维多利娅按照父亲的意愿嫁给了一个有产业的能够救父亲的男子。穷作家参加了维多利娅的婚礼。之后维多利娅的新婚丈夫得知了原委，到山林里打猎，猎枪走火，失去了生命，产业也已面临倒闭，根本就救不了维多利娅的父亲。父亲绝望了，离开了人世。维多利娅与穷作家间的爱情障碍一个也不存在了，可是这时她却大口大口咯血，肺病到了晚期。维多利娅的病——这个真正的死神夺去了他们的爱情。爱情惨败，有情人不能长相厮守。挪威作家易卜生的象征剧《罗斯莫庄》《培尔·金特》《布朗德》《海上夫人》《大建筑师》，使我完全把他看作与他的那些社会问题剧的制造者不同的作家。从易卜生前后写作的变化上似乎可能得出这样的结论：现实主义是一个作家写作的初级阶段，象征主义是高级阶段。一个作家在他的成长过程中，首先掌握的便是现实主义手法，他读了初中、高中也就自然掌握了现实主义创作手法，再接着读大学、研究生，也就进入到了象征主义世界。这样的变化在易卜生的创作中特别明显，非常典型。

九

瑞士作家迪伦马特的戏剧《老妇还乡》是我二十多年前阅读过的。这部戏剧中的老妇回到家乡，要她年轻时的恋人卡尔的生命，因为当年他抛弃了她。而她流落异国，攀上了一个石油大亨，大亨死后，她成了富婆。家乡小城十分贫穷，她要市长与全市民众答应她这个白骨精一样的条件之后，就把巨大的财富赠予小城。她的家乡人没有经受住金钱的诱惑，集体谋杀了卡尔，这座小城变成了一座罪城。我前面分析过金钱在小说中的作用。《悲惨世界》中，冉阿让使财富长上了童话那样的一对金翅膀，他把这对翅膀送给了苦难妓女的女儿珂赛特，她飞翔在人世的上空，找到了她的爱情，与她的爱人双双飞进了金色乐园。而在迪伦马特的《老妇还乡》里，金钱是作恶的工具，这位老妇扮演了复仇女神的角色，她的金钱把生她养她的家乡变成了罪恶的索多玛。这部戏剧的内容使我联想到了马克·吐温的《败坏了赫德堡的人》，两部作品之间无疑存在着继承关系。迪伦马特的戏剧《天使来到巴比伦》，还有小说《诺言》《抛锚》都是文学世界里的杰作。《诺言》讲一个刑警对一位母亲担保一定会抓获杀害她女儿的凶手，为了这个诺言，他几乎把一生都耗进去了。《抛锚》发生在一个汽车旅馆，一群人轮流扮演罪犯，结果人人内心里都有邪恶，都有犯罪的潜在意识，人人都是罪犯——这样的结论把人间变成了没有希望的地狱。

比利时作家梅特林克的象征剧曾经叫我十分入迷。《盲人》中的一群盲人由一个牧师带领走出茫茫的大丛林，不幸的是牧师中途死亡。盲人们失去了带路人，他们将如何走出大林莽，命运叫人揪心。这部剧的象征意义是明显的，人类目前就处在这样的处境里。对于宇宙来说，人类便是盲人，那曾经引领我们的神明，不知他们消失到哪里去了。他们是灭亡了呢，还是远远离开了人类，谁也不清楚。《室内》这部剧写的是一家人围绕一个将要死去的孩童，他们在室内，而在室外，那黑暗的夜晚代表了死的世界，小小的室内是生的空间，这么小的室内被强大的室外压迫着，孩子命悬一线，一家人处在彷徨恐惧之中。这部短短的戏剧，其象征力量是巨大的。小小的室内不就象征了我们活着的人有限的生吗？而室外广阔的无边无际的黑夜是巨大的死。这样的戏剧看后叫人更深地感知和理解了世界的本质、人的本质，也会更客观冷静地对待世界和人生。大家所知更多的是他的红红火火的《青鸟》，我在二十出头时就读过这部戏剧，今天我依旧不看重它，它的明亮色彩与肤浅内涵几乎是同一种元素。作者大概是写给孩子们看的，作为成人为什么还要看它呢？

十

我这样仅凭着记忆写评论是不合适的，首先态度是不严谨的，不是做学问的态度。可我的目的并不是做学问，我只是要写出我对于全世界全人类小说和戏剧的阅读记忆，在记忆的基础上所做的个人式评判，喜好嫌恶全是我寇挥式的。我阅读的目的是为了我的小说创作，这个目的比较实际，也是形而下的，实用主义的。我还有个目的，就是要览尽世界小说的样式，把世界上已有的成为经典的小说一网打尽，然后从小说的已有形式和内容出发，创造出我个人的小说。我曾经说过全世界最难的小说是人类情感的新结构小说，因为人类感情的结构已经几乎被历代小说大师们穷尽了，若想创造出新的人类情感结构，可以说是痴人说梦。世界上的形而上构思的小说还没有穷尽，因为这类小说从20世纪，从卡夫卡起，小说家们才开始努力营造，时间也就一百年，这样短的时间，空间还没有被全部占领，还给未来的小说留有了余地。这类形而上构思小说对我这样写小说的人来说并没有觉得艰难，我写的许多小说都是这一种类的。我给自己定了一个新的目标：创造出人类情感的新结构。这样的新结构构思我有两部相对来说是比较满意的，我辨别出它是一个新的情感结构，与以往的任何情感结构都不一样。我还有一部计划写四五十万字的形而上构思的小说，自信与人类已有的形而上构思小说都不一样。这些构思都有待于我去完成。

意大利、希腊、西班牙这些地域产生了许多人类的伟大作家，这是令我景仰的地域，更有我崇拜的伟大作家，荷马、索福克勒斯、维吉尔、但丁、塞万提斯、维加、皮兰德娄、黛莱达、卡赞扎斯基、塞拉……我所选的十多位世界级大作家中，这片地域就占了五位，但是我所选的两部世界文学的高峰，这些大作家的作品一部也没有。与《悲惨世界》《白鲸》相比，我对他们的作品所持的更多的是批判的态度。

我觉得谈论《伊利亚特》和《奥德赛》没有多大意思，倒是谈一番受它们影响而产生的20世纪的几个作家的作品很有趣。像詹姆斯·乔伊斯的《尤利西斯》和圣卢西亚作家沃尔科特的《奥梅罗斯》都是经典启发与影响下的经典了，这种从经典到经典的现象值得深思。把古典当代化，好像是古代的人经过乔装打扮之后在新的时代新的舞台上复活了，这种复活古典的写作，一般遵循的原则是戏仿反讽，搞出滑稽的韵味来。塞万提斯的《堂吉诃德》是戏仿文学的典范，通过当世的人对于古代骑士英雄的模仿，挖掘出了当世之人的可怜与渺小。堂吉诃德在当世之时是个老之将至的乡村酸儒，他的所有的梦想都在他流连忘返的骑士小说里。他哀叹着骑士时代远逝的同时，内心计划着去周游世界，行侠天下。他把内心的梦想付诸行动时，一场滑稽戏便开始了。在这里我想谈谈我的《虎日》，这部长篇小说最初的名字叫《西绪弗斯的石头》，还叫过《素王》。孔子被叫作素王，他带着一群学生周游列国，这个孩子王学生头也有点儿骑士的味道。我是阅读过《堂吉诃德》之后，莫名其妙地就有了《虎日》的构思。这部小说受到《堂吉诃德》巨大的影响，借鉴的痕迹一目了然。尽管如此，我的这部小说还是使许多文坛高手惊讶看重。第一个对它叫好的是我的忘年交朋友爱琴海，他是当时陕南地区名气最大的作家。后来叫好的是上海的曹元勇，这位当时《小说界》的小说编辑成了我二十多年的朋友，结缘的便是这部小说。他在1997年从上海给我打来电话，说这部小说发表以后会一炮走红。可惜的是，这部小说至今也没有得到正式发表出版。过了七年，2004年春天，吴玄在《当代》做编辑，我把稿件给了他，第二天他来到鲁院，说我把他“折磨”得一夜没有睡成觉，直到把小说读完。他放不下来，大声叫好。他把稿子递交上去，上面不发，他又把稿子转到了北京大学的左岸网，当时李云雷、徐则臣都在那儿读研，网站也是他们打理的。

索福克勒斯的《俄狄浦斯王》也是影响了无数世纪的源泉

之作。恋母弑父情结是陀思妥耶夫斯基的《卡拉马佐夫兄弟》的主体构架，戴·赫·劳伦斯的《儿子与情人》更是赤裸裸地搬用了这个人类不化的硬结。奥地利作家赫尔曼·布罗赫的《维吉尔之死》对于《埃涅阿斯纪》的创作者维吉尔内心痛楚的还原，对于这部史诗的再创造，对于世界文学来说也是不容低估的贡献。20世纪的意大利文学夜空，群星璀璨，皮兰德娄、黛莱达、莫拉维亚、卡尔维诺、翁贝托·埃科、马莱尔巴、夏侠……在我的记忆里，曾经把皮兰德娄的《亨利四世》当作他最重要的作品。这种以他人的身份生存的人，那被他冒充扮演的人未必就不是他的真我，而实际生活中的他自己也不见得就是真他。在古代皇帝的外衣下，他完成了真实的自我。这么说，穿着他真正身份的衣裳的他，只是一个外表的假我。“亨利四世”这位神圣罗马帝国皇帝的扮演者，在他的情敌的阴谋设计下，从马上栽下，脑部严重摔伤，虽然没有死去，但在醒来之后，却真正地以“亨利四世”的心理与感觉活在世上了。朋友们为他假造了一座亨利四世时代的宫殿，他便像精神病人一样生活在这样的有仆人假扮成亨利四世廷臣的疯人院里。岁月匆匆，一晃二十多年过去了，“亨利四世”当年的恋人在其情夫的陪伴下来这座假造的宫殿看望他。更为神乎其神的是，这位精神障碍患者竟然清醒了，忌妒心不但没有消失，没有一丝一毫的减退，反而更加强烈了，他被复仇女神俘获，佯狂中刺死了他的情敌。于是他不得不永远把皇帝的角色扮演下去了。这一次他不会感觉到自由了，他的自我意识恢复了，“亨利四世”的外壳成了他真正的囚服与监牢。这部剧作立意不高，把人心的邪恶忌妒挖掘到了失真的地步，但它毕竟是一部注入了新意的创作，阅读两遍后，直到把它解析清楚，觉得非常值得。以前我对皮兰德娄的《六个寻找剧作家的角色》这部戏剧一直重视不起来，觉得相当做作。半年前我硬着头皮把它读到了最后一个字，没有想到阅读的结果是：这是皮兰德娄最好的作品。以前的译本把“角色”译成了“剧中人”，显然是有问题的。剧中寻找剧作者的不是人，而是鬼，所以说它是一部鬼戏。特别是那两个一直没有开口说话的孩子，他们早已死了，他们是来控告父亲来了。而剧作者可能就是上帝，是神明，是造人的智力主体。《高山巨人》也是读了不会觉得后悔的剧作，还有《给赤身裸体者穿上衣裳》，也有相当的文学水平。

莫拉维亚的短篇小说《梦游症患者》《雷霆的启示》《睡梦中听到爬上楼梯的声音》《中国盒子》，不是一些单单写出了出奇故事的小说，故事出奇已经是非常高的成就了，但莫拉维亚在每一个短篇里都还创造了新的小说手法。这些手法在讲小说写作的书里可能没有。比如怎样在小说里翻转人物的身份，莫拉维亚在《中国盒子》里的试验十分成功。两个有仇怨的人物，其中一个先在梦里假扮成对方，以对方的口气进行叙述，逐渐露出马脚，还原到他的本来身份。

卡尔维诺几乎是每一个中国作家的朋友，他们张口闭口都是卡尔维诺，连五笔字型的词组里都有了这个名字。我最初阅读的是他的《祖先三部曲》，《树上的男爵》直接影响了我的《会飞的无腿士兵》，通过这篇小说我处理的题材是中国与越南1979年的战争，一个在战场上失去了双腿的士兵回到国内后，从魔鬼那里讨要了一对翅膀，他会飞了，用这对魔鬼的翅膀把自己变成了小城上空最自由的飞行者。他已经不是人了，而是魔。阅读《看不见的城市》时，书是曹元勇从上海邮寄给我的。书是廖增湖先生的，我把它复印后又从陕南寄回了上海。《命运交叉的城堡》这样扑克牌结构的小说是读后如果当时不写点儿读后感就会在将来的记忆里找不到过多痕迹的小说，我确实找不到有意义的记忆了。

还有翁贝托·埃科的《玫瑰的名字》《傅科摆》《波多里诺》，我尽管一部也没有读，但我对它们都进行过相当认真的学习。在2004年的鲁院，杨剑敏从图书馆借来了《傅科摆》，他读后觉得不怎么样，我听他讲了讲，立即联想到了博尔赫斯的《特隆，乌克巴尔，奥比斯·特蒂乌斯》，觉得不过是它的扩大版。我并不是小视这种扩大，扩大自有它的非凡之处，自有它的价值所在。假如是在二十年前，我会据理力争这种相似性，也就是继承性的不可避免，认为是人类文学的宿命，可我现在对这样的作品有些厌烦。联系到自身，我觉得自己终于可以创造出与人类的经典文学结构没有任何联系的作品了，便对那些我曾经当作老师看待的世界作家看不起了。《波多里诺》中派到远方去的人物制造了一个虚幻国家，反过来这样的虚幻导致真实中的皇帝面对虚幻所发布的许多指示也就有了虚幻的真实行为，这样的源于虚幻的真实指示进一步作用于虚幻，最终不知虚幻是真实的，还是真实是虚幻的，两者融合塑造了以实体存在的未来……

塞万提斯曾经对我有过深厚的影响，我一度把《堂吉诃德》认作天下最伟大的小说，对它是崇敬有加。人类逐渐趋向法制化的和平社会，古代的冷兵器战争远离了世界，阿瑞斯战神也死了，不仅骑士时代不会复现了，即是萨达姆、卡扎菲及其战友们用枪炮打江山夺取政权的时光也不会重复了，英雄的时代死了，也就意味着人类想以体力显示英雄本色的可能性消失了，早在文艺复兴时期的塞万提斯就捕捉到了这样的绝望，一个乡绅的英雄梦想的可笑。假如我们生存的这个时代，有一个人离家出走，说是要去拉一支队伍，打天下，开创一个新政权，建立一个新国家，那么这个人的命运只能是被关进疯人院去。我就试图创造这样一个人物，这个人物便是我的长篇小说《虎日》的主角。这种人类梦想的绝望与死灭，揭示了人类内心空间的极度缩小，人们只能龟缩在法制化的和平迷雾里终其一生。人类的荒野被耕作成了规规矩矩的农田，古代英雄的骏马陷入肥沃的土壤里，步履维艰，哪儿还能驰骋奔腾呢？梦想也是野心，野心与野蛮相连，野蛮就会有战争，牺牲和糟蹋他者的生命，这样的时代远去了，对于整个人类是大幸。英雄不是集体性的，马上皇帝也只是孤寡一人，那不是为大多数人谋福利的时代，争战的结果只是使极少数人爬上权力的宝座极顶，私利一人而害天下苍生。作为文学作品，作为小说，探索人类的梦想，塑造出这样一个人物，叫人类不要忘记曾经还有如此野蛮的时代，人类还有这样的做梦者，引以为戒是有益的。我曾经有一个想法：把有这种梦想的人放到一个荒岛上，荒岛上有几十万畜类，这种英雄梦想者可以把自己的梦想施加到畜类身上，可以以它们为材料建造他权力的大厦，组织他的金字塔形极度等级社会。维加的《羊泉村》中反抗的村民代表了良心，平民对于权力的抗争得到了国王的同情，国王赦免了处决了军官的村民。

到了20世纪的西班牙，获得诺贝尔文学奖的作家有好几个。何塞·埃切加赖·伊·埃伊萨吉雷、哈辛托·贝纳文特·伊·马丁内斯、胡安·拉蒙·希梅内斯、比森特·阿莱克桑德雷·梅洛、卡米罗·何塞·塞拉。塞拉的《蜂房》之空间结构，我曾经做过细心的研究。我对他的《为亡灵演奏玛祖卡》的手法十分钦佩，心里想着还得做进一步的研读。它与法国作家莫迪亚诺的《星形广场》的结构之间有许多相通之处。现实层面虽然很不重要，但却不可或缺，依附在现实层面的想象层面是主体，在《为亡灵演奏玛祖卡》中表现为转述层面。在想象层面或转述层面，空间是可以随意移动的。人的意识的速度有多么快，人物在空间里的转移就有多么快。这是完全由意识挪动组成的主体故事结构，作家在这一层面获得了完全的解放。还有《暴君班德拉斯》《惨死如狗》都是不能忘记的杰作。

葡萄牙也有一个诺贝尔文学奖得主，名叫萨拉马戈。他的《修道院纪事》这本小说是曹元勇从上海给我寄来的，后来我把它带到了西安。上个世纪90年代有一期的《世界文学》专门译介了这部小说，登载的有一百多个页码。我阅读了这本杂志上的一百多页，后来收到了朋友赠送的全译本，也看了，但感触不深。《失明症漫记》许多文友读了以后，大声叫好，我却兴奋不起来。这部小说的构思，也就是它的起源显然与《百年孤独》中的失忆症相关联。萨拉马戈还有《石筏》等小说，综观他的小说，基本都有一个形而上的哲理构思，可我对他的形而上想法兴奋不起来。他的构思虽然是形而上的，却是这种类型中的下等品或者次品。这种品级与卡夫卡的《城堡》《审判》相比，如果说我在对于文学的神秘感觉中把卡夫卡定为作家，那萨拉马戈便可以定为文字工。

卡赞扎斯基的《基督的最后诱惑》《基督重上十字架》重新演绎诠释宗教经典，我感觉到似乎是对宗教经典的庸俗化，特别是后一部长篇，让一个乡村演员重现基督当年被钉十字架的噩梦，显得不伦不类，不但没有崇高感，还降低了宗教经典的神圣性。不能遗忘的黛莱达，她的《风中芦苇》竟然启发了魔幻现实主义文学先驱墨西哥作家胡安·鲁尔福的《佩德罗·巴拉莫》，这部长篇无论哪位读者读了都不会觉得时间花费得不值得。“我们是芦苇，而命运是风。”这样的格言警句十分刺激心灵。虽然有风，但芦苇是有根的，根深深地扎到水面下面的泥泞里，泥泞下面有石子和土壤，还是蛮结实的吧。这部长篇并不是多么优秀，力量感和深度都难以与世界一流杰作媲美。主人公是个长工，名叫埃菲克斯，他的死与女主人公诺爱米的婚礼同步，倒是不乏悱恻凄凉。村子里的三姐妹艾丝苔尔、露丝和诺爱米的父亲被埃菲克斯失手用石头打死后，四妹丽娅私奔出走了，她们三姐妹就保守着家传的小庄园，苟延残喘着。四妹逃出庄园后，与平民小贩生了一个孩子，她死了，孩子长大了。小说一开始，是这个长大了的名叫贾钦托的年轻人要回三姐妹留守的庄园来。这部分的描述令我对应起了墨西哥作家胡安·鲁尔福的名著《佩德罗·巴拉莫》。这部魔幻现实主义的杰作我一直没有找到它的先源，也就是说胡安·鲁尔福是受什么启发写的。他不管是什么样的天才，也不可能凭空创作出《佩德罗·巴拉莫》。我感觉作者是在阅读这部《风中芦苇》时产生的灵感。假如把贾钦托回村的过程及三姐妹对他的期盼和接待的描述，与《佩德罗·巴拉莫》开始的胡安·普雷西亚多受母亲亡魂的嘱托回村去寻找他的父亲，进了村与几个女鬼魂相遇，被女鬼接待的情节这样一对照，就会产生出后者的构思，加上墨西哥特有的历史，墨西哥革命后农村凋敝的现实，鲁尔福的个人天才，自然就会产生《佩德罗·巴拉莫》这样的杰作。我一直为找不到这部杰作受什么作品影响与启发而倍感苦恼。我自觉自己对于世界小说有着海量阅读，但居然找不到鲁尔福杰作的来源，这不是很有讽刺意味吗？今天我找到了，也就去了一块心病。

十一

有一个欧洲小国在我童年的记忆里不断闪烁。我饿过肚子，家中粮食断顿了，只好把还没有完全成熟的麦穗割回来，煮青麦仁儿吃。青麦仁儿煮了一定是非常好吃的，可我却回想不起来它是什么滋味了。一个孩子走在路上，把路边麦田里的麦穗揪下几个，在手心里揉搓，用嘴把外壳皮吹飞，留下干干净净的麦仁儿，填进嘴里，牙齿锉磨，麦子的清香刺激着孩子的味觉，他感到那是世界上最好吃的东西。就是在这样的生长时代里，我记住了阿尔巴尼亚这个小国。后来我才知道我少年时之所以吃不上饭，是因为我们把粮食都无偿给了这样一个小国。这个小国出了一个叫伊丝梅尔·阿达莱的小说家。

不堪回首！回首的结果是我不能相信岁月流逝得这么久了，二十多年了……一闭目好像回到了多年前，那陕南的大院子里，前面邻近马路与街道的是我工作单位的门诊楼，后面紧挨着河堤的是单位的家属院，孩子们心里没有前院后院的概念之分，总是呼一声就奔跑到了前院。前院是在高处，通过缓坡上的大路可以上去，也可以从北边的高坎爬上去。一个叫琪珊的女孩放学回来，从高台上往下跳，把头摔了个大口子，缝了好多针。我的女儿与这个女孩是同一个年级的，年龄小两三岁的她跟上年龄大、个子高的女孩呼啦一下就跑得没有影儿了，她们多么像是一群鸟啊！有一天她们把高台上的一堵残墙推倒了，残砖压向了我的女儿，有个同事说他看见后心想坏了，要出大事了，他正想往上面跑，忽然见我女儿从砖头下面爬起来，其他女孩替她拍拍土，呼一下就跑到远处去了。还有一天，我女儿与几个女孩奔跑到我的面前，眼泪大滴大滴地掉着，哭着说爸爸有人把小牛杀了。那是单位的同事从河西边的村里奶农那儿买来的才出生的公牛犊。奶农要的是母牛犊，公牛犊一生下来就要被杀掉卖肉。女儿不能明白人为何要把可爱的牛犊杀死，她哭得是那么伤心，那哭声里充满了对于人世的迷茫。这一晃，我的女儿马上就要研究生毕业了，已经找到了工作，签了合同。可我对世界文学经典的阅读还在继续，还要继续下去……还要创作我的新的文学理论指导下的小说，一种人类情感的新结构小说，第一部的名字叫《爱高于苦难》。

刚才我睡在床上，思绪飘到了二十多年前，已经逝去的情景历历在目，心中突生无尽的伤悲。岁月奔流无法阻止，对于过去，速度快得让人不能接受，可是对于未来，你会觉得一年便是十万年，一月便是一百万年，一天便是一千万年，一小时便是一万万年，一分钟便是永恒。岁月的质量就是如此，对于过去与未来，它的轻与重相差得难以计数。我想到了正在书写的这部对于世界文学的阅读回忆，这部回忆会越写越长，因为我先把一些我不太喜爱的地域的文学写了，篇幅有限，而那些我一直热爱的地域，像拉丁美洲，一想起来它，就像是回到了故乡，我的童年少年青年时代都是在那样的故乡里度过的，我对那儿的一切如数家珍，记忆是那么深刻，一旦写到它们，我的笔下会流淌出更为广阔的江河水流。我青春时代就开始进入拉丁美洲作家的家园，进入他们的城市与村庄，与他们息息相关。我从来没有去过拉丁美洲的任何一个地方，现在和将来估计也没有财力到那里去，我只能在文学作品里到那儿去，进入他们的世界，与作品里的人物同呼吸共患难。我是多么热爱文字里的世界，我感觉这个世界比现实中的世界更有质感，更有活力……

上午我谈到阿尔巴尼亚的卡达莱时，关了电脑，去学生食堂吃饭。吃的是土豆焖饭，有十种小菜，覆盖在米饭上面，看着就口生津液，还有一小碗米汤，喝到嘴里，顿觉再无世界。我现在继续谈对这位作家的作品的记忆吧。记忆最深的是《梦幻宫殿》，高兴翻译的，他现在是《世界文学》杂志的主编。在这部小说还没有翻译成中文时，我就喜爱上了它，在等待中加深了对它的喜爱。它一出版，我就马上买来阅读。统治者专门组建了一个对于梦幻的审查机构，这个机构就叫梦幻宫殿。这个机构从上到下有无数个组织，从帝国中央到广大农村和城镇，这个机构的无数分支组织收集和捕捉帝国臣民的梦幻，从梦幻里分析臣民是忠诚还是反叛，一旦发现苗头，就把做梦的人逮捕，进行严酷审讯，直到挖出一个叛逆集团出来，株连无数。这部小说使我看到了卡达莱对于反乌托邦小说的新贡献。专制帝国已经深入到臣民的梦境里去，连人的梦幻都要控制管理了，真是无孔不入，登峰造极了。英国作家赫胥黎的《美丽新世界》、乔治·奥威尔的《动物农场》和《1984》、俄国作家扎米亚京的《我们》是《梦幻宫殿》的先驱，卡达莱从中吸收了丰富的营养，创造出了他自己的反乌托邦杰作。这部长篇是1984年出版的，之后就成了阿尔巴尼亚当局的禁书。

我也创作有一部反乌托邦长篇小说《开国》。这部长篇有二十二万字，完稿于2012年春季。之前一年我的母亲去世了，我带女儿回河南老家许昌奔丧。我是怀着无尽的哀伤来写这部反乌托邦长篇的。我借鉴全世界全人类文学已有的反乌托邦小说经典，认为自己在这方面有了新的开拓。卡达莱掘进到了人类的梦幻神秘领域，而我则挺进到了人死后的鬼魂世界。新的王国诞生了，新的皇帝发现了来自于鬼魂世界的异己声音，于是发动了史无前例的捕魂运动。无论乡村还是城镇，各级组织都把捕获的鬼魂押送到首都去。从全国各地通往首都的大道小路上行走着的无一例外都是押送鬼魂的队伍。这些被押送到首都的鬼魂必须向新王朝宣誓效忠，反抗者将被锉骨扬灰，彻底灭绝。我塑造了一个叫宇文英的皇帝的近臣，他按照皇帝的御旨到一个海滨城市去请他年轻时代的导师、一位一代文豪的鬼魂回到阳世，为新的王朝撰写新朝史诗，遭到了拒绝。宇文英如实向皇帝做了汇报，皇帝暴怒，立即发动了全国性的捕魂运动。宇文英被派到他导师的墓地所在的海滨城市的所属地区任捕魂总督，海滨地区的捕魂运动刚刚发动起来，他的母亲便去世了，他回家乡奔丧。他是微服独行的，没有要一个卫兵跟随，一路上他见到了各省各地的捕魂情景。回到家乡后，他为母亲守灵。他们兄弟多，可以轮流守灵。他深夜走出灵堂到了村子的南边，田间阡陌中正走着，看见车隆隆马萧萧的捕魂队伍开了过来。原来是他自己所属的这个村子的捕魂队伍，更叫他吃惊的是，被绑着铁链押送的队伍中竟然有他刚去世的母亲的鬼魂，他突然间眼泪长流不止。

另外，卡达莱还有两部长篇小说《谁带回了杜伦迪娜》和《错宴》出手不俗，我都很认真地阅读过。《谁带回了杜伦迪娜》中，妹妹杜伦迪娜由于爱上了一个异国人而远嫁他乡，哥哥答应母亲一定要把妹妹带回来。不幸的是，哥哥很快就亡故了。三年后哥哥的亡魂爬出坟墓，到异国去把妹妹带了回来，实现了他生前对于母亲的承诺。《错宴》写的是一个阿尔巴尼亚学者发现从德国来的军队里有一个人与他留学国外时的一个同学可能是同一个人，就邀请这个人去他家赴宴。战后，这个人遭到了清算。其实那个到他家赴宴的德国人并不是他真正的同学，而是一个纳粹军官，他努力地扮演着同学这一角色。

连接欧亚大陆的土耳其，若不是2005年有个叫帕慕克的作家获得了诺贝尔文学奖，我对这个曾经的奥斯曼帝国的文学几乎没有接触。博斯普鲁斯海峡里的海水吸收了多少拜占庭帝国君士坦丁十一世皇帝臣民的鲜血，奥斯曼帝国的穆罕默德二世率领大军破城而入，血洗城市，幸存的女子全部被强奸，老人与孩童被杀掉，青壮年被卖作奴隶。我真的不敢相信这是发生在人类公元1453年的惨剧。这才刚刚过去了五百多年，时间很短很短。人类的心就这么残酷吗？一个帝国非要把另外一个帝国斩尽杀绝吗？君士坦丁十一世皇帝脱下紫袍，与士兵们一起战死在了街巷里。就是在这样一片地区，五百年后的帕慕克写出了《我的名字叫红》《雪》《白色城堡》等长篇杰作。众多朋友像是起哄似的为《我的名字叫红》叫好，而我对这部小说并不重视，原因是我的小说《黑夜孩魂》是用同样的方法写的，写于2001年，翌年发表。我更喜爱他的《雪》，这部小说的社会宗教的广阔程度是他的其他小说不能相比的。《白色城堡》这样的小说需要更高的智力，帕慕克的小说智慧显然还有些欠缺。

印度、巴基斯坦和以色列，还有约旦、卡塔尔、也门……

印度裔的英国籍作家拉什迪是世界文学园地里的一棵巨大的橡树，虽然我与他远隔万里，自从1988年，却成了形影不离的朋友，就对他不断地递进性地热爱起来。我最早读到的是他的《午夜的孩子》，是电子版的。翻译家刘凯芳先生翻译出了这部世界杰作之后，原先答应出版这部作品的出版社却不能如约出版，翻译家守着译稿等待了十多年，直到2015年，北京燕山出版社才出版了这部小说。没有多久，翻译家就与世长辞了。我感到这十多年的漫长等待对老先生有着严重的伤害，假如译稿在十多年前就顺利出版，老先生应该还有更多的岁月。与译者交好的朋友、同样也是翻译家的曹元勇先生把电子稿无私给了我，我把它打印出来阅读。当时读了一遍，过了几年，又重新阅读了一次。那时候正式的书还没有出版，书出版之后，我尽快买了一本，拥有一本正规出版的书，表达的是我的敬重的心意。那是2004年，我在北京鲁院学习，又把电子稿发送给了好几个朋友，邱华栋、李浩、薛燕平。还有陕西的朋友徐晔、冯积岐、爱琴海，我送给他们的是《魔鬼诗篇》的复印件。

人类所有的智慧加起来，也不可能制造一棵草。这棵草绝对不是眼前的这样简单，它包含了无尽的过去，还包含了无穷的未来，它的遗传基因里带有所有的过去的时间，也带有所有的未来的时间，它不是单单的一棵草，它是无数代、无数世的草的总和，这是人的智力能制造的吗？不是，绝对不是！而包括小说及其他所有种类的文学却是人工智力的产品，它完全是能够穷尽的，你花费三十年时间阅读它们，一定可以饱览天下所有的文学经典。我是说那些经典，那些经过大浪淘沙后的金子是有限度的，数目并不庞大。从荷马史诗、古希腊三大悲剧作家的悲剧开始，一路读下去，古罗马时期的文学经典屈指可数，中古时期更是少而又少。14世纪到16世纪的文艺复兴时期，主要是法国的拉伯雷、西班牙的塞万提斯和维加、意大利的但丁和彼特拉克、英国的莎士比亚，随着时代推移，法国古典主义的高乃依、拉辛和莫里哀的戏剧登上舞台。到了18世纪，德国才有了剧作家莱辛，英国才有了劳伦斯·斯特恩……课程并不繁多，最难啃的骨头是20世纪的文学。你只要拿下了20世纪，下来只需花拿下20世纪的三分之一的时间，就可以穿过19世纪的文学海洋。人类19世纪的文学，特别是在小说的写法上还没有什么复杂的令你头痛的试验，它的主体是内容，方法只有现实与浪漫，或者说两者其实是一个东西，都是好读好懂的结构与手法。文学进入20世纪之后，人类的文学大脑尽在手法上搞试验，意识流、超现实主义、表现主义、存在主义、荒诞派戏剧、黑色幽默、新小说、新寓言、魔幻现实主义……它的主体不是内容，而是手法方法的创造与实验，手法方法构成了20世纪文学的巨大泥潭、无边沼泽，陷入者不能自拔，淹死者的尸体漂满了水面。而我提出的文学新主张，我创造的文学新理论：人类情感的新结构，这毫无疑义指的是小说的内容，是在19世纪的主体世界里挖掘开拓。人类情感结构的阵地已经被悉数占领，从顶到底被翻腾了无数遍了，若想发现与创造一个新的情感结构，你会觉得这是世间最难做的事情。若要在20世纪文学手法的试验场里要几个花招，那还是有空间可寻的，难度并不是太大。形而上的哲学构思的难度同样低于人类情感的新结构。比如卡夫卡的《城堡》，一个叫K的人被征召为城堡的土地测量员，他来到城堡下面的村子后，经过无数努力也没有进得了城堡——这样的构思难度确实不是太大，在人类新世纪里，还能找到很多很多。人类20世纪的文学为什么如此繁荣，就是因为在这样的形而上构思上有创造的巨大空间。有矿山就可以开采，有空间就能够建造大厦。人类情感的结构业已被开掘尽了，你还能造一个新的吗？一旦造出来，你可能就会发现它依然没能逃出已有的窠臼。你除了绝望不会有什么别的感受。而我的小说新理论就是要你绝处逢生，要你在没有中创造出有，在绝地上建筑生的方舟。

拉什迪的《魔鬼诗篇》是2004年我在鲁院学习时，从邱华栋那儿借来阅读的。读了一个月。华栋以夸赞的口气说我读书认真，读了整整一个月。实际上我是一边修改我的《捕杀“大记忆”》，一边阅读《魔鬼诗篇》。我白天修改我的小说，晚上阅读拉什迪的作品。读完以后，我到学校南边的复印店里复印了两份，一份是给我自己的，一份寄到了上海，是给曹元勇的。他要我把书寄到上海，他复印之后，再给我寄回北京，我对书的主人说了，他表示了异议。我也觉得那样不合适。明白了元勇的心思，就复印了两份。钱不多，两份也就八十多元吧。回到西安后，又把复印件复印了两份，分别给了两位热爱阅读的朋友。

我还是先谈《午夜的孩子》，再谈《羞耻》，最后一个谈《魔鬼诗篇》吧。在谈论这三部小说之前，我还得再谈《悲惨世界》。文学史家总结说雨果的《巴黎圣母院》是写宗教的，《海上劳工》是写自然的，《悲惨世界》是写法律的，我却无法认同文学史家的看法。我认为真正写宗教的是《悲惨世界》，《巴黎圣母院》的副主教什么的不过是披着宗教的外衣而已，加西莫多这位副主教的养子与仆人更是与宗教没有什么关系，艾丝美拉达这个隐修女由妓女从良后生育的女儿，更多继承的是吉卜赛人的传统，这部小说无疑是浪漫主义旗帜下的情爱小说，挖掘的是人类肉体与心灵深处的爱。《悲惨世界》里的沙威虽然被评论家定性为法律化身，但这部小说实际与法律上的联系都是表面化的，我认为它并不是深挖权力之恶制度之恶国家之恶的法律小说的代表，反而是宗教小说的典范。它明处是写国家、权力、法律，冉阿让为饥饿中的姐姐的孩子偷了面包而被判五年徒刑，因为越狱犯规一再加刑，坐了十八年牢狱，出狱后又因为偷主教大人的银器被主教教化，发誓把对于社会的深仇大恨转化为对于善的追求，此后的冉阿让变成了新上帝。我可以说雨果在这里创造了新的宗教。冉阿让这样一个新上帝新基督通过当时世界对于人造宝石的需求，造福于广大民众。后来由于沙威僵化性的对于法律的忠诚，导致了一个与他相貌相同的人被判重刑，他解救了那个人，袒露了自己的苦刑犯身份。人造宝石使一座城市的经济突飞猛进，这个市长拥有了大笔的钱。他逃走时没有忘记他的财富。看来新上帝也需要财富支撑。新上帝把妓女的女儿珂赛特与男爵的儿子马吕斯从贫穷的火坑里和死亡的战场上救了出来，这两个青春男女不就是新亚当和新夏娃吗？这便是新人类。而沙威只能扮演撒旦，他在新上帝拯救与创造的新世界面前羞愤绝望，他跳塞纳河是自然的。《悲惨世界》其实真正描述的是上帝与撒旦的善恶之战，善恶的对象是新人类。新人类是甄别善恶的试金石。拯救爱护新人类的任何行为都是美的善的行为，而残害新人类的任何行为都是丑的恶的行为。新人类就是新亚当与新夏娃，他们被新上帝送进了婚姻的伊甸园；新人类获救了，新人类有了新的希望，新人类与新上帝有了新的新约定，新新约便诞生了；新上帝便以令人难以相信的极快速度衰老了，死去了。新上帝是怀着满意与放心走的……雨果在小说里从来没有写过冉阿让的性问题，他不需要性，这也可以作为他是新上帝的一个证据。

我坚信我的直觉是没有错的，我在遍读了全世界全人类的经典长篇小说之后，从大脑的记忆海洋里升起两座珠穆朗玛峰，一座高峰是《白鲸》，另外一座便是《悲惨世界》，我的理解与解析会更进一步为我树立的两座高峰打好基础。这个基础越来越坚实深厚了。

《午夜的孩子》我读过两遍，两遍之间相隔十一年之久，两次看的都是打印稿。2015年，北京燕山出版社终于出版了这部长篇，我通过淘宝网一次购买了两本。我把一本送给了一个叫宁可的小说家，我多年的文友。买这样一本正式出版的书，纯粹是为了心灵深处对于这本小说的爱。我不会再看它了，两遍阅读对于一部小说足够了。即使我认为的世界文学双高峰我都是阅读一遍就理解透了的。《万有引力之虹》这部托马斯·品钦的近八十万字的长篇小说，我是读了两遍半才终于把它放手的。当时应该把评论写出来，没有写，事隔八年之后，很多记忆流失了，要评它起码还得再翻一翻。难读、难以理解的小说，假如它没有崇高博大的爱的情感结构，假如它没有像《白鲸》那样形而上的行为行动结构，它就不会进入伟大小说之列，更不会成为与世界文学双高峰同样崇高的第三高峰。迄今为止，我还没有发现世界上的哪部长篇小说可以与双高峰并峙，也就是说世界上还没有产生与双高峰同样高度的第三部长篇小说。这个“二”就到了极限了，这似乎是个难以超越的命定之数。

《午夜的孩子》我不想多谈，我只说它对于我小说阅读历程中的近似于颠覆性的贡献。拉什迪写到广阔城市中心一片原始沙漠的遗迹。这座都市是在沙漠里建设起来的，由于城市不断扩大膨胀，沙漠被消灭了，消失不见了，只有城市的核心部位留下了一片沙漠，它成了最为古老的事物，好像成了精，变了妖。这个发现使我的思绪久久不能放过，它在我的大脑里不断变化深化，使我认清了古老的力量，原始神明，一切的源头。有了这个源头，就能进入到事物的远古时代。有了这个眼，你就能够从内陆钻到海洋里去。《羞耻》这部篇幅不是过于庞大的长篇小说里有着同样的类似古老神怪的事物。其中的大胖子医生爱上的总统的女儿，是个白痴，是半个神，但这位体魄高大肥胖的医生却对她爱不释手，鬼迷心窍。医生与白痴女结婚生活到了一起。社会上的妖言谣传嚣张，一个又一个少年被神秘杀死。医生与岳父对白痴女加强了防范，把她用锁链锁到了宫殿的深处。但她还是消失了，只留下了铁链。宫殿与外界相通的只有一个小小的通气孔，她是如何从那仅为她身体几十分之一小的孔隙里跑掉的，这成了谜。小说写的是大的国家政治事件，神怪与神话却是主体和灵魂。我突然联想到了《万有引力之虹》。《午夜的孩子》结尾时主角解体了，这样的解体在《万有引力之虹》中也是主角的命运。《羞耻》中的神秘白痴变成了社会谣传中的白豹，《万有引力之虹》也有类似的情景。电影明星玛格丽特寻找她失踪的女儿卞卡，在漫长的路途中，她成了一个深夜梦游人，于是她所到达之地的孩子一个一个失踪了，有的孩子被发现时，是漂在大湖水面上的……我不想拿起书来进行对照，记忆，记忆就足够了。记忆中是什么样，什么程度，就写成什么样什么程度，这无可厚非。

《午夜的孩子》中富商的儿子萨利姆·奈德与街头卖唱艺人的儿子湿婆同一个时间，也就是印度新生日出生在同一家医院，被助产士调了包，富商的儿子变成了穷人的儿子，穷人的儿子变成了富商的儿子。在印度独立的这个特殊的时刻总共诞生了一千零一个婴儿，这些孩子中最接近那个特殊时刻的是萨利姆·奈德和湿婆，这一千零一个孩子常常举行心灵会议，而萨利姆·奈德和湿婆是孩子们的领袖。这部长篇小说虽然被评为英国布克奖二十五年来的最佳金奖小说，无数评家共同夸赞拉什迪想象的这个一千零一个孩子的心灵会议，但我研读过小说文本两遍，记忆里却没有留下这些孩子们的心灵会议组织行动的故事或事件，似乎那只是个样子货的装潢品，没有实际的意义；而小说里主要写的是“我”（萨利姆·奈德）的现实历程，还有湿婆的现实故事，以及他们的家庭、族人、邻居的现实事件。我感觉到这两个主角的现实故事与孩子们的心灵会议是两张皮的关系，中间没有紧密相连的主体故事，假如把孩子们的心灵会议这样的天才想象去掉，对于小说本身来说也不会有多么大的影响，两个主角的生命历程足以使这部小说强势起来了。《魔鬼诗篇》中飞机爆炸后，从高空坠落的吉百列和萨拉丁这两个成年主角到了伦敦海滩上之后，一个变成了天使，一个变成了撒旦，他们城市漫游与各种各样的遭遇依旧是游历小说的旧有模式，他们梦中的古代故事的主体是有关伊斯兰教的创始人穆罕默德的早年经历。吉百列是英国人，而萨拉丁是印度人。这部小说不能不叫我联想到英国作家亨利·菲尔丁的《弃儿汤姆·琼斯的历史》，汤姆与他的同母异父兄弟布立非的故事。我推测拉什迪的《午夜的孩子》和《魔鬼诗篇》都与亨利·菲尔丁有继承关系，他的两部长篇在人物组成与游历结构也有共同之处，这说明再了不起的天才也做不到永远不重复自我。我的看法是，《羞耻》这部长篇小说是拉什迪的最高成就，这部小说比其他两部都要优秀。我建议作家同行们把三部长篇都要阅读一下，把它们比较研究一番。他的《摩尔人的最后叹息》我还没有读，我看到一位山东的朋友写的书评，想到在对于拉什迪的研究上，有人比我全面，比我更有话语权。拉什迪至今还没有获得诺贝尔文学奖，他自己可能对此并不在意。我要说的是，这位移民作家远比众多的诺贝尔文学获奖者的文学成就要大得多，水平要高得多。

有关移民作家，世界上还有特立尼达的奈保尔和日本的石黑一雄，他们与拉什迪一起被称作世界三大移民作家。奈保尔于2001年成了诺贝尔文学奖的得主，他的小说有将近二十部吧。在这里我只想谈谈他的《大河湾》。这部长篇小说我也阅读过两遍，前后也相隔有十年之久。2002年读过一次，2015年读了第二次。第一次阅读没有什么启发，甚至在记忆里都没有留下多少影子。第二次阅读我记住了两点：第一点是新的革命者夺取权力之后，把一个曾经在他少年时期帮助过他的老师派到大河湾这座毁了重建、建了又毁的城市当特派员、最高管理者。这位老官员有个年轻的妻子，是个外国人，她与小说叙述者“我”有着恋情。这位外国女子一方面拥有地方长官的妻子地位，一方面又拥有一个年轻的情人。她对情人的爱在她的观念里不啻恩赐，他得感恩戴德才对。她对他是颐指气使，随意临幸。有一天她从地方长官的酒宴上独自离席，奔到情人的住所看他，他要求爱情，她说马上还要回到酒席上去。他怏怏不乐，她心疼了，同意立即让他爱她。而他却怀着愤怒不断地朝她赤裸的阴部啐唾沫，并殴打了她。第二点是那个救了“我”的小贩的儿子的一个怪梦。一群人去刑场观看处决人犯，而到了刑场，他们发现只有行刑的刽子手，而无犯人。刽子手说将要被处决的人犯就在你们这一群来观刑的人中……这种恐怖胜过世界上所有的恐怖，它的象征意义深远而广博，可以解释专制权力最深的本质。它既是形式，又是本质，形式与内容的整体合一。

日裔英籍作家石黑一雄的小说《盛世遗踪》，我是在《外国文学》杂志上看到的，那应该是二十五六年前的事了。后来这部小说出版时的译名是《长日留痕》——爱的创伤在时间里的留痕。杂志刊载的是节译本，有几万字，当时读了只不过记住了这位作家和这部小说，至于这部小说好在哪里，一点儿印象也没有了。我甚至认为它并不出色，写法与内容各方面都是一般的、平庸的。直到2017年10月4日，这位作家摘取了诺贝尔文学奖的桂冠，我还是没有把他放在心上。10月中旬与小说家陈鹏在一起吃饭，说起石黑一雄来，我说邱华栋写过一万多字的石黑一雄专题评论，他认为像这样的作家，世界上现今有二三十个。我说二三十个，得一个一个获奖，无法一次性把奖颁给他们，每年一位嘛。陈鹏说《长日留痕》真好。我反应不过来。近三十年前的阅读印象肯定是不准确的，也很不全面，但我还是无法认同陈鹏的说法。回去我又开始看《长日留痕》。我一边看一边怀疑：好在哪里？这部小说总共有二百四十二页，我读了一半了，也没有读出名堂，读到二百页了，对它还是持不以为然的态度。我没有想到的是，前面写了二百页，全是为了最后的四十页！有了这最后的四十页，这部长篇便是当之无愧的杰作。

史蒂文斯是达林顿勋爵的男管家，还有个女管家是肯顿小姐。我一直不太相信作者会在这两个人物之间写出什么精彩之笔。肯顿小姐内心一直爱着史蒂文斯，可他却像一根木头一样。史蒂文斯因为职业忠诚而对爱他的姑娘肯顿小姐的心深度伤害，小说重点写的就是这种创伤。史蒂文斯忠于勋爵，忠于日薄西山的家族，他是管家，更是奴仆，以达林顿勋爵之荣为荣，仿佛就是勋爵的化身。他在前往韦茅斯的路上，福特牌汽车因为汽油烧干而抛锚在了莫斯库姆村的山坡上，夜晚只好留宿在村里。村人误以为他是个勋爵，他便说他见过首相丘吉尔，村人更加盲目地崇拜他。这个男管家其实就是没落贵族的象征，奴仆与主人是合体的，同一个事物的两面而已。肯顿小姐爱上了这样一个人物，问题是史蒂文斯对此熟视无睹。她因像母亲一样抚育了她的姑母去世而哭泣时，他没有去安慰她。她一再对他说她要谈婚论嫁了，征求他的意见。她多么想对他说她其实爱的是他，他没有丝毫的感应。她多么想对他说，他要是向她求婚，她会立即放弃那个刚刚向她求婚的人，那个求婚者干的是男仆的工作，不但没有他有本事，更重要的是，她心里实在不爱他。可史蒂文斯还是强调他的工作。这个夜晚写得十分紧张，精彩之极。达林顿勋爵秘密宴请德国希特勒的特使和英国首相。一个叫卡迪纳尔的年轻人是勋爵已故世交的儿子，他无疑是英国情报机构的战士，他想通过男管家史蒂文斯阻止这场秘密会谈。这是对法西斯的让步，将延迟对希特勒野心的扼制。这个夜晚有三条线索的重要内容在同一个达林顿府上演。勋爵不断叫史蒂文斯干活，卡迪纳尔也抽空劝说他去阻止这场近似卖国的会谈，而更为重要的是肯顿小姐要对他袒露心灵深处的爱，以他的回应来对人生做出最重大的决定。肯顿小姐经过努力反复说的问题在史蒂文斯这里全成了工作问题，她绝望了，她关闭的房间里传出默默的哭泣声。她为她的爱哭泣，把它埋葬了。因为爱而使心灵受到了多么深刻的创伤，由此可见一斑。肯顿小姐远嫁他乡。多年后，勋爵死了，他背上了出卖祖国的恶名。这个家族没落败亡了，达林顿府被一个叫法尔戴的美国人买去了。契诃夫的《樱桃园》的不朽经典基因在这部小说里得到了遗传。达林顿府的新主人给在这里工作了三十多年的老管家放假，免费让他开主人的汽车外出旅游。他因为肯顿小姐的来信去远方看她，并计划叫她重新回到达林顿府担当起女管家的重任。她的信写得十分悲观，暗示出她对她的生活的绝望。他认为她与丈夫过得很不好，可能常常遭到虐待。他与她见面了，是她提前到他所住的宾馆找到他的。她回答了他的问题，说她的丈夫一直对她十分温和，从来没有对她动过手，但她还是离家出走过三次。她多么想说她是因为爱史蒂文斯才出走的，因为爱他而常常烦躁，觉得再也生活不下去了。而史蒂文斯这个管家，死板忠诚，是古老的大英帝国的象征，是行将就木的躯壳，是摇摇欲坠的将要倒塌的老宅。他是不值得爱的，爱他的结果是身心受到永久伤痛，是精神永不安宁。现在到了人生的晚年，她已经习惯了自己的丈夫，觉得可以爱他了。这样的结论给了史蒂文斯当头一棒。史蒂文斯走了，他决定改变自己的生活，以调侃打趣的诸多技巧开始在达林顿府新主人身边的新生活。达林顿勋爵死了，他的时代过去了，这个已经年老的男管家要进入一个新的时代了。

这部小说虽然简单，但是它所写的肯顿小姐心灵深处因为爱而深受的创伤，这种伤痛的深刻、惨烈、严酷，这样的强度是其他小说家难以达到的。世界小说中最难写的是对于情感结构的新的开拓，这部小说虽然在结构上没有什么新的创建，但它深挖人类心灵因爱所受的创伤这一点，却是对于人类文学的一大贡献。

十二

印度诗人泰戈尔也写小说，他的小说我没有必要在这里谈论。他的诗歌可能是有较高价值的，可他的小说实在是平庸之作。一个作家有没有天才，看他的诗歌是不太容易辨别的，可看他的长篇小说，一部就能看到他的骨髓里去。创造某些句子不是什么了不得的才能，但要创造一部天才性的结构，那不是仅仅凭着天才就能做到的，你不但要有天才，还要磨砺你的天才，至少要磨砺十年以上。磨砺二十年，你会创造出不俗的内容结构。磨砺三十年，你才可能创造出与全世界全人类已有的情感结构同样杰出的新结构。一切旧有的情感结构，你或明或暗地重复了它，便不可能是天才。一个新的结构就可以了，全世界全人类就会一齐叫好，他们会为你的人类情感的新结构入迷、疯狂，高兴或者悲伤，泪水会哗啦啦流淌。一个诗人在诗歌方面做出了巨大的贡献，他在人类情感结构方面创造出新东西的可能性就微乎其微，一个人的天才是有限的，你在这方面强，在那方面就不会强。上帝是公道的，他的爱心是平均分配给大家的。

阿伦德哈蒂·罗易这位出生于1961年的印度女性作家创作的长篇小说《卑微的神灵》，我倒是愿意在这里谈论一番。我是上个世纪末，可能是1998年吧，读了这部小说。1999年冬天我便到了北京文学杂志社做小说编辑，那时有个编辑给北京一家报纸写文章，文章是他与一位作家的访谈，其中谈到了这位印度女作家及她的小说。我看了报纸，上面说罗易十七岁，我见到他后说了我所了解的罗易。他认为我弄错了。这是题外的话，打住。

这部小说后来又出了另外的版本，叫《微物之神》，我也买了一本。我在淘书公社碰到了我以前买过的那种版本，由于是低廉的特价，就又买了一本。我喜欢这样，更喜欢把我喜爱的书送给朋友，前提是我有两本以上的同样版本的书。这部小说的电影结构是十分明显的。罗易是写电影剧本的作家，她精于此道。电影结构的优势是可以在短时间内承载你所要的最大容量。现实时间与故事时间在大多数电影里是分开的，用电影里人物的现实时间（这是极短的）把一生的故事压缩进去，一生的故事可以是人物自身的，也可以是他人的。《卑微的神灵》通过两个孪生兄妹回到故乡探亲这样的现实时间把之前他们祖辈、父辈、特别是他们的母亲阿母与外祖母家的木匠维路沙这个低等种姓的男人相爱的故事压缩了进来。小说主要表现了那对于这个家族所有的人都十分特殊的一天。孪生兄妹的表妹与舅舅的前妻，也就是表妹的母亲从英国乘飞机来到印度，舅舅与阿母、孪生兄妹等人去机场迎接。接回来之后，阿母与木匠维路沙的秘密爱情被发现，阿母被关进一个密室里。孪生兄妹惶惶不可终日，带上新来的表妹划船过河，打算到河对岸一个神秘房间躲藏起来。结果小船翻了，不会游泳的表妹溺死。警方介入，孪生兄妹在外祖母的妹妹的威吓之下，说是维路沙劫持了表妹。警方在河对岸的神秘房子里抓住了维路沙。这个神秘房子便是维路沙与阿母常常坠入爱河的天堂。维路沙在审问中被警察打死……阿母的爱情被彻底毁灭，生活变得没有希望，也不值得了。之后孪生兄妹被分开了，哥哥被送回阿母的前夫、他们的父亲那儿，妹妹被外祖母抚养，阿母只身漂泊他乡，也死了……这个不同等级身份的男女相爱的故事，在印度的喀拉拉邦有着严酷的意义。这样一个情感结构算不得什么新结构，依旧是一个已有结构的翻版，甚至连翻版都不是。我之所以解析这部小说，原因在于它的类似电影的压缩结构，现实时间与故事时间不同的概念与用途，罗易在这里算是给我们提供了一个典范。

澳大利亚作家怀特于1973年获得诺贝尔文学奖，我对他的小说的阅读也有三十年的时光了。最开始读的是他的一些中短篇小说。《白鹦鹉》这部中篇小说可以说是我二十多岁学习写小说阶段的教科书，我把它读了好多遍，它的结构、叙述方法，白鹦鹉作为整篇小说从头至尾的人物命运的象征，这种象征手法对我影响深远。他的《风暴眼》《人树》《树叶裙》《探险家沃斯》等我都买了，有的存放了十几年二十几年，到今天还没有去读，但我把它们的译者序言、对于小说的介绍与解析文章都看过。在书店里买书之前我会翻看一下，买回去后再仔细地读一遍。这毕竟也是一种学习的方法，虽然没有读小说全文，但却了解了它，明白了它写的是什么样的人物与故事。《风暴眼》这部长篇我是

2011年夏季读完的。我住在陕南灵泉山一个叫圣水寺的寺庙里，一边写我的小说《文荆良与花子房》，一边阅读《风暴眼》。这一年圣水寺的神桂——有两千多年树龄的汉桂——枯死了。当地文物部门给这棵老树打了无数瓶大树快活液也没能救活它。这棵汉桂在历史上说是西汉丞相萧何亲手栽种的。联想到汉承秦制，秦始皇的中央集权专制是由汉朝稳固发扬下去的，那么这棵汉桂也许就是专制的化身，它终于枯了，死了。上个世纪80年代初，我二十岁刚刚到陕南工作的时候，单位组织旅游，当时我就来看过这棵巨树。它的树冠覆盖了整个院子，把两边的瓦房都罩上了，不到三十年，它又在我的眼前枯死了。这是怎么回事？历史要告诉我什么吗？这棵树活了两千多年，唐朝宋朝时没有死，明朝清朝时没有死，中华民国时期没有死，毛泽东时代它也没有死，偏偏这个时候它死了，要叫我见证什么呢？怀特的《风暴眼》，读的过程中，小说舒缓的文字能够给予人心灵慰藉，虽然显得过于稀释，文字密度感几乎没有，我还是把它读完了。兄妹两个回到母亲病危的床前，还有一个女护士是专门请来给母亲做治疗的。兄妹两个在母亲的床上有了乱伦之爱。这儿便是风暴眼所象征的区域。整个风暴所经地区都会被它摧毁，但是风暴的中心却平静安然。这部小说读过已有五年之久，记忆中的东西不会太多。他的《乘战车的人》据说是他长篇小说的最高成就。当我得知这部长篇小说很多年前就由内蒙古人民出版社出版过，就不断努力，终于通过淘宝网搞到了一本复印本。正版只印了一千册，能有一本复印件，心灵也算是得到了安慰。几年前我曾经计划把这部书和阿拉贡的《受难周》（中译本为《圣周风雨录》）一起阅读，可到今天还没有完成任务。但我还是十分了解这部小说的，它的介绍及评论很多，还有《世界小说大辞典》上的梗概，所以它在我的心里占据的地盘并不微小。有个画家把他们几个现实中的人画到了一幅表现《圣经》内容的宗教画中，这些人物便是“乘战车的人”，也就是天使。天使既是车也是人，是人与车的结合体。这些在尘世受难的人进入到了天使的行列，他们的苦难没有白受。这是我凭着记忆写的我对于《乘战车的人》的理解，等我回转过身子，我会把它详细阅读一遍，那时也许会有不同的理解。澳大利亚还有一个写过《第十七个玩偶的夏天》的剧作家，我忘记了他的姓名。劳森的小说印象不深。新西兰的曼斯菲尔德的短篇小说档次不低，我记忆不深，也就不谈她了。

（我读《风暴眼》的时候，由于所住的房子是在灵泉山的半坡上，有五眼泉水，号称五龙泉，房间里潮气太重了，我的左臂肘关节在五年后的今天依旧一遇寒气就痛。当时读完它后，感到有两点值得玩味，值得留存记忆里，五年后，我只记得有两点重要的东西，但是却一点也回忆不起来了。昨夜我翻了这本书。

它是1986年由漓江出版社出的，平装本定价四元四角。我算了一下，1986年一个职工的工资是四十元，这本书的定价是我的工资的十分之一，三十年后，一个职工的工资就按四千元算，是三十年前的一百倍，那么这本《风暴眼》今天的定价应该是四百四十元。实际情况是，这样一本五十多万字的书的定价在四五十元左右。书价只涨了十倍。这么一算，发现今天书的消费是最便宜的消费。我重新翻了翻《风暴眼》，找到了那两点值得描述的记忆。书页上有我画的符号，重要的文字下面都画有线条，我稍作阅读就明白了。一点是怀特对一座叫布龙比岛上的风暴眼的描述。主角伊丽莎白·亨特太太在岛上经历了大风暴而没有死，因为她恰好身处风暴眼地带。第二点是她在死亡前，管家和护士把她盛装打扮了一番，然后她们彻夜舞蹈。那是献给死亡的舞蹈，是一种仪式。我认识到死其实就是人生的风暴眼，进入这个地带，你就会得到最大程度的平静。总的来说，怀特的这部篇幅浩瀚的长篇小说，在人类情感结构探索方面并没有取得新的成就。主角亨特太太有三个情人，一个政治家，一个律师，一个生态学家，她的丈夫是农庄主。一个农庄主的妻子做官员、律师的情妇，对农庄显然是有利的。她的一对儿女，也各有情妇情夫。这样的情感结构没有什么新奇感，怀特似乎也不可能创造出新的情感结构，就只好套用人类固有的情感结构了。他在1980年写的

《特莱庞的爱情》倒是对人类情感有了进一步的思索，但说它是人类情感的新结构，还有相当的距离。）

十三

以色列作家阿格农的《婚礼的华盖》的主人公有堂吉诃德的精神。这部长篇小说是我1997年第一次进北京时在朝阳门一家书店买的，过了将近二十年，我还没有读它。有关它的译者序还有评论无疑是读过不止一次，但现在也忘了。奥兹的小说买了不下十本，《爱与黑暗的故事》有近千页厚度。他的《地下室里的黑豹》想法不凡。大卫・格罗斯曼的《证之于：爱》中的地下室纳粹怪兽想必与地下室黑豹有血缘关系。

我缠绵于东半球的小说，花费的时间太多了，还有日本与俄罗斯，俄罗斯小说如大海一样宽广，我记忆深厚，得花整整一天时间去写它们。

我差点儿忘了还有黑非洲，那样一片广阔的世界，我的脑子里除了尼日利亚、南非和肯尼亚，除了沃尔・索因卡、奥克利、图图奥拉、阿马杜・库鲁马、戈迪默、库切、恩古吉・瓦・提安哥，就不了解其他的重要小说家及其小说了。需要纠正的是，索因卡是剧作家。我怎么能把埃及的马哈福兹忘了呢？他的长篇小说《街魂》（后来译为《我们街区的孩子们》），我是1998年买的，是漓江出版社出的。这部小说我在陕南的时候读过一遍，后来在西安又读过一遍。可惜的是，我当时没有把阅读记忆写下来，这实在太遗憾了。有一天我在一所小学的黑板上发现了这样一句话："不动笔墨不读书。"我大吃一惊，醍醐灌顶。不动笔墨的读书，你是在浪费时间啊！你的记忆就那么靠得住？你相信它一年两年三年，还能永远相信下去吗？五年之后，你只能找到散乱的影子了。小说中，人类的象征——一个家族，一代一代地延续下去，像是《旧约》里的人类史，从亚当、夏娃开始的人类史，亚伯、该隐的后代，宗教韵味浓厚。本来就是取材于宗教史的，就是从神造人类始祖开始的人类史。人类的起源带有深厚的宗教性。我还从省图书馆借了他的《平民史诗》，有六七百页的厚度，一页一页读完了。《平民史诗》与《我们街区的孩子们》结构与内容十分接近，我没有弄明白同一个作家，被誉为"阿拉伯现代文学之父"的马哈福兹为何要把相似的内容写成两部厚度都在七百页左右的长篇。这两部小说喜欢把一句话作为一个段落，我感觉就像种庄稼一样种得特别稀，行距特别宽似的。没有细腻的描写，有的基本是文献式的叙述。我受马哈福兹的短篇小说的影响特别大。我有一本《马哈福兹短篇小说集粹》，早在1988年就细心阅读过。我记得有一篇叫《候车亭下》的短篇小说，发生在候车亭周围的事件全像梦幻一样，荒诞不经，但却具有强烈的象征性。还有一篇叫《黑暗》的短篇小说，写的是丛林深处的一间房子四周全被黑暗包围了，人物都是瞎摸着进来的，什么也看不见。他们只能听见对方说的话，靠对话生存，有极深的象征意义。

奥克利的《饥饿的路》我最开始读是在上个世纪90年代的某期《世界文学》上，后来全译本出版后，买来又读了一遍。我印象最深的是作者把其中一个老妇人的家作为所有人物活动的舞台，把不管发生在什么地方的事件都放到这座舞台——这个家里——味道一下子就特别起来了。这种挪移法使作家有了新式武器，操作灵活方便多了。西班牙作家塞拉的《为亡灵演奏》的写法也是这样的。奥克利的这部小说显然受惠于索因卡的剧本《路》。

我对索因卡的《森林舞蹈》和《路》有着深刻的记忆。尼日利亚的新政权要举行国庆仪式，新的统治者想要历代祖先中的英雄也来参加国庆，请求森林之王把他们从历史黑暗的深处派来。森林之王尽管答应了新政权的请求，但派来的并不是他们的民族英雄，而是古代一个国王的武士和他的怀孕的妻子的幽灵。这个国王有着强大的军队，他率军抢劫了邻国国王的美貌妻子，但是邻国国王并没有因此率军前来讨伐，而是默认了这样的事实。这个抢劫者觉得受到了藐视，又一次发动了战争。我们人类的祖先是充满了丑恶的，所谓的英雄业绩只不过是丑恶残酷的伪装而已。女幽灵腹中的胎儿已经怀了三百多年，她希望胎儿能够在这次特殊的机遇中出生。这个胎儿是人类的希望，他就像一代一代延续的未来一样。未来是永远不会出现的，出现的永远都是现在。我们身上包含着未来——这也许便是索因卡的女幽灵肚子里的胎儿的象征意义。《森林舞蹈》对于莎士比亚的《仲夏夜之梦》的学习与继承是显而易见的。荷马的《伊利亚特》无疑也对这部剧作有深刻的影响。索因卡翻转了海伦、帕里斯与阿伽门农兄弟的故事，创造了他自己的天地。这个天地还不能算是新天地，不是人类情感的新结构，依旧是人类情感旧结构的翻版，不过稍微变化了一点儿而已。《路》中的"教授"将他的废卡车厢改装成路边之家，卡车是奔跑在路上的，这个家也就有了永远在路上的宿命。路不是个死东西，它是活的，它时刻在吞噬，它要吃要喝，这便是灾难的根源。路是饕餮，有永远喂不饱的胃口。这就是我们从远古走来的路吗？从丛林里，从原始的野蛮旷野中走来的路？到了今天，路依然带有原始性、野蛮性，原始与野蛮便是权力的专有，这就是专制。对于权力的一个人的专有，一个家庭、一个家族的专有，到一个特殊集团的专有，这是少数人对多数人的压迫与统治形式的社会本质——索因卡在他的这部不朽的剧本中，通过戏剧人物与故事向我们阐释了人类权力之路的野蛮与荒诞，人类命运的不明与可悲。

图图奥拉的《棕榈酒鬼，以及他在死人镇中的死酒保》，一部漫游死人世界的幻想作品。《我在魔鬼丛林中的生活》也有相似的结构。这种在另外一个世界，也就是死人世界的漫游，让人想起但丁的《神曲》和墨西哥作家胡安·鲁尔福的《佩德罗·巴拉莫》，只不过在后者这里，漫游的范围仅限于一个叫科马拉的炼狱一样的村庄。《棕榈酒鬼，以及他在死人镇中的死酒保》中的红城的象征性叫人吃惊。寻找者从死人城的死酒保那儿带回来了一个魔蛋，这个魔蛋竟然是生生不息的，解救了大饥荒荼毒下所有苦难的乡亲。图图奥拉是一位叫我时常惦念的作家，他的想象力超凡脱俗，他创造的幻想世界非常值得花费工夫去体验一番。

我觉得不太理解的是，偌大的黑非洲，一个小小的尼日利亚会有如此众多的优秀的作家，索因卡、奥克利、图图奥拉……

南非作家戈迪默有一部《伯格的女儿》使我挂念不已。早在上个世纪90年代初，有一期的《外国文学》杂志上就节译与介绍了这部长篇小说，后来印象中好像在哪个书店见到过这部长篇的全译本，但我为什么没有买下呢？那是幻觉？记忆差错？戈迪默的小说令我深感其人工制造的痕迹存在，内心里喜爱不起来。她的小说无疑在南非反种族隔离的时代有其重要的作用，但随着黑人总统的选举产生、种族隔离邪恶制度的覆灭，更多的便是其文献价值了。《七月的人民》这部不长的长篇小说，虚构了黑人大规模的暴动混乱中，一家白人受到了一个叫七月的黑人的保护幸存下来。黑人成了救世主，白人陷入了生命不保的困境。这样的翻转，把白人与黑人处境进行对调翻转，很有意思。但在今天的南非或者美国，这样的翻转似乎就没有多大的现实意义了。这样的翻转思维来源于现实，它的文学价值本来就是可疑的，在无须翻转的黑人白人融合起来的社会里，似乎很快就会被扔进遗忘的犄角旮旯去了。戈迪默出任过国际笔会主席，为世界上遭到打压地区的作家的人权所做的努力是值得赞叹的。社会问题作为小说主体，而不能在人类情感新结构上有独创性，或者在形而上的构思上有新的发现，这样的小说显然是低一个档次的。它的价值附丽于严重的社会问题，一旦这样的问题在人类共同的努力下得到缓解与解决，人们的关注点转移，确实也就只剩下文献价值了。比如她的《自然变异》，写到黑人总统的产生会像大自然的变异一样自然来到，一个追随黑人领袖的叫海莉娜的白人女性成了新黑人总统的妻子——这样的小说使今天的我无法喜欢，价值观流于庸俗，文学性几乎没有一点儿创新，它的时效性决定了它自身的命运。

库切是作为南非作家获得了诺贝尔文学奖的，后来他移民到了澳大利亚——我还是按照记忆中他的身份来谈论他吧。《迈克尔·K的生活与时代》有《鲁滨孙漂流记》的味道，库切的黑人鲁滨孙流浪的不是海洋海岛，而是非洲广阔的大陆。他用一把轮椅把患了重病的母亲送回遥远的故乡，母亲想在生她养她的地方告别人世，死后与她的父母亲、祖父祖母们埋葬在一起。K为了完成母亲的意愿，在战火纷飞的大陆上艰难行进。这样的返乡历程也有了奥德修斯的还国韵味。奥德修斯这个荷马的史诗人物我是十分厌恶的，我想不明白荷马为何会描述这样一个奴隶主？荷马是自由民吗？奥德修斯的十年归国路充满了他的性浪漫故事，那些海妖女神们都是他的情妇，他在情妇怀抱里腻烦了，要回他的国家，要夺回王权。他杀死了围绕在王后身边的所有的人，荷马把他们叫作求婚者，还把王宫里的女仆们一个一个勒死吊起来——这个奥德修斯和他的儿子忒勒马科斯是多么的野蛮残暴。他没有杀掉珀罗涅珀王后，可能是由于一是她太老了，二是她是王子的母亲。她是作为证明被杀的求婚者的罪行的道具而存在的。这样一个残暴的君王，居然还有无数的文人喜爱不已，乔伊斯就特别推崇荷马的《奥德赛》，对这个人物深爱不已。我有一个只写了一半的长篇就是想揭开奥德修斯的真面目，把他的残酷无人性的真面目揭示出来，把这个史诗英雄的野蛮残暴本质大白天下。说白了，《奥德赛》是为残暴唱颂歌的，是为男性的漂白与浪漫树碑立传的，这样的文学作品距离我所倡导的人类情感的新结构有万里之远。这部史诗缺乏人类情感的崇高性，它歌唱的是人类对于权力的极度自私的占有捍卫，因为有了这种极度自私，才有了极度的野蛮残暴。求婚者们有什么罪行？他们吃了喝了国王家的东西就该死？他们向一个传说中死去了十年的国王的王后求婚何罪之有？史诗对于国王专制权的捍卫，是人类还在古希腊荷马时代的陈腐观念的反映。迈克尔·K在送母亲回乡的途中，母亲终于没能坚持到她的愿望实现的那一刻，去世了。他埋葬了母亲的遗体，然后选择一个荒山谷，在那里种瓜，建造了一个小小的世外桃源。战乱中，这样的桃源是生存不下去的，他以他小小的力量捍卫着它。这部小说的缺陷也很明显，说它有形而上的构思吧，含有杂质，不够纯粹，也没有新的情感结构。它的结构是游历式的，一个人的游历历程。它靠外部环境支撑起来，也就是说靠描述人在战争中的处境来结构小说。不同的是，主角送病危中的母亲回归故乡——这样的行动带有英雄主义色彩，这算是它的亮色吧。

十四

按照我的小说新理论，日本这个岛国是没有真正崇高伟大的小说的，一部都没有。川端康成这位1968年度的诺贝尔文学奖获得者，他的《雪国》《古都》《千只鹤》，他的《伊豆的舞女》《睡美人》……这些小说无非是一些小制作，没有广大的境界，更没有深邃的思想，主要是没有崇高的人类情感，没有爱，也就不可能创造出人类情感的新结构。1994年的诺贝尔文学奖得主大江健三郎，代表作有《个人的体验》和《万延元年的足球队》。我比较喜爱后者，祖辈的造反传说与后辈的行为奇妙类似重合，给现实注入神话特质——这是魔幻现实主义文学的普遍特征。《个人的体验》中主角鸟的行为历程，他与情人的关系，他的逃避与返回，所有的这一切行为没有什么崇高可言。他由想逃避掉对于一个脑残孩子的抚养责任，到回心转意，肩负起一个父亲应尽的职责——这样的小说主体似乎是一个小学生、中学生的思维模式，显得简单而幼稚。当然，作者把脑残后代作为核战争的恶魔阴影，脑残后代其实是第二次世界大战后整个日本的未来的象征，孩子的父亲鸟肩负起了战争遗留给他的灾难，负重前行，这样理解的话，这部小说不是没有一定的价值。这是父亲对于变形了的儿子的情感结构吗？似乎还能挂上边儿。我联想到了卡夫卡的《变形记》。卡夫卡是以变形者的角度来叙述的，类似于变形者的自述，而在大江健三郎的《个人的体验》里，是把变形者隐去，把变形者的父亲作为主角，从他的视角进行结构与叙事。设想卡夫卡《变形记》里的父亲发现儿子格里高尔·萨姆沙变成了甲虫之后，承担起了抚养照顾儿子的责任的话，《变形记》也就变成《个人的体验》了。大江健三郎虽然有他个人的真实生活体验，确实有一个生下来“变形”了的孩子，然而这样的生活并不能点燃他小说创作的小油灯，我想他一定是在卡夫卡的小说的启发下对于自己的生活进行观照，这才有了《个人的体验》的结果。大江健三郎绝对不会接受我对他的小说起因的分析，但他只要承认创作这部长篇之前阅读或者听说过卡夫卡的《变形记》就行了。意识到的影响与没有感觉到的影响都是影响，这是每一个后辈作家面对前辈作家的不可更改的宿命。村上春树的小说比大江健三郎和川端康成的小说还要低几个档次，读了《挪威的森林》你就会明白他为什么畅销走红了。这些日本作家的前辈作家，太宰治的《斜阳》，芥川龙之介的《地狱图》，还是有必要一读的。《斜阳》浓厚的末日气氛，令人窒息。《地狱图》中的画家奢望豢养他的贵族烧一个人给他看，以便他更好地把地狱里的悲惨情景形诸笔墨。贵族设计好一切，一辆如画的木头车，花轿一样的盛彩装饰，轰轰烈烈地燃烧出熊熊火焰，火焰从地面直达天际。画家发现车中被烧的是他的亲生女儿，她由于屡屡违背贵族主人的驱使而被作为了火的燃料。画家父亲认出了他的女儿，可强忍痛苦，完成了画作。《地狱图》得到了不朽，可画家父女的生命再也不会有了。芥川龙之介开创的这样的难题在后来的小说中屡屡再现。

我差点儿忘记了三岛由纪夫。他的《忧国》对于切腹自杀的雕刻式的描述，对于完美肉体的切割与性爱过程的融合，造成的濒死一般的阅读体验，给我留下的记忆难忘。《金阁寺》的象征结构有形而上的意味。日本天皇制度变成了金阁寺这样的梦中景象，对于小说中少年的压迫与心灵精神挤压是难以言说的。少年只有反抗，却只是扭曲畸形的反抗，把反抗变成了邪恶的力，强加到了更为弱小的对象身上。这与这个岛上民族的心理趋向是一致的。安部公房的《砂女》明显受到卡夫卡小说的影响，把它与博尔赫斯的《不死的人》对比研究，会发现更多相似的成分。

不管怎么说，怎样分析，日本小说都不够崇高，阴冷、残酷，缺乏的是爱的光照，不可能产生《悲惨世界》《白鲸》这样崇高伟大的小说，在日本作家中，也实在挑选不出能够进入那十六七位世界级作家行列的人选。《源氏物语》的作者紫式部也进入不了那样的行列。据考证这部小说是人类最早的长篇小说，作于1001年至1008年之间。紫式部原名叫藤式部。式部是官称。这部长篇小说从内容看，从人物的情感结构来看，算是人类情感旧结构的一个典型。光源氏这位皇子的一生，妻妾成群。他与父亲的妃子相爱，并有了孩子。这个孩子被他的同父异母哥哥朱雀帝立为太子。德田秋声的《缩影》、岛崎藤村的《破戒》、二叶亭四迷的《浮云》、永井荷风的《地狱之花》、夏目漱石的《我是猫》《心》《门》、谷崎润一郎的《细雪》……继承与延续的是紫式部的精髓，也就不会在人类文学的大格局中占有重要的地位。我推测日本文学的小格局大概与这个民族所生存的环境有极大的关系。一方天地造一方人，也就决定了他们的精神思想与文学。

泰国有个马来·初皮尼，他的《天长地久》还值得一提。这部小说是英国艾米莉·勃朗特的《呼啸山庄》的一个缩小版。时代变了，工具变了，手段也就变了。小说中的山庄主人把他的侄子与小妾用手铐铐到一起，让他们永远在一起，天长地久。两个情人起初还很有兴致，管吃管住，生活上什么都不缺少。时间一长，这对相爱的情人就变成对方的累赘，进入到了生存的绝境之中。男子乞求女子用手枪把他打死，说他自己下不了手。女子却把子弹射进了自己的脑袋。男子疯了……野蛮权力就是这样残害与他生存在同一时间和同一空间里的子民的。山庄主人是希斯克利夫的变种了的后代。在艾米莉那里变魔的呼啸山庄的主人还有爱的存在，虽然他的爱带有地狱的性质，穿透了人世，到达了泥土深处的凯瑟琳的坟墓……

十五

俄罗斯，我终于可以谈论这方地域的小说家与小说了。我不知是从20世纪还是从19世纪开始，无论从哪儿开始，都面临一个庞大的体系，感觉不好下手。我还是随便按照自己的思绪跑吧。我再一次强调我不是搞学问的，不是搞文学研究的，我只是一个深爱阅读的小说家。我从来不敢说我读书多，我只说我读的外国小说多。外国小说也是个大的概念，我的阅读只局限于外国经典小说的范围内。从俄罗斯（俄国、苏联）20世纪的经典小说谈起的话，我第一个要说的便是布尔加科夫的小说。大约是在1989年之后，是1990年还是1991年，我认识了陕南地区的爱琴海先生。他当时在中国工人出版社办的《开拓》杂志上发表了两部重要的字数都在十万字左右的大中篇《沉默的玄武岩》和《哑地层》。我那时还是一个心热如火的文学青年，对于自己所生存的地域出了这样一位文学名人十分激动，很想结识他。后来经朋友介绍，如愿以偿。那时我已经阅读了大量的20世纪的经典，比如卡夫卡的《审判》《城堡》《美国》，还有他的许多中短篇小说，还有美国黑色幽默作家约瑟夫·海勒的《第二十二条军规》《上帝知道》。我不但阅读了不止一两遍，还拥有自己的书。那时我从学校毕业没有多久，是个毛头小伙子，我谈了我阅读过的什么什么小说。他听我谈《第二十二条军规》，就说给他拿来看看。我便记住了，下次去找他聊文学时，就把书带上了。这本书后来他没有还我，我也没有要，因为我从单位所在的镇的另外一个单位的一个朋友那儿发现了这本书。这位朋友是从他所在的单位图书室借来的。我拿了这位朋友借来的书，也没有还他。还有《城堡》，也是我给他拿去的。他年龄毕竟大我十多岁，算是老师辈的人。他当时到靠近四川巴山深处的一个县上下乡，就在那里把《城堡》看完了。说看这样的书，就得到寂静的深山里去看。我说这些是为了说布尔加科夫是他介绍给我的，《大师和玛格丽特》是他推荐给我叫我看的。我确实是从他那儿得知这位苏联作家的，之前我根本不知道这个作家的存在。小说我读了以后深感震惊，我把它介绍给另外一位朋友看，那位朋友表示理解不了。他年龄大我九岁，固化成分比例大，接受新事物的能力会差一些。我却兴奋不已。这部小说叫我难忘的是，布尔加科夫把撒旦一行搬到了当时的莫斯科，在这座苏联的首都大街上转悠，在莫斯科的小市民世界闹出了惊天风雨。莫斯科居民本来有一个统治者和他领导下的统治集团，令他们魂飞魄散的是一个高于现世统治者的超自然超社会的天外力量来到了莫斯科。苏联和莫斯科的统治者虽然没有出面，但市民们明白他们对于这样的超自然力量是无能为力的，他们只好沉浸在撒旦带来的暂时的兴奋中。这无疑也是一种身心的大解放。撒旦此行的目的是来莫斯科解救一位文学大师。这位文学大师居住在地下室里，只有一个理解他、爱他的女性陪伴。除了这位叫玛格丽特的女性，全莫斯科的人似乎都把文学大师当作敌人。撒旦师徒一行几个把文学大师带走了，留下了多次遭到戏弄的莫斯科民众。一些害过文学大师的统治阶级的帮手遭到了惩罚，还有人为此丧了命。小说里同时描述的还有约书亚遭受犹太总督彼拉多钉十字架酷刑——这是一部并行的小说里的小说。如果说，撒旦一行的狂欢戏闹是一部小说，约书亚的遭遇是一部小说，文学大师与玛格丽特的故事也是一部小说的话，那么这部《大师与玛格丽特》里就有并行的三部小说，这叫我联想到霍夫曼的《雄猫穆尔的生活观》的结构。托马斯·品钦的《万有引力之虹》似乎是由四部长篇小说合并组合的。这种组合式结构不算什么，无论哪一个写小说的人见识过了，就会这样来结构。任何机械性的方法与结构都是可学的，人人可学的东西，不是天才的东西。我觉得这部小说最难能可贵的是，作者把撒旦搬到了莫斯科，让撒旦成为一个铁桶一样统治这个国家的超自然的自由的力量。这种自由力量是人间什么样的专制者都无可奈何的。当然，写撒旦来到你所生活的城市或者乡村的小说不少，比如艾萨克·辛格的《撒旦在戈莱》，是作者于1935年出版的波兰意第绪语小说。《大师与玛格丽特》是布尔加科夫于1939年完稿的，说他没有看过辛格的《撒旦在戈莱》是可信的，但歌德的《浮士德》他一定是借鉴了的。歌德也是学习了克里斯托弗·马洛的《浮士德博士的悲剧》。马洛之前就有浮士德博士的传说，而且是德国传说，英国人马洛把它处理成了戏剧，德国人把它拿回来创作成了诗剧。世界文学的传统就是这样子的，任何伟大的作品都非一个人的智慧完成的，都是好多代好多人的智慧不断相加的结果。只要在你这里有创新，便是你对世界文学做出的崇高贡献。每一个句子必须是你自己创作出来的，不与世界上任何已有的句子重复。布尔加拉夫的伟大贡献是，他把撒旦这种恶的力量，这种反抗上帝反叛天使的力量，搬挪到了苏联这块新沙皇统治的土地上，撒旦反而变成了救世的力量，要把善良的大师从现代沙皇的魔爪下救走。布尔加拉夫的《不祥的蛋》是上海的翻译家曹元勇先生推荐给我看的。这个中篇小说实际上是《大师与玛格丽特》的前奏，从蛋卵中孵化出的森蚺巨蟒——这种恶的力量——也到了任何人的力量，包括新沙皇的专制力量也无法对付的地步。在布尔加拉夫的内心深处深藏着对于自由的多么深沉的渴望，他的希望与渴望变成了绝望，森蚺与撒旦无疑都是他的绝望的外化，这种外化得到伪装转变成了艺术形象。这种深入骨髓的失去自由的灾难，对作者本人是痛苦是磨难，但他却把它们转化成了小说艺术，造福于人类——这是布尔加科夫带给我们世界的福祉。中篇小说《狗心》也值得深读。

既然是从20世纪的俄罗斯小说谈起的，就接着说说我对于普拉东诺夫的阅读印象吧。这位苏联作家我是在《世界文学》杂志上发现并重视起来的。大约是1991年吧，《世界文学》上就刊载了普拉东诺夫的《切文古尔城》，虽然刊载的不是全译本，但把没有译出来的部分用简要的梗概填补了，这就给了读者一个全貌。刊物这样译介长篇小说倒是一个很好的办法。我对这部长篇十分喜爱，它是天然的荒诞，人物的幻想是荒诞的，行为是荒诞的，是苏联社会某个阶段的天然生态的记录。作者并没有去刻意讽刺，但小说整体上却达到了天然讽刺的效果，这种讽刺浑然天成，应该说是最奇妙的讽刺艺术。一个读者或者一个作家要想了解苏联的社会运动，最好的办法便是阅读这部长篇小说。普拉东诺夫的中短篇小说《基坑》（也有译成《地槽》的）是我在读过《切文古尔城》之后二十几年才读完的。其间读过一两次，没有读完，就撂下了，直到去年夏天，我终于把它读完了。一篇不到十万字的小说，阅读的历程如此艰难，这暗示出是读者的问题，还是作者的问题？它不是吸引人的小说。我的经验是，伟大杰出的小说似乎都不是那种吸引人的作品。你要拿出征服它的勇气和毅力与它斗争，到达山顶的时候，你会收获一个崭新的世界，这是伟大作品对你的绝对回报，它绝对不会叫你爬上山顶而空手回去。前提是你得有足够的悟性。阅读也是需要天才的。其实啊，一个人在阅读名著时，他也是在读自己，他自己是什么样的，他就会读出什么样。我不虚此行，读完了《基坑》，便产生了《寻找地狱的入口》这样的创作构思。在黑暗的阶级社会阶段，一群落入连奴隶都不如的下等阶级的“敌人”在寻找地狱的入口。他们说他们只配待在地狱里，于是寻找地狱的入口这一历程成了小说的主体。这部小说我已经完成，有十几万字。这便是普拉东诺夫对我的回报与恩典。我感谢这位伟大的作家。我曾经在一篇文章里说，在20世纪的苏联时期，只有两位伟大的作家，一位是布尔加科夫，一位就是普拉东诺夫。他的《初生海》也是一篇很值得玩味的小说，读了就不会忘记。

我说苏联时期有两位伟大的作家，这话虽然说得有些过分，但还是有其一定的理由。帕斯捷尔纳克的《日瓦戈医生》算是一部巨著。这部小说我在1986年前后就买了，版本是漓江出版社出的那一种。虽然书买了，可我却长时间没有读，缘由是我讨厌小说里比较高的政治浓度。即使今天，我依旧不太喜欢它的整体结构。它的结尾写得过于一般，感觉中好像是没有结尾似的。这种以一个人物的命运、以一个人物的传记为结构的小说，我认为是作者缺乏有效满意的结构的结果。把一个人的一生与社会变革历程粘贴对应，以一个人的命运表现一个时代的命运，这种方法过于一般，凡是写作者都可以操作行使。小说内容的情感结构是老套的、陈旧的。拉莉莎少女时期父亲病逝，她的母亲与父亲的一个朋友成了情人。这位父亲的朋友是位律师，名叫科马罗夫斯基。这位母亲的情人也把女儿占有了。拉莉莎与一位青年结婚后，生下了一个女儿。可这位青年再也无法忍受他有这样一位妻子，就投奔战场当了军人。他一去就再也没有回来，隐姓埋名成了红军的高级指挥官。日瓦戈与岳父、妻子去瓦雷金诺寻求生机，巧遇拉莉莎母女，于是拉莉莎成了日瓦戈医生的情人。与情人相会的途中，日瓦戈被红军游击队截留。游击队急需医生，日瓦戈便成了囚徒。他反复逃亡，最后一次成功了。他九死一生出来，首先去的是情人拉莉莎家。这时他才得知妻子和岳父早已离开瓦雷金诺去了国外。日瓦戈医生与拉莉莎以及她的女儿一起躲藏到了瓦雷金诺。四周全是狼嚎，还有一个巨大的吞噬一切的龙。日瓦戈医生越来越感觉环境的严酷险恶。科马罗夫斯基来了，他已经是远东某国的外交官员，有雪橇，有卫兵，什么都有，他对日瓦戈医生说了一阵悄悄话，日瓦戈便听从了对方的劝说。拉莉莎被科马罗夫斯基带走了，是以欺骗的方式带走的，医生爬上瓦雷金诺的楼顶看到了雪橇永远消失前的最后一道风景。之后，日瓦戈医生发现瓦雷金诺有了人的踪迹，而这个人一直没有露面。他是拉莉莎的丈夫帕沙，由于红军里清算他这样的旧俄军官而逃亡。一声枪响，他自杀了。结尾是日瓦戈医生到了莫斯科，在电车上发现了正在街道边上行走的拉莉莎，等电车在站上停下，他奔跑去追赶那个幻影，结果急性心脏病发作，死了。这部长篇是一部通俗小说，与《飘》那样的通俗小说之间没有多大距离。帕斯捷尔纳克设计的元素全是通俗小说的那一套。小说男女之间的悲欢离合源于巨大的社会变革，对于社会之恶的控诉使这部小说具有了巨大的时代意义。如果一部小说在人类情感的新结构方面无力做出贡献，那么它所追求的社会意义也能够使小说进入不朽的行列。这部小说里你看到的也许只是日瓦戈医生对于情爱的追求，没有看到他对自由的向往与奋斗。特别是在他把拉莉莎交给时代邪恶化身的科马罗夫斯基这一点上，倾泻了他的本质。事实证明他没有被枪毙，他是有机会和能力追求自由的。他甩手把美好化身的拉莉莎亲手交给了邪恶，这表明了他内心深处的自私。他只把拉莉莎作为情妇对待，他对她没有深入到骨髓里面的爱情。拉莉莎少女时代被科马罗夫斯基诱惑，她把对于男人的激情给予了这第一个与她肉体结合的男人。这么说，她一旦被打上印记，就再也不可能抹掉了？其他男性，比如她的丈夫和她的情夫对她的爱都是有限的，都不会有第一个与她结合的男性对她的占有欲深厚。丈夫帕沙逃走了，宁肯去寻找死亡，也不回这个家了；情夫日瓦戈医生居然眼睁睁地以欺骗的手段把她交给了她的第一个男人。帕斯捷尔纳克在这里想表达什么呢？一个女性是永远属于那个与她有了第一次的男性？第一次就这么重要？这个问题应该到帕斯捷尔纳克的其他作品里去寻找答案。

索尔仁尼琴曾经一度成为我的楷模，我崇拜的文学英雄，我相信那个阶段的我是没有过错的。20世纪最后一年的夏季，暑假期间，我的女儿还不到九岁，她与她母亲一起来到北京看我。我那时在北京文学杂志社做小说编辑，也编诗歌什么的。夏日的下午我到北京西站去接她们。同时来的还有同单位一对母女，她们是好朋友，逛北京也就一起来了。我在宣武门外的长椿街租有一间小房。那是胡同尽头的一个四平方米的小院。小院里还有一间大房间，租金是四百元，我租不起，我租的是这间大房子山墙东边搭盖起来的以前主家作为厨房用的简易房子。屋顶盖的是石棉瓦，地面是砖与泥土，潮湿阴暗。它以前是厨房嘛，自然有水龙头。废水流走时，过多地渗透到了地下。特别是还有一条下水道是从房子后面的宣武医院流过来的，有木工在那边油漆什么东西，多余的油漆就倾倒进了下水道，结果是油漆味全从下水道跑到房子里来了。一股又一股的刺鼻异味熏得人脑壳疼。我到北京西站后买了两张站台票进去了。我本想把那张没有剪的票用我自己的指甲剪出一个口子来，却怕有人看见，没有那样干。出站时，我也没有把那多的一张站台票拿出来，结果我的女儿被叫到测量身高处，补了半票。我本想省五十多块钱，没有省成，反而给心理增加了许多压力。我要说的是，在西单的北京图书大厦下面街道的南边，我叫女儿去把索尔仁尼琴的《牛犊顶橡树》买来。天热嘛，我不想再去爬那图书大厦。我们刚刚从那上面下来，通过地下通道到了街道南面。当时在图书大厦上面时，我没有舍得花钱买那本书，这会儿又舍得花这钱了。我就叫女儿去。她拿上钱去了。孩子的母亲情绪不高，昏沉沉的，她也没有表态说什么。女儿下了地下通道，我猛然想到她要是走丢了，可就是大事了。我立即跟随而去。但我又不想叫女儿发现我，就悄悄地跟在后面。女儿顺利地找到了那本书，并把它买了下来。最后女儿说她早就发现我了。真是好女儿，照着父亲的意思像捉迷藏一样。

《牛犊顶橡树》不知是我买的索尔仁尼琴的第几本书了。上个世纪80年代中期我就开始读他的小说，《伊凡·杰尼索维奇的一天》是我读得最认真的一部小说，十万字左右，我读过两三遍吧。书是我从汉中市的图书馆借来的。借来看了，还了，过了半年或者一年，又去借来看第二遍。我已经忘了是哪家出版社出的，也忘了是谁编选的这套上下册的《诺贝尔文学奖获得者中短篇小说选》，其中还有海明威的《大双心河》、加西亚·马尔克斯的《逝去时光的海洋》。我为何没有去复印一下？可能是手头钱过于紧张吧。那时候的书价与工资的比例是——以书的定价为两元、月薪为四十元计算——是二十分之一，假如买上十本书，工资的一半就没有了。1997年夏天之前我到了北京，回到陕南时，背包里有索尔仁尼琴的《古拉格群岛》上中下三册，定价将近一百元。同时买的还有瓦格纳的戏剧全集，定价是九十八元。当时我从北京文学杂志社领了将近一千元的稿费，算是派上了用场。

我曾经对索尔仁尼琴十分崇拜，对于他的勇气与胆魄佩服备至，发誓要做他那样的作家。《牛犊顶橡树》里有许多他在苏联生活的照片，有一幅是他骑自行车到外地去的路上，坐在河边看书的情景。我想象着他当时的心境，他在备受打压的环境中是如何面对厄运的。上中下三册的《布拉格群岛》篇幅浩瀚，单单读一遍都要花去巨大的劳动量，完成它就更是伟大的工程了。据说当时索尔仁尼琴鼓动沙拉莫夫与他一起写，对方拒绝了。沙拉莫夫是描写科雷马流放地苦难的高手，他更喜爱用小说的方法抒写他的感受与心灵。他在靠近北极圈的科雷马集中营被关押了十五个年头，在冥王星一般的超低温下，身体遭到了不可修复的损坏，他没有时间和精力去写纪实性作品。哪怕这种纪实性作品是对于一个专制时代的不朽记录。说起纪实性文学作品，我想到了法国的普鲁斯特、爱尔兰的詹姆斯·乔伊斯，还有法国19世纪的福楼拜，我把他们都归到纪实性文学的范畴里。你会发现这类作家的作品量不会多，一生至多也就完成两三部长篇小说，短篇小说的量更少。普鲁斯特是意识流小说大家，但他的意识来源于他对于事物的真实感觉，对于这种感受的记录，难道不是纪实性的吗？还有他的长河样的记忆，把这种记忆细腻地记录出来，还是逃不出纪实这样的定性。所以我说普鲁斯特是纪实性作家。无论一个作家纪实的是他的感觉感受和意识的流动，还是社会的大事件大灾难，这都是纪实性作家所干的事。说乔伊斯是个纪实性作家，一定会在文坛引起一片起哄声。他的《尤利西斯》难道不是对都柏林这座城市的纪实吗？因为这类作品的纪实本质，这些意识流大师们不得不寻找一种新写法，挖掘人物的潜意识，开出五花八门的气象，以掩盖纪实的枯燥与缺乏色彩。《为芬尼根守灵》公认是写黑夜的杰作，黑夜总归是与梦幻相联的，可乔伊斯到底写出了多少特别的梦幻呢？福楼拜更是一个纪实性作家。文学史说他是刻画人物的高手，但我觉得他刻画的包法利夫人实在是没有多少想象力的产物。这类作家是缺乏创造力的，他们一生创造出的事物有限。他们的普遍缺点是不擅长构思，常常为寻找不到构思而苦恼。构思诞生了，一个事物才有了形态，才有了名称，有了形态与名称，这个事物便产生了，存在了，哪怕这个事物是个丑陋的妖怪或者半成品的东西。没有构思，只好去纪实，记录你的发现、感受感觉，记录的成品与构思的事物绝对不会是同一个事物，得用另外一个形态和名称来称谓。索尔仁尼琴的《红轮》是用小说方法写的历史，庞大而臃肿，实在是没有小说自身的价值。要了解历史，直接去看历史著作，不知要省多少时间，而且还简明扼要，一目了然。

我在这里把索尔仁尼琴归为纪实性作家，并不是否定他存在的价值与意义。他在苏联专政时期，在斯大林、赫鲁晓夫、勃涅日涅夫时代对于专制专政极权的抵抗，一个不怕虎的初生牛犊敢于去顶庞大的橡树，立誓要把这棵树顶倒，连它的根都要拔出来，这种胸怀气魄确实伟大，这种勇气的确叫人感佩。索尔仁尼琴曾经是我坚强内心的榜样，以后他依旧会激励我的斗志。可我更多地去研究了世界小说，世界小说的来龙去脉，对于纪实性作品实在没有多少兴趣。我相信小说自身的艺术比所有的时代都会长久，时代是暂时的，很快就会消逝到时间长河里去，而小说艺术会随着长河波浪而永生。

蒲宁的《乡村》和《故园》（《苏霍多尔》）是必须要读的两部不长的小说。我曾经陶醉于《乡村》的风景与气氛里，不想回来，不想回到现实生活中来。《故园》中女农奴对于主家少爷的爱恋不能自拔，她被奴隶主流放到了边远的山区——这里也有一片土地是属于主家的。多年之后，她回到了故园。这虽然是奴隶主的土地，却也是她出生与成长的故园。主家少爷大雪天出外喝酒，回来的路上被马匹踩死了。她抱住主家少爷的头，把她所有的爱情都倾注到这一抱之中。活着的你不能爱，因为爱你而被流放发配，但你死了，终于可以爱你了，可以抱你了，因爱而流泪哭泣了……奴隶的爱的泪水能够融化整个残酷的专权社会，融化不平等的人间。

安德烈耶夫的《红笑》对于战争的魔鬼本质的描述，令人恐怖战栗。《七个被绞死的人》《人的一生》，有条件的话，就看看吧，没有坏处。

20世纪的俄罗斯，我还能想起哪一位呢？布罗茨基的诗，我买的有《从彼得堡到斯德哥尔摩》，读过一些，记得有一首《喷泉》，读得都能背诵下来，但还是不能理解其含义。我在诗歌上确实没有天才，写不了诗，也欣赏不了。马卡宁的《审判桌》，还有弗拉基莫夫的《忠心耿耿的鲁斯兰》《警犬挽歌》，马克·哈里托诺夫的《命运线，或米拉舍维奇的小箱子》，还有索罗金的小说……

我心里是不太情愿提肖洛霍夫的，我对他一直是持排斥态度的。说起《静静的顿河》的朋友实在是太多了，在我的阅读历程中是没有办法避开的。单位有位同事有本外国小说选，上面有肖洛霍夫的《被开垦的处女地》，我在二十来岁时就读了，除了感觉其描写有趣、句子优美外，就像是中国公社时代的小说一样，观念陈旧，手法老套。1988年我回到老家许昌，在我六弟的照相馆帮忙照相，洗相片、冲底版我都会干。老父亲少年时就学徒照相，他把这门技术传给了所有的孩子。当时正搞第一代身份证，父亲与派出所联系，包了一些乡村，人手不够，我就回去了。天一亮就开门市，到天黑了才收摊打烊，一天时间过得非常快。忙忙碌碌好混日月。每天的门市收入也相当可观，我就趁弟妹不注意，往自己兜里装些钱。有了钱，我买书就方便多了。漓江出版社出的《静静的顿河》四卷本，也就十一二块钱，我是从许昌的书店买来的，通过邮局寄到了陕南。那四本书在书架上一放就是二十多年，一直没有看它。其实单位图书室也有这部小说的第四卷，我借来过，厌烦作者对于战争过程及场面的喋喋不休。后来我到了北京，又到了西安，通过网上书店又购了一套《静静的顿河》，今年夏天，我把它的第四卷看完了。这部小说的内容我耳熟能详，直接从第四册看，没有丝毫的障碍。这部至少有一百二十万字的长河小说，它的主要人物葛利高里、阿克西妮娅和塔莉娅是贯串到底的，都是在第四册中走向了他们的死亡。葛利高里的妻子塔莉娅在这一卷里执意堕胎，产婆用铁钩子硬是把她腹中的胎儿钩了下来，引起了子宫大出血，鲜血把床漂了起来。她因为丈夫与情妇继续来往而绝望，她不想活下去了，便选择这样的死亡方式。葛利高里一会儿投向在俄罗斯大地争战的这一方，一会儿又投向另外一方，他的这种摇摆决定了他最终将没有生路。没有一条活路是留给他的。他是双方的敌人，他独自又没有力量成为强大的第三方。他在逃向海边的途中带着他最初相爱的人——阿克西妮娅，结果在逃亡途中，她得了重病，他把她丢下了。她大难不死，回到了家乡。葛利高里第二次带她逃走，她没有任何异议地在黑夜跟他走了。她没有想到这一次会真正与死神相遇，踏上的是永远的不归路。她没有思索这样的问题，他要她干什么她就干什么。她确实是真爱他的。他是她的第一个爱，她也是他的第一个爱。她的父亲与她的乱伦之爱，那不是爱情，那只是父爱的变形，她的丈夫她压根儿就不爱他，若不是她内心深处的阴影挥之不去，她是不会嫁给斯捷潘那样的男人的。她的前面虽然已有了两个男人，可她对葛利高里来说却是第一个女人。生命最后的路上，有她相伴，葛利高里的心灵感受到的是无边无际的慰藉。人生最后的路他们两个人不一起走是不可能的，这是早就命定的。黑夜里的逃亡，阿克西妮娅被枪弹打中，死了。葛利高里埋葬了相爱了一生一世的人，回到故乡，看到的是他的儿子。他的女儿在一年前因流行病而夭殇了。他见到了亲人，最后见了一眼儿子，下来去迎接他被枪决的刑场也就不会存在什么遗憾了。这部长河小说，总体看来还是像通俗小说，葛利高里与阿克西妮娅的爱情故事虽然令人潸然泪下，但却没有多少新的成分，依旧隶属于人类情感的旧结构范畴。发生在哥萨克大地上的权力争夺大战，毁灭了一切，葛利高里与阿克西妮娅的爱情只是那一切里的一部分。这是流泪的对权力争夺的控诉，是对当时社会斗争的严厉控诉。葛利高里哥哥的死，他嫂子的复仇及沉河而死，都深刻地控诉了新的政权。把《静静的顿河》与美国作家玛格丽特·米切尔的《飘》（《随风而逝》）对比，两者似乎没有多大的区别。《飘》中人物的坎坷命运是对南北战争的控诉。无论什么样的战争都是罪恶的。世上一个人的生命的价值大于一切的政权战争。人类的任何计划、任何运动都没有一个人的生命重要。法国大革命的整个意义低于一个人的生命。第一次、第二次世界大战的意义没有一个人的生命大。一个新政权的诞生，在战争中的诞生，在血与火中的诞生，也没有一个人的生命重要。所有的人类的权力计划与行动都应该停止，如果它要用一个人的生命作为代价的话。

这部长篇小说对中国作家的影响相当大。它早在上个世纪60年代初就翻译到了中国，虽说于60年代中后期遭到查禁，但是聪明的学习者还是能够找到它的。阅读是如饥似渴的，读了就会记住，记住就会深入大脑，影响思维，这样无疑就丰富了阅读者的思想。苏联有个叫帕乌斯托夫斯基的作家，他的代表作是《金蔷薇》，他在逝世前说了一句真话：假如布尔加科夫和普拉东诺夫的小说在我年轻的时候就允许出版，那么我的思想会变得多么丰富啊！这句话里有着多么深沉的悲愤和痛恨！这样的遗恨到死后的另外一个世界，也难以弥补。作为一个作家，让大脑丰富可以说是第一重要的事情。没有食粮，用什么喂养它？能说出这样一句真理的帕乌斯托夫斯基在思想养料充足的前提下也许会成为人类文学的大师级别的作家，可由于在他在世的时候，尤其是他人生的年轻阶段，他只能看那些没有个性没有天才的庸俗作品，久而久之，他也就被熏陶成了那样的人。说句老实话，即使他自己也不会自认为是世界级的大作家的，他的《金蔷薇》充其量也只能是一个二流三流作家的作品，他距离我所标榜的世界文学双高峰何其远哉。

别雷的《彼得堡》我只是在《世界文学》杂志上读过一百多页，后来有了全译本，我虽然把这本书从一个地方带到了另外一个地方，却一直没有再去读它。我记忆里的这部小说，别雷敢于把世界上的其他小说名著化用进去，把他人的肢体装配到他自己的身体上，这种方法也算新鲜，我却从来没有这样实验过。皮里尼亚克的《红木》的讽刺艺术，也是我文学阅读记忆里的一部分。我差点儿忘了扎米亚京，他的《我们》我好像在前面提到过，但在俄罗斯这个巨大的群体里，我不能把他遗漏。这部长篇小说我是在陕南一个小镇上阅读的，读了一遍，没有读出什么感觉，对它下的结论很不好。我不太明白这样一部反乌托邦小说怎么会这样差劲，一时怀疑起了自己的判断。它毕竟是世界三大反乌托邦小说之一。我没有办法，只好重新阅读。这一次一开始我就被它的行文与内容征服迷醉了。第一次阅读留下的印象是句子松散没有劲，没有魅力，这一次读怎么会有如此巨大的魔力？我想可能是第一次阅读时，内容陌生，思想没有进去，第二次阅读时，毕竟有了第一次的记忆，应该是读懂它的必然结果。现在距离我阅读它的时间已经过去了将近二十年了，除了一些模糊的碎片记忆，其他的几乎都消失了。《1984》也有这样的问题，它缺乏情节，只有寓言，人物形象也不鲜明，随着时间推移，自然不会留下什么印象了。而《美丽新世界》就不太一样，主人公的印第安部落之行，这种线条性的故事还是能刻下较深的沟痕。古米廖夫、阿赫玛托娃、曼德尔施塔姆、维茨塔耶娃都是我崇敬的诗人，尽管我无法写出一首有价值的诗，但我还是喜爱他们，遇到了就会买一本他们的诗集读一读。在这里我不想提起的苏联作家，并不意味着我没有读过他们的作品，他们的作品除了被遗忘掉没有什么别的出路。

啊，19世纪的俄国，你创造的文学——那些璀璨的星辰一直在世界的夜空闪耀。几年以前吧，起码有五六年了，我几乎读完了陀思妥耶夫斯基所有的长篇小说。读的最后一部是《少年》。阅读过程零零散散、哩哩啦啦延续了二三十年。我是说我读了他几乎所有的长篇，《罪与罚》《白痴》《地下室手记》《死屋手记》《群魔》《少年》《卡拉马佐夫兄弟》《赌徒》，《被侮辱与被损害的人》说是没有读，却能如数家珍，这一课早就学过了，还有《卡拉马佐夫兄弟》的最后一部分，也就是三兄弟最小的一个阿廖沙这一部分没有读完。这一课我会补上的。我曾经十分迷恋《地下室手记》和《群魔》。前者我是从图书馆借来看的，后来在北京的王府井大街一家书店里发现了它的俄汉对照翻译本，如获至宝。我把它带回了陕南，又把它带到了西安。那个阶段我对这种恶魔似的主人公有偏爱心理，《地下室手记》里的主人公就是这样一个人物，他虐待妓女，也自虐，他的胸腔里的愤怒与仇恨要把他自己变成一个超级炸弹了。这种黑色英雄对自己进行糟蹋的同时，也就扭曲地反抗了社会。这一类型的文学形象在20世纪的现代派及后现代派文学里没有节制地繁衍壮大，发展成了一个黑色幽默流派。存在主义文学的主人公也是这种典型形象的发展，加缪小说及萨特小说里的形象概莫能外。《局外人》和《恶心》都是这一形象的最好诠释版本。《群魔》中的一群人，其实不是人，是魔鬼附身的猪群，争先恐后往大海里奔跃，寻找死亡的终结。这么说，《群魔》无疑是扩大版的《地下室手记》。斯塔夫罗金和彼得们搞了一个暴力团伙，这个团伙的目的是夺取政权。问题是，这个团伙里面有一个人想退出去，不想干了，想过正常人的日子。暴力组织哪儿有这么好的事？你想进来就进来，想退出就退出？退出便是背叛，死路一条。整个团伙成员都得参加，把要退出者杀死，沉入水塘。整部小说进程是一出大型舞台剧的结构。演员们上台表演，走到命运的最后一站。我一度把这部小说看得十分高，认为它是一个巅峰，现在我已经修正了这样的看法。小说中被杀沉潭的沙托夫是在他迎接回了从国外回来的妻子之后，计划过普通人的正常生活——在这样的前提下被杀的，特别是他的妻子是挺着大肚子回来的，恰逢分娩之时，他被骗出，走向了生命的黑夜。老自由主义者韦文霍斯基离家出走，走向俄罗斯广阔的大地，与壮阔的大地融合，在大地的怀抱里咽了气，化为了俄罗斯大地的一部分。除此之外，这部小说的空间全让罪恶的、冷血的黑手占据了。这个铁血黑小组织，他们要建立什么样的社会呢？他们用暴力夺取了权力，他们将要组建的政权将比他们用暴力摧毁的旧政权黑暗一万倍。这部小说的预言能力穿透了20世纪的百年时空，意义无疑是深远的。可我们的小说并不是以它的预言能力来评判其价值的。

《死屋手记》中有一个年轻犯人讲了他自己的故事。他如何把他爱得发疯的姑娘逼到没有退路之境，用农夫的镰刀割断了她的脖子——他是因这样的罪行服苦役的。读到这样的情景，肌肉颤抖，心灵滴血。《少年》中的一个有钱人，是个工厂主吧，一个男人借了他的钱，还不起，他就把对方逼死了。死去的男子留下的寡妇没有能力还债，更没有能力养育儿子。她去向债主求情免去债务，遭到拒绝，被撵出了门。这个故事的优秀之处是有钱人的良心发现，他又决心要做救世主，不但免了债务，还要娶寡妇为妻，亲自抚养寡妇的儿子。这个十岁的野孩子被关进了囚笼，生不如死。有钱人的要求像一把刀一样从孩子身上割下了一片肉，又割下一片肉，不断地割下去，孩子活不下去了。孩子逃跑，有钱人追赶，孩子奔跑到了一条大河边，有钱人紧逼不放，孩子跳进了波浪，淹死了……这部长篇里的主人公不是那淹死了的孩子，而是一个产业主的私生子，少年名义上的父亲以前是个农奴，他对于自己的妻子与产业主相好并不介意，对于这个并不是他真正的孩子的少年同样充满了慈爱之心。他是个大彻大悟者，看透了天地间的一切。人为的东西已经不能在他的心灵上造成痛楚了。法律道德等人文的一切都是人为的结果，夫妻是人为的，家庭更是人为的——他超越了所有的这一切，走向了真正的彻底解放。这个从前的农奴无限近地接近了上帝，他个人也就化作了上帝。

《白痴》中的人物几乎停留在人的狭隘深谷里，为了一个左右摇摆的女性，他们痛苦，不能自拔。女主角娜西塔霞把十万卢布扔进火堆，这样的场面倒是刺激。但人物不能达到对于自我的救赎，便在猪狗的粪堆里打滚。他们杀死了女主角，想以此解除心灵的撕裂痛楚，实际上是走进了蛇蝎的深渊。

这些小说无法与我所认定的世界文学双高峰《悲惨世界》和《白鲸》相提并论，它们尽管表现了人类的某种达到极致的邪恶，但人物的性质决定了在小说里不会寻找到大爱的阳光，也就把他们生存其间的小说带到了阴暗的地狱里。听一位叫向岛的朋友说他今年夏天读完了《卡拉马佐夫兄弟》，特别是第三部阿廖沙的故事，表现出了俄罗斯大地的宽厚仁慈，要说《群魔》中的老自由主义者韦文霍斯基出走后在俄罗斯大地上的醒悟只是一笔的话，那么在《卡拉马佐夫兄弟》里的阿廖沙这儿便是广阔的画卷了。我希望我也能读出这样的境界。

我从《温顺的女性》中读出了《地下室手记》的滋味。一个从军队被撵走的军官，开典当铺，他一时良心发现，要当一个常来典当物品的穷姑娘的救世主。姑娘嫁给他时，嫁妆仅仅是一个圣母像。这位退役军官是如何一步步把他娇弱的妻子的精神通过关爱的方式砸碎的，小说里设计了两个重要的步骤：第一步，妻子与退役军官的战友有了来往，这位现在当了当铺老板的中年人通过线人躲藏在他的妻子与他的战友约会的房间的隔壁，对他妻子与战友的举动一清二楚。他的战友向他的妻子表白爱意，遭到了他的妻子不折不扣的严厉拒绝。此时，他突然走到了他们面前。这一晴天霹雳对于那个无赖没有丝毫影响，却吓傻了可怜的姑娘，她从此像是木头哑巴一样活着。第二步，他有意把手枪放到明显处，然后睡觉。他的妻子把手枪拿到手里，走到他床前，指向他的头部。他虽然醒着，却一动不动，不声不响，镇静异常。这两步终于彻底摧毁了那柔弱姑娘的精神，她抱着神像跳楼了。这位当铺老板以关心爱护的方式把一个穷姑娘毁灭了，她是带着神像来的，也带着神像走了。这个人物与《地下室手记》中的主角是一样的类型。《罪与罚》中的拉斯柯尔尼科夫——这个堂吉诃德式的地下人，由他发展壮大成为《群魔》里的暴力群体。《卡拉马佐夫兄弟》三兄弟中的老大德米特里和老二伊凡、私生子斯麦尔佳科夫以及老卡拉马佐夫，他们与当铺老板、地下室主角都很相似。一个作家的视角在他的第一部作品就确定了，此后一生都难以摆脱，或者说他用一生的时间来发展壮大它，形成一个体系，这个体系里的人物都是陀思妥耶夫斯基家族的成员。

我在前面已经提到了列夫·托尔斯泰，分析过他的《战争与和平》。他的三部长篇小说中只有《复活》与崇高伟大拉近了距离。聂赫留朵夫要当如今当了妓女的玛丝洛娃的救世主，他要把她从底层苦难中拯救出来。这部小说与《温顺的女性》十分相像，主干是近似的。玛丝洛娃在前往流放地的途中认识了一个政治犯，获得了她的“新生”。男女主角都“复活”了？聂赫留朵夫的忏悔是一种复活，他的救赎行为是复活的表现，这还说得过去。玛丝洛娃与政治犯的结合可能并不意味着复活，而是一种真正的死亡。沙皇统治下的政治犯们（革命者西蒙松）不是像陀思妥耶夫斯基《群魔》《罪与罚》中的主角，而是在未来的时间里夺取了权力的那些人，这些政治强人掳获的是奴隶，吸食的是玛丝洛娃的灵魂。她脱离了肉体的地狱，掉进了精神的炼狱，或者说她从来就没有意志，她“新生”后的前景可能连当妓女的自由都不会有了。政治犯的爱便是她的牺牲献身，她只有去死的自由。她不可选择。对于玛丝洛娃来说这不是复活，而是重死，又一次死亡。以前她当妓女时死的是身体，这一下子连灵魂都死了。这样一部出版于1899年的长篇小说出自晚年的托尔斯泰，这间接地说明这位老作家缺乏远见，局限于他有限的智慧，怀抱着瞎子似的瞻望。

《安娜·卡列尼娜》与一部通俗的情感小说之间没有多大的距离。安娜、渥伦斯基和卡列宁之间没有什么新鲜的故事，列文与吉提也是平常夫妻——所有的元素相加也没有办法把它划到伟大小说的范围之内。小说中写到的人物对于疾病与死亡本质的思索，虽然到达了哲学的高度，但它对于一部小说的情感结构是否杰出来说是于事无补的。《伊凡·伊里奇之死》《克莱采奏鸣曲》这些短小一些的小说的文学价值远远大于他的长篇小说。《哈吉穆拉特》是他小说智慧大幅度衰退时期的产物，更是他糊涂观念的表现。哈吉穆拉特这样的沙俄边境车臣部落的二把手，凭借凶残战斗史爬上高位，到了部落一把手沙米尔身旁，一人之下，万人之上。由于内讧，他才逃亡，一心想借用沙俄军队打回部落，消灭掉一把手沙米尔。他的冠冕堂皇的理由是救出他的妻子孩子。谁会相信这样的理由呢？作家自己。要把部落首领沙米尔消灭掉才可能救出他的妻子和孩子，这得死去多少沙俄士兵？还得消灭多少沙米尔的士兵？这个部落的文明程度远远低于沙俄，作家竟然把重建世界的重任寄托到这样的人物身上？这就像他把对于未来的希望寄托到《复活》中的西蒙松身上一样荒唐。

以方法论见长的小说终将被遗忘，不能传世。神话、童话原型的再造与再设计也将被覆盖到人类对于更远更古老年代的真正的神话、童话的记忆之下，直至消失。戏仿、滑稽模仿性的小说或其他体裁的文学作品将重蹈同样的命运覆辙，可能连《堂吉诃德》这样的戏仿之作也会湮灭。从这部小说诞生到现在还不足五百年，我是说在六千年之后，它不会再留下什么，何况像约翰·巴思的现当代戏仿性作品《烟草经纪人》之类！詹姆斯·乔伊斯在六千年之后，他的作品也将无人提起，甚至连他的名字也会被人类遗忘。人们记忆中的应该是荷马，而不是乔伊斯，是《奥德赛》，而不是《尤利西斯》《为芬尼根守灵》。克洛德·西蒙的《弗兰德公路》将从人类的记忆里消失。法国新小说流派的小说不会长留下去。凡是没有为人类情感的结构添加新的样品的作家都将被淘汰遗忘，任何力图在方式方法上出奇招创新的努力都一钱不值，未来人类的智慧发展到高级阶段之后，只需一秒钟就能掌握人类几千年来创造的所有的方式方法。但是内容，我是指人类情感的新结构仍旧是艰难的，不容易创新的，带有情感结构的内容难以翻新，脱胎换骨的可能性极小极小。列夫·托尔斯泰一没有在形式方法上有什么创新，二也没有像20世纪中后期的作家们把神话童话原型大量暗藏在他们的小说主体的底部，他是那种注重内容的作家，可他并没有为我们创造出新的内容结构，依旧在旧的情感结构的下坡路上借重力轻巧地滑行。文学史家过于高估了这般有形结构小说的意义及价值。

我在十五岁就阅读了《猎人笔记》，那一时期我也同时阅读了雨果的《笑面人》。在学校里与几个热爱文学的同学一起闲聊，对方问我俄国最伟大的作家是谁，我便说是屠格涅夫，遭到了对方的纠正与笑话。他们说是托尔斯泰和陀思妥耶夫斯基。当时因为我没有读过这两位大作家的作品，只读过《猎人笔记》，而且浸淫其中沉醉不已。少年时代的阅读记忆随着时间一年一年流逝，几乎全部不存在了，于是在2013年的夏天，我重新把这部笔记小说读了一遍。我曾经喜爱过的《白净草原》再也喜欢不起来了，反倒对那篇叫《歌手》的小说感叹不已。我觉得这个短篇是整部小说里最值得占据我的记忆空间的一篇。屠格涅夫的一系列长篇小说《父与子》《罗亭》《烟》《处女地》，我虽然买了好些版本，虽然通过文学史及文学评论做过深入的学习，内容大体了解了，却没有去耐心地读完一部。这位俄国作家是我少年时代的偶像，我对他的热爱时间十分短暂。我觉得蒲宁这个作家好像从他那儿接受与继承了更多的基因，《乡村》与《故园》似乎是屠格涅夫的不朽作品。

还有必要谈论契诃夫吗？《第六病室》《樱桃园》带有余味绵长的象征韵味，曾经一度是我学习的榜样。

十六

东半球的非洲，尼日利亚还有个叫钦努阿·阿契贝的小说家，他的长篇小说产量非同一般地大，我选择《荒原蚁丘》这部长篇进行研究。对于他的《瓦解》，我内心存有反感，蛮荒地域的狭隘心理，使这部小说缺乏广阔的视野。见到《荒原蚁丘》，我心生惊喜，没有料到这位老作家还有如此浓烈的反暴政的自由思想。三个大学同学，从国外回到他们的出生之地卡根，在社会大变革之后，一个被推举为总统，一个当了新闻部长，一个做了大报总编。人性中的占有欲望包括对于权力的占有，这个魔鬼钻进了总统萨姆的心底，结果这个魔鬼把三个人的生活都给毁灭了。先是总统派人暗杀了卡根的良心大报总编伊肯，之后身为新闻部长的克里斯看透了总统的兽性邪恶。政变之后，萨姆不知去向，克里斯在逃亡中被士兵开枪打死，至此三个好同学被权力这个恶魔一个不剩地夺去了性命。而在克里斯逃亡途中的荒原上，那高大的蚁山（Anthill）屹立而永恒。这蚁丘形同坟墓，它是专门为权力准备的，里面的无数蚁虫会把权力吃得只剩下嶙嶙白骨。我在阅读的过程中曾经十分迷醉克里斯的逃亡，公共大巴车在荒原上的行驶，缓慢得像是蜗牛，给你一种永远到达不了的感觉，这种感觉像是永恒本身。

阿根廷作家博尔赫斯有一个短篇小说，写的是两兄弟因为对一个女人的爱与贪欲而翻脸变成仇人的故事，把这篇小说与钦努阿·阿契贝的《荒原蚁丘》对应，可以把“女人”换成“权力”，反过来对换亦然。对于权力的欲望终将毁灭其贪欲者自身。联想到人类自有文明以来就有的金钱，这个东西也会像权力一样恐怖，总有一天会毁了人类的。

第二部分

一

相对于东半球的小说，西半球的小说对我来说就显得清晰而有秩序，心里有一种轻松感。美国、加拿大，再就是拉丁美洲，这三大块心中有数，它没有东半球那么复杂与混乱，想起这个忘掉那个，想不起这个又忘掉那个的现象常常出现。我曾经说过拉丁美洲就仿佛是我童年少年时代的故乡，我对它亲切而迷恋，怀思之情时时涌现，心灵就会获得莫大的安慰。我是从新大地最南边的阿根廷这个尖角写起呢，还是从最北边的加拿大写起？这个问题不值得犯愁，随意行之便可了。加拿大从来就不是我文学心灵的故乡，我在这里寻找不到童年珍贵的记忆，那么我还是从阿根廷这个地方开始吧。除了那些叫国的地域，比如德国法国美国，我都不会在这些地域的名字后面加上“国”这个字。在我的思想宇宙里没有国这个概念，有的只是地域，我们的地球，东半球和西半球，这个洲那个洲。拉丁美洲是个国家吗？不是。这个地理名称多么美好。祝愿南极洲永远不要分为这个国那个国什么的。我在评说钦努阿·阿契贝的《荒原蚁丘》时表示过对于权力占有的厌恶，没有对于这个魔鬼的贪爱，南极洲就永远不会被分成这个国那个国。

在回忆对于拉丁美洲小说的阅读体验之前，我说一点儿题外的话。六千年后的人类将不堪重负其创造的智慧。你敢想象六千名诺贝尔文学奖获得者的姓名以及他们的代表作吗？联想到人类这点有限的文明成果，会必然思索出一个可怕的原因来：一万年之前可能有过一次大毁灭。假如之前有过一万年的文明，智慧已经连续运转了一万年，比如说文学作品有了一万年的积累，人的大脑——这个有限的容器还能负载下去吗？毁灭又是以什么样的形式与规模进行的呢？外围是无限的神秘，内里是不堪的重负，对外围的神秘探知越多，内心的重负将越巨大，直到不能承载的那一日，崩溃，毁灭，重新开始，从零开始，伊甸园便降临了，人类就重新一次回到了乐园：只有亚当夏娃两人的世界，而且还没有被蛇诱惑，没有摘下智慧树上的果子。

我曾说过那些文学方式方法的试验性小说，像福楼拜、乔伊斯，新小说派的小说基本上将会被遗忘，遗忘的原因是那些方式方法由于人类智力的高级阶段的来到而被认为是雕虫小技，没有任何价值可言了。现在我要说的是有可能人类智慧产品的极度膨胀，大脑需要减负，只能保留那些在内容上有不凡成就的作品。内容上的创新对于人类可能会是一个永远的难题。这么一说，像福楼拜对于限知叙事角度的运用，就根本算不得什么对于小说的伟大贡献了。限知角度与全知角度是小说发展过程中自然出现的两种叙述方法，它们本来就没有什么高低优劣之分。新小说派的作家们对于全知角度的批判是出于他们小说创新的目的，这也无可厚非。但是这种观点曾经严重影响了我对小说优劣的判断，我曾因此藐视19世纪的文学，而对20世纪的试验文学简直到了无条件五体投地的地步，皆因为它们运用了限知角度。这本来只是个方法问题，为何却影响了我对它们的喜爱与厌恶呢？这是因为年少之时，我还不具备判断小说优劣的能力，于是判断小说的优劣全由喜爱与厌恶决定。我说这部小说好，那是因为我喜爱它，说它不好，是因为我厌恶它。这是多么幼稚与可笑！

《蜘蛛女之吻》是阿根廷作家曼努埃尔·普伊格备受争议的一部长篇小说，我是上个世纪90年代初——也就1992年吧——阅读过的。在汉水的上游还有一个它的源头性河流，在这个叫褒河的西岸连城山的山窝里有一所大学，这所大学的图书馆里有这本小说。它是工人出版社出版的，是一套丛书，叫什么外国文学奖获奖丛书。这套书里还有《树上的男爵》《斯德哥尔摩人》《钟归阿达诺》等。读了卡尔维诺的《树上的男爵》，我写了一篇叫《会飞的无腿士兵》的中篇小说。它启发我处理了我听到的中越战争中的一些故事。主角是从越南丛林回来的残废退役军人，他没有了双腿，他祈求获得一双翅膀，结果如愿以偿了。于是这只人鸟混合体住到了城市最高的楼顶上，小城被恐惧笼罩了，他成了一个超级统治者。

《蜘蛛女之吻》使我不由得联想到列夫·托尔斯泰的《复活》以及刚刚论述过的钦努阿·阿契贝的《荒原蚁丘》。天下小说是一家，随着你的阅读量的不断扩展，这个家族甚至不是一个真正的家族，而仅仅是一个小小的家庭。《蜘蛛女之吻》中的同性恋者在监牢里与一个革命者相遇。同性恋者是男性，革命者也是男性，同性恋者对于革命者的情感表示遭到了革命者的厌恶与拒绝。同性恋者的爱情难以抑制，最终感化了革命者。于是这两个男性之间发生了性行为。同性恋者当然充当的是女性角色，革命者是男性，同性恋者以他所有的爱情把肉体献给革命者，同性恋者的身体及其心灵完全成了革命者的附属品，为他所用。同性恋者失去自我，全部他化，成了革命者的享乐用品。在这里同性恋者完全是出自他内心的爱心甘情愿把自己奉献给他的爱人。同性恋者有意为革命者做出一切，包括献出他的生命。结果他成了革命者的忠实奴仆，参与革命者策划的行动时献出了生命。从这部长篇小说的整体内容，可以推展到列夫·托尔斯泰的《复活》的结尾部分，从而发展它的结尾，你会发现，卡秋莎·玛丝洛娃的命运将会与同性恋者莫利纳的命运惊人的相似。卡秋莎成了西蒙松的爱人，全身心热爱西蒙松，她不但会为他献出身体，还会献出心灵与灵魂。所以我说卡秋莎面临的是第二次死亡。《荒原蚁丘》中的三位大学同学，当一人占有最高权力后，其他二人要么变成他的男性同性恋者，或者变成他的异性恋者卡秋莎。阿契贝技高一筹的是把大报总编和新闻部长写成了异见领袖，但他们反对总统的结果是，一个遇到暗杀，一个在逃亡路上被谋杀，没有一个能够活下去。假如他们像《蜘蛛女之吻》里的同性恋者，就不会死在他的奴隶主的枪口下，可能还会像卡秋莎一样暂时在对她的崇拜者的热爱中苟活。

曼努埃尔·普伊格的《红红的小嘴巴》我也买的有，看过简介和译者序，其介绍的内容没有足够的力量打动我的思想，我也就没有去读它。但他的《热带雨林的夜幕已经降临》这部长篇小说单单是标题就把我感动了，使我向往了将近三十年了。据我所知这部长篇小说还没有翻译成中文。

在阿根廷，与博尔赫斯、科塔萨尔相比，曼努埃尔·普伊格是个小字辈。我还是先谈谈科塔萨尔吧。他把博尔赫斯叫老师，他比后者小十五岁。上个世纪80年代中期，我开始接触20世纪的现代派文学时，就与这位大师相识熟悉了。我最开始读的是他的《被占领的房间》《美西螈》《仰望星空》等一些短篇小说。《被占领的房间》应该与爱伦·坡的《厄舍古屋的倒塌》有着渊源关系。兄妹两个发现他们居住的房间被逐渐占领了，但占领者是隐形的，不现身的。假如把后者的小说内容进一步延伸，就会得到前者的小说。当然必须得有科塔萨尔的天才才华才行。《美西螈》从玻璃鱼缸外面观看者的角度来写里面的这种古老的化石鱼类，写到最后，鱼缸外的观察者变成了里面的美西螈——这种变形应该算是对于从古希腊罗马文学中就出现的到20世纪的卡夫卡那里得到最大可能升华的变形文学的发展与丰富。《仰望星空》更应该说是人类短篇小说领域的一朵奇葩。这篇小说与博尔赫斯的《南方》无疑有父子关系。美好的基因遗传下去，下一代会更美丽，会给世界带来惊喜。这种美丽会使未来的人更爱这个世界。小说中的主人公受了伤，一会儿意识清醒，一会儿陷入昏迷。昏迷状态中，他参加了与印第安部落的战斗，被古老的部落战士追杀。意识清醒过来后，他看到的是医院病房里的情景。就这样清醒与昏迷交替，也就完成了意识流小说的一般结构组成：现在时与过去时的交替。现在时是基础，过去时是高楼大厦。主人公被野人一样的部落战士抓获，押到了山顶上的神坛，按计划他将作为献给神明的牺牲被宰杀。主人公在这样的恐惧中永远地进入到了遥远的古代世界，他的灵魂再也回不到现实世界来了，他是作为古代的野蛮部落的俘虏死去的。这样的命运即使现在的我，在阅读这篇小说三十年后的今天，也要唏嘘落泪。

三十年间，科塔萨尔的小说集出了一部又一部，《游戏的终结》《万火归一》《克罗诺皮奥与法玛的故事》，我读了其中的《正午的岛屿》和《万火归一》，觉得这些小说都达不到我上面谈论的那三篇小说那样的高度，也失去了新鲜感。《游戏的终结》中的第一篇《公园续幕》，看着看着我就发笑了，这无疑是一篇习作。尽管评论界介绍时说这个集子收录的是科塔萨尔成熟期的作品，可我没有认同感。我为什么会发笑呢？我觉得这篇小说太像比利时作家久里奥·科塔扎的《花园余影》了（这儿的错误将在后面得到纠正）。后者的这篇小说在美国学者克林斯·布鲁克斯和罗伯特·潘·沃伦编选的《小说鉴赏》里收到“新小说”栏目下。这篇小说曾经得到了我深深的爱，我对于它的结构设计爱得不得了，可我终归没有敢模仿或借鉴它。无论如何设计，都会使明眼的读家一眼认出出处。这种方法只能用一次：小说写的是一个读小说的人，他自己的命运与小说里人物的命运重合了，小说里的环境就是这个读小说的人现在所处的环境，凶手进入院子，跨进门，要杀的便是这个读小说的人。小说里与小说外的世界的重合，书里书外人物相同的结局，这样的设计怎么可能会应用第二次而不被识破呢？没有出路，只好放弃，科塔萨尔没有收住自己的手，就会引起全世界众多具有火眼金睛的行家的发笑。

科塔萨尔的长篇小说《彩票》和《跳房子》应该是在二十年前就有了中译本。我觉得《彩票》（中文译为《中奖彩票》）的内容设计过于机械化，过于人工智能化了，像是进入到了一个纯粹由人工建造的空间，自然成分太少，或者说他没有能力把他的人工世界更加自然化一些。《跳房子》据《拉丁美洲文学史》中介绍是一部描述知识分子的不朽杰作，我虽然买了两本同样的书，但到今天还没有读它。我会阅读它的，应该说它早已进入到了我的阅读计划之中，可却一次又一次被其他的小说挤到了外面。《拉丁美洲文学史》和《20世纪拉丁美洲小说》里都有对这部长篇小说的详细评述，还有较全面较细致的内容梗概，我都反复读过多次，以揣摩其核心其微妙，问题是，其内容没有震撼我的心灵，我也只能把它归罪到译介者的疏忽上了。这位杰出的作家，像秘鲁的略萨、哥伦比亚的马尔克斯都是把他叫老师的，他比略萨年长二十二岁，比马尔克斯年长十三岁。他比博尔赫斯小十五岁，应该算是后者的徒弟。他们同是阿根廷人，接触交往的条件比他人优越，接受的影响应该更多。在小说创作的漫漫长路上，一个真正称得上导师的人的出现对后来者来说是福音，他会叫你节省更多的时间，把时间全部花在对于金子的提炼上。

博尔赫斯过于庞大了，尽管他没有长篇小说，可他的短篇小说，你要论述它，就得整整一本书。为什么我说拉丁美洲是我文学的故乡，我在年少时就与这些大师相识，并无条件地热爱他们和他们的小说。博尔赫斯的《圆形废墟》曾经对中国的马原影响至深，马原有一个短篇几乎与这篇小说一模一样。我有一篇叫《白毛女》的短篇小说，也是学习了这篇小说的神妙方法的结果。虚拟一个人物，这个人物是你的人物想象的，或者是他梦境里的自己，这个虚拟中的人物的行动与心灵都得按照真实小说的情境去写，写到结尾处才可揭露真相。当然中间可以多次出现叫读者怀疑的破绽，或者叫路标。这种方法我是在博尔赫斯的小说里发现的，也许之前他所学习过的作家们的作品已经存在了，可我至今还没有发现。后来在导演大卫·林奇的电影《穆赫兰道》和《内陆帝国》中，这种虚拟手法得到了最大限度的应用与发扬。《荒夜妖踪》也是这么处理人物的。《交叉小径的花园》凡是写小说的人应该是无人不知的，我就不啰唆了。《另一次死亡》可以说是对《双重人格》《化身博士》的思维方式的拓展性应用成果。这些小说杰作似乎来源于更早的《浮士德博士的悲剧》，英国人马洛的杰作。这样的杰作又来源于德国的民间传说。博尔赫斯最长的小说似乎是《议会》，有译为《代表大会》的。这篇他最长的小说只有两万字左右。小说里的一群人鼓动一个阿根廷邦巴斯草原的牧场主把他积累的钱拿出来，他们组建了一个雄心勃勃的组织，十足的堂吉诃德味道。我曾经十分迷醉这篇小说，它叙述的口气高扬壮阔，它的故事有英雄史诗的气味，但这只是一个模仿的滑稽史诗，充满了人类梦想幻灭破碎的幻影碎片。《阿莱夫》是篇值得一看再看的小说。小说主人公把他的幻想，把他的世界，把他所认识的世界甚至宇宙浓缩凝结为一个小光点小光球。这个处在深深地窖里的叫阿莱夫的光点，是人类所有的未来和过去。这样的想象也算是博尔赫斯对于人类的不可估量的贡献吧。《南方》开创了一种新的叙事模式，对于他之后的文学影响很大。我前面谈论过的《仰望星空》显然是科塔萨尔对于这篇小说的继承与发展的结果。现实层面的猥琐与梦幻层面的伟大英雄行为形成了奇妙的对照。我推测博尔赫斯的《南方》大概是在塞万提斯的《堂吉诃德》的启发下推进文学思维的结果。可以这样重新结构《堂吉诃德》：把吉桑诺去世前病床上的情景挪动到小说的开始，这就像博尔赫斯的《南方》开头主人公头部被玻璃划破受了感染、患了败血症将要死去；吉桑诺在临死前的幻觉中变成了出外打天下、除暴安良的骑士英雄，而《南方》的主人公在高烧谵妄中坐火车长途跋涉到了阿根廷南方的邦巴斯原始草原，祖先的英雄血在他的体内燃烧，他向侮辱了他的牛仔挑战，勇敢地走向夜空下的草原，拔出刀子，为了他的荣誉决斗。现实与梦想的分离总是折磨着平庸的人们，处理如此主题的文学作品源远流长，我觉得最早可以追溯到《浮士德博士的悲剧》，从它以降有了陀思妥耶夫斯基的《双重人格》、爱伦·坡的《威廉·威尔逊》、斯蒂文森的《化身博士》、詹姆斯·瑟伯的《沃尔特·米蒂的隐秘生活》、博尔赫斯的《南方》以及科塔萨尔的《仰望星空》。这个文学传统还将继续流传下去，还会产生出刺激人的想象力的杰作。

博尔赫斯的好朋友卡萨雷斯有一部不长的长篇小说《莫雷尔的发明》，与三大反乌托邦小说《我们》《美丽新世界》和《1984》属于一类作品。我对这类作品的人工痕迹一直耿耿于怀，不管怎么说，这部小型的反乌托邦小说也是值得一读的，它毕竟可以使你探知这类小说的发展走向，并增强你对于自由的憧憬。据说博尔赫斯与这位朋友合作了许多小说，我对此合作行为不太好理解。拥有如此杰出智慧的作家哪儿有时间与低于他的人合作呢？我突然想到博尔赫斯只写短篇小说、诗歌，不作长篇小说，这样时间就有了。我十分羡慕诗人和只写散文的作家，羡慕只写短篇小说的作家，他们时间有余，可以享受文学创作之外的人生乐趣。

阿根廷还有一位物理学家出身的小说家，他是《英雄与坟墓》的作者萨瓦托。这部将近五十万字的长篇小说，我特别惊讶折服的是其中《关于瞎子的报告》一部分，不少于十万字。这一部分把父亲对于女儿的乱伦行为通过噩梦变形，完全变成了一部迷茫的历险记，是在利维坦的肚肠里的历险记。《悲惨世界》中冉阿让扛举着未来人类的始祖亚当——马吕斯从街垒战场上出来，钻进了巴黎的地下排污隧道——这样的悲壮旅程在萨瓦托的《英雄与坟墓》里得到了突飞猛进的新发展。萨瓦托充分应用20世纪现代主义文学的新手法，极力膨胀的潜意识世界，在那形同瞎子的父亲的黑暗意识里蓬勃茂盛，幻化出了令你的想象力吃惊的新景象。萨瓦托的《暗沟》这部不太长的长篇小说写一个画家的情欲世界，我三十多年前从读完它的那天起就一直没有把这部作品放到心里。它是一部接近于通俗小说的小说。

二

阿根廷的东边是智利，另外一边是乌拉圭。我一时想不起来乌拉圭有什么样的小说及小说家，还是先从智利的小说开始谈起吧。

在下笔之前，我又突然想起了乌拉圭的奥内蒂，我买的他的第一部长篇小说是《请听清风倾诉》，买下了有二十五六年了吧，还没有读。《造船厂》是我居住在西安后买的。这部长篇小说有一点叫我纠结难忘，心里想着哪一天还是要把它细心读完。这一点是，小说里的人物全都知道一切都是假的，但他们依旧在这种谎言下运转。他们并不相信这种假，可他们却在假的运转中活着——这样的小说世界与我们生存的状态十分接近，我们就像《造船厂》里的人物一样存在于一个假的世界中。

我总共买的书有七八千册，其中世界小说占大多数，也有三四千册吧。有朋友问我这些都读了吗，我说没有。我又解释说要是都读了那才是傻子呢，不是傻子也会读傻的。读上十分之一就足矣。这十分之一也不是小数目。我又继续解释说，有些书是买来学习用的，只要看了作者介绍，译者序言，还有专家的分析论文就可以了，你了解了它的内容，明白了它的高低优劣，这就行了。有些小说，特别是长篇小说必须要细读的，如果一遍读不出名堂的话，就得读两遍三遍。像奥内蒂的《造船厂》就不是我仅仅学习一下的小说，只是我还没有腾出时间来看它。但在认真研究它之前，必须先要了解它，掌握它，这样熟悉了解的目的是甄别，把它归到你必须细读的计划中去。

还有个错误需要纠正。我在谈论阿根廷的心理现实主义作家，也是拉美新小说的代表人物胡里奥·科塔萨尔时谈到，他的短篇小说《公园续幕》是比利时作家久里奥·科塔扎的《花园余影》的仿作。久里奥·科塔扎这个作家的名字是在克林斯·布鲁克斯和罗伯特·潘·沃伦编选的《小说鉴赏》中出现的。上下册的《小说鉴赏》是上个世纪80年代由中国青年出版社出版的。我通过网络搜索久里奥·科塔扎的名字，没有任何结果。《小说鉴赏》上“新小说”一栏选录的《花园余影》这篇小说的作者的地域分明写的是比利时。我把久里奥·科塔扎与胡里奥·科塔萨尔这两个姓名进行对照，发现这无疑是同一个人，可我把比利时的法文与阿根廷的西班牙文对照发现风马牛不相及，难道译者连这两个地域的名字都弄错了？我认定是译者弄错了，比利时根本就不存在久里奥·科塔扎这样一个作家。这样的话，我就得纠正对于这位杰出作家曾因为误会而有过的“发笑”。确定了这篇小说是他原创的这个事实之后，那么应该说科塔萨尔在新小说的试验之旅中对于世界小说的贡献又增加了一个不朽的奇想之作。

何塞·多诺索是我读了三十多年的一个智利小说家。这块长条形的地域得承受太平洋多大的风浪吹打？在这种长久的考验之下，智利的文学也就坚强壮大起来了。面对滔天海浪，诗人就得发出更响亮的声音才能盖过浪涛，叫全世界的人听见。米斯特拉尔和聂鲁达两位诗人获得了诺贝尔文学奖评审委员会的青睐。我对诗歌应该说是外行，最好不要不负责任地发声。智利还有位叫邦巴尔的女小说家，我在上个世纪80年代末的一期《外国文学》上看到了她的《最后的雾》，就把这篇小说牢牢地记到心间了。我还是先说何塞·多诺索吧。我是在陕南汉中的一个叫河东店的小镇上买到他的最具盛名的长篇小说《污秽的夜鸟》的。那应该是1990年的冬天吧，小镇上有个年轻人经营一个小书店。小书店的房子本身就是他的家，也就不用花什么房租了。有时候这个书店老板还到比较宽敞的街道边摆书摊，有一次我把他摆在地摊上的《荒诞派戏剧》及另外一本叫《怪诞》的文学理论性书籍一下子买走了。当我下班以后又踅摸到他的书摊前时，我听见他对另外一个人说，今天怪了，竟然把两本怪书卖出去了。他已经忘了是我买的。我没有吭声，只是在地摊上巡视着，想发现类似的或者更怪的书。这本《污秽的夜鸟》定价八元，对于1990年的我来说，还是相当贵的。我当时的月工资大概不足一百元吧。我离开陕南时没有忘了把这本书带上，它现在就在我的身旁，我感到是那么的亲切与幸运。因为有了它而感到幸运。奴隶主与奴隶的结构与关系是许多优秀的小说探讨的主题，这部奇崛雄起的长篇小说的主角是主子堂赫罗尼莫与他的秘书温贝托·佩尼亚洛萨。温贝托逃到了修道院深处，变成了“小哑巴”，没有语言，只有想象了。小说主体是这个小哑巴的幻想世界的呈现。他追随主子多年，完全成了行尸走肉。堂赫罗尼莫是大权在握的人，他的秘书的一切都被他剥夺了。温贝托所受的血伤也成了堂赫罗尼莫的伤，为他赢得了民众的喝彩。堂赫罗尼莫的妻子伊内丝多年没有生育，这是因为他失去了繁育的性能力，温贝托被迫代替主子播种，结果他的这一行为的成果也被剥夺。何塞·多诺索想象了一个颠倒性的乐园，类似于古希腊神话里的克里特岛上弥诺斯国王为他的牛怪儿子建造的迷宫。现在这个迷宫里生活的是博埃，他是堂赫罗尼莫的儿子。这个儿子是人间所有丑陋的集大成者，他是一个怪物。秘书温贝托成了这座怪物乐园的管理者，一园的怪物，只有他一个是正常的人，这一个便成了超级的不正常了，他被怪物围攻，就因为他在怪物们看来是异常的。这部小说还贯串了一个意味深长的传说：一个有钱有势的庄园主有九个儿子、一个女儿。女儿排行老幺，最得宠爱。平时儿子们去工作，女儿由一位老年女仆照看。女儿与老仆都是巫婆变的，她们经常变形后跑到村镇里去祸害百姓。老主人与儿子们逮住了一条黄狗，把它杀死了，这条黄狗就是那老女仆。没有了黄狗陪伴的小女儿被监禁到了一座修道院里。二百年后，到了堂赫罗尼莫成为昔日繁茂的德·阿斯科伊蒂家族最后一个独苗时，他竟然丧失了生育能力。他的妻子伊内丝是二百年前那小巫女的化身，她美丽得像是古代女神，小哑巴在修道院与她相遇了……这样一个穿插始终的传说丰富了小说的内涵，为它增色颇多。联想到《复活》中聂赫留朵夫与卡秋莎和革命者西蒙松与卡秋莎的关系、《白痴》中将军与秘书的关系……这样的关系仍旧是现代人类关系的主体，在这样的关系主宰之下，人类没有真正的自由可言，心灵永远处于屈辱之下。人类的心灵的真正解放还存在着难以跨越的鸿沟，这种生存的前景不能不叫人身心撕裂，备受痛楚。何塞·多诺索在1970年创作的这部长篇小说为我们提供了又一个思考这个重大难解问题的范式。《别墅》和《旁边的花园》也是值得关注的。我曾经在我的中篇小说《长翅膀的无腿士兵》中引用了《别墅》的部分内容，小说家韩东先生在《芙蓉》兼任小说编辑时，发表了我的这个中篇小说。他对这篇小说大加赞赏的同时，建议我把引用的部分删除掉。他的理由是你的小说不需要《别墅》已经足够强大了。我觉得《别墅》这部长篇与《污秽的夜鸟》相比就逊色多了，它的人工化痕迹过于浓重，显得单调，不够丰富。

《没有界限的地方》这部不足十万字的小说有个译名叫《奇异的女人》，我当年在阅读它时，是把它和墨西哥作家胡安·鲁尔福的《佩德罗·巴拉莫》放到同等重要的位置上看待的。这两部小说有其相同的崇高价值，都把人物放置到炼狱般的境地里烧烤熔炼。没有界限的地方是地狱，佩德罗是石头，巴拉莫是荒野，科马拉是火上的饼铛——毫无疑义，何塞·多诺索接受了胡安·鲁尔福的影响，创作出了一部韵味上能辨认其基因来源的杰作。这位作家的风格接受巴尔扎克、陀思妥耶夫斯基的影响较大，从他的众多长篇小说里可以辨认出批判现实主义文学的骨干，他虽然亲身经历了20世纪的拉美文学爆炸运动，但他所受的魔幻现实主义文学的影响并不深重。所以，他的小说给你的是扎实牢固的感觉，而不像阿斯图里亚斯的《玉米人》《总统先生》和马尔克斯的《族长的没落》《百年独孤》那样充斥了魔幻的色彩，使人感到形式有余，而内容有限，批判的力度显然要弱很多。

玛丽亚·路易莎·邦巴尔（1910—1980年）的《最后的雾》是超现实主义手法创作的一篇杰作，小说以充满浓烈诗意的语言营造的梦境，情感张力巨大，对于心灵的震撼强度可以激发阅读者的爱。一个年轻美丽的女子由于得不到她的丈夫（也是她的表哥，他依旧沉湎于对于他死去的前妻的情感世界中）的爱，而与一个死去了十五年的盲人美男子的鬼魂有了一夜情，从此她沉陷在对他的期盼与思念之中不能自拔。特别是夏日的傍晚她在清澈的池塘游泳时，大迷雾中驶来了一辆载客马车，她终于看到了她日思夜想的情人，可那男子只是在车窗里向她挥手致意，马车很快重新消失到了迷雾深处——那就是最后的雾……

写情感的小说多如瀚海沙砾，但这一篇的情感强度却是超强的。《聊斋志异》中许多篇目写的都是人鬼、人狐之恋，《白蛇传》是人蛇之爱，但邦巴尔的抒情笔调给你的是诗的感受，音乐旋律的张弛，心灵的波浪荡天回地。

我还看过邦巴尔的《穿裹尸衣的女人》，感觉上就逊色多了。总之，这位女性作家是靠激情写作的，她有的是文学的天才。据说她因为爱情失意而向自己的肩膀开了一枪，几年后回到故乡"海上的葡萄园"又向她的情人—— 一个有妇之夫——开了一枪，好在伤势轻微，没有闹出人命。她的小说过于纠缠沉溺于情感与诗意，局限性很大，没有广阔的社会运动背景，更没有把社会变革与战争作为人物情感发展与性格形成的炼狱，这样的小说无法与雨果和梅尔维尔的小说相提并论，不可能与《悲惨世界》《白鲸》这样的世界文学高峰争锋，连与列夫·托尔斯泰的《战争与和平》那样的小说也没有办法放到一起。

三

巴拉圭这块小小的地域居然诞生了奥古斯托·罗亚·巴斯托斯这样一位世界级的小说家，这叫我不得不对这块小小的地域产生崇高的敬意。我最早阅读的是他的《人子》，那应该是三十年前了，这本书在我生活工作的当地的图书馆里有，我把它借来读了一遍之后，还了，过了不知多长时间，又把它借来阅读。我多么想拥有一本这样的书啊！复印代价太高，我又一次通过丢失赔款的方式得到了它。小说的七个部分，每一部分都有独立的人物故事结构，但七部分都通过某个人物相连接。这便是拉美魔幻现实主义文学爆炸时代的“连通器”，它是一种重要的结构方法。回溯一下这种方法的来源，我首先想到了列夫·托尔斯泰的《安娜·卡列尼娜》，小说通过安娜听到别人说列文的事的方法把她的部分与列文的部分连接起来，这种方法在《人子》中得到了最大成就的应用。我认为方式方法无须多高的智慧就能创造出来，它是人的智慧产物，是可学的，算不得天才，更与自然造物无关。令我难以忘怀的是这部长篇小说里的超现实情节，阅读过后三十年了，依然清晰如新。农民起义队伍开着一列火车向首都进军，路上被政府军迎面开来的一列装满炸药的火车炸毁。大爆炸炸出的一个犹如天坑的大坑，几十万工人农民二十年都没有把它填平。起义军被镇压消灭之后，农民陷入更为深重的劳役之中，一对夫妻被马黛茶园主扣留，成了如同判了无期徒刑的犯人，在茶园里除了永远服苦役，丝毫没有出路。夫妻俩九死一生逃出了权贵资本的茶园，浑身不但脱了一层皮，几近脱胎换骨，还有一口气，一条命。夫妻俩露宿旷野，发现了被大爆炸的气流抛到了几百米之外的一节火车车厢。他们捉了无数萤火虫，把它们粘到火车轮子上，车轮滚动起来了，萤火的光芒照亮了黑夜里的旷野。火车车厢驶过泥泞的田野，驶到了远离铁轨路基的远山山脚。这节车厢成了夫妻俩的新房……

我惦念了近三十年的《我，至高无上者》，是部反独裁小说。它是拉美四大反独裁小说之一，另外三部分别是古巴作家卡彭铁尔的《方法的根源》、危地马拉作家阿斯图里亚斯的《总统先生》、哥伦比亚作家马尔克斯的《族长的没落》。我认为在世界文学的大范围内，还应该把西班牙作家巴列–因克兰的《暴君班德拉斯》、佛朗西科·阿亚拉的《惨死如狗》、委内瑞拉作家彼特里的《独裁者的葬礼》和秘鲁作家巴尔加斯·略萨的《公羊的节日》归到反独裁小说的范围之内，这样世界上就不是只有四大反独裁小说了，而是八大了。据我所掌握的资料信息，《我，至高无上者》还没有中文译本。但这一点儿关系也没有，并不影响我对这部长篇小说的欣赏与学习。我有《拉丁美洲文学史》和《20世纪拉丁美洲小说》，我还有许多介绍与研究拉丁美洲文学的专集。尽管我没有见到它的原文及译文文本，可我对它的熟悉程度就像我对我自己那样熟悉。在这里我可以把它完整地做一介绍。这部长篇小说是1974年问世的，获得了1988年巴西颁发的拉丁美洲文学纪念奖、1989年西班牙授予的塞万提斯文学奖和1990年巴拉圭民族功勋奖章。小说的主体大致是独裁者弗朗西斯自己动笔书写和口授给秘书帕蒂尼奥的文字——历史文献，其间夹杂有主子与奴才的对话。以上帝全知角度出面的叙事者不断地介绍和解释，也是构成小说的重要部分。还有一位后世的编辑，他给前面的三大方面的内容添加注释，还补充了他个人所了解的真实情况。“我，共和国的最高独裁者特别命令：我死后把我的尸首砍成两段，把我的头颅扎到长矛之上让毒日头暴晒三天……我的奴才下属们全体军政要员一律绞死……三天后我的遗体火化，骨灰扔进大水之中。”这是小说开始时出现的一张匿名传单，总统看到后立即命令部下查出黑手。小说以此为契机逐步展示独裁者的混浊心态，写出他的恐惧，多疑，忧心忡忡，惶惶不可终日，悲哀，焦躁，愤怒，阴险，毒辣。他骑马时摔了下来，脑部受到损伤，神志恍惚了起来，出现了幻视病症。在这里陀思妥耶夫斯基的《双重人格》的人物与手法有了施展的广阔天地，一个是他自己，一个是至高无上者。他自己表现出独裁者的恐惧心理，至高无上者表现出他的邪恶凶狠、无情无义。这里我要把独裁者与卡夫卡小说里的主人公联系起来。卡夫卡生存于哈布斯家族建立的奥匈帝国的末期，他的天才文学家的敏锐智慧心灵能够体会出皇帝弗朗茨·约瑟夫一世的大脑活动。他的《城堡》《变形记》和《地洞》这三部小说，一部长篇，两部短篇——这三部小说串联到一起能够极其恰当地解释人类社会的一切独裁者。弗朗西斯登上了总统宝座，这就像是他为自己建造了一座城堡，他入驻城堡之后，在其核心位置挖掘了一个地洞，他钻进地洞，变形了，变成了一只甲虫，这只甲虫的忧心忡忡，它的内心话语便是《地洞》的文本。奥古斯托·罗亚·巴斯托斯于1993年还出版了另外一部叫《检察官》的长篇小说，他说这是巴拉圭炼狱三部曲的最后一部。前两部我在上面已经评说过了，这最后一部还是留给读者自己去研究吧。

四

我的记忆里没有玻利维亚的小说及小说家，这叫我觉得十分蹊跷。我的记忆里有的只是罗亚·巴斯托斯长篇小说《人子》的最后一部分，巴拉圭与玻利维亚的战争爆发了，监狱里的农民起义军战士全上了战场。这个以拉丁美洲解放者的名字命名的地域，怎么会没有一部伟大崇高的长篇小说呢？不应该啊！

在沿着安第斯山脉进入神秘古老的秘鲁之前，我岔开话题，也许是因为觉得秘鲁这块地域产生的作家过于沉重，有了畏惧心理。说起我对于秘鲁小说的阅读，话题实在太长了。巴尔加斯·略萨这位小说家的长篇小说叠加到一起真的比他的身体还要高，著作等身这样的夸赞对他已经没有什么意义了。略萨是拉美结构现实主义的创始人，我二十多岁时在得到了结构现实主义文学这样的知识的同时，也就认识了这位小说家。他的《绿房子》是结构现实主义的样本，五条线索齐头并进，五条线索上的人物推进着他们自己的故事，五条线索之间由略萨创造的连通器相连。这部长篇小说约有三十万字，我读了不下三四遍，留下的记忆是它的技法与结构，人物与故事却淡漠了。也许是因为小说不是由一个整体故事构成的，有五个故事主体，众多人物，什么都多，记忆就丧失了作用。我只记得有一个姑娘从修道院逃跑了，警长带领着部下到深山里去寻找，同时去的还有修道院的几个嬷嬷。秘鲁的原始森林可真是深啊，你进去了感觉可能永远出不来。《城市与狗》是我从市上的图书馆借来看的。这部长篇小说写的是秘鲁的军事院校，一个学生，由于他的特殊个性，特立独行，他的不合群，他的奇谈怪论，他的异见，被大多数军校学生所痛恨，于是这种集体意识要有意识地除掉这各色的一个。军事训练的黎明，蒙蒙晨雾中，一个学生执行了集体的意识，在操练中，真的开枪把这位有特殊个性的学生枪杀了。这样的惊天事件在这个不起眼的早上、在这个无声无息的校园里不可逆转地发生了。校方掩盖了真相，轻松地处理了这个军事独裁下必然会发生的杀人事件……这部小说的现实性现实感强烈得令人震恐。一个年轻人的生命是会这样消失掉的，任何一个人的生命也可能这样蒸发的。

《胡利娅姨妈与作家》我一直不喜欢，到今天也没有读。还有《潘达雷昂上尉与劳军女郎》我读了好多次都没有把它读完。内容梗概我是学习了的，大概是缺乏吸引力，也就没有足够的推动力给我加油完成对于它的阅读。巴尔加斯·略萨的多产是他作为一个优秀小说家的最大优势，五十万字的《酒吧长谈》你可以不读，但他还有五十多万字的《世界末日的战争》，光是这个小说标题就够叫我迷惑的了。解惑解谜——这是阅读的推动力。阅读这样的大篇幅小说，一是需要时间，二是需要体力，脑力当然是必不可少的。我得忍受长篇小说普遍存在的枯燥与缓慢节奏，到你阅读了一半的时候，还没有发现它的优秀之处，你一定得继续耐着性子一步一步往下走。是往下走，往最下面走，往最后走。走着走着，你便发现了逐渐绚烂壮观起来的溶洞风景。大自然的鬼斧神工创造的自然奇观，饱览是对你的劳动付出的最佳回报。我看到了巴西内陆腹地卡奴杜斯地区的农民如何生活在远古崇拜的荒漠里，他们对于一个叫劝世者的原始信仰与崇拜，激发着他们体内的原始力量，他们以及他们的世代祖先对于神明的原始恐惧凝结成巨大的力量，这种力量化作对于这个人、这个劝世者的崇拜，这种崇拜的力扭结到一起，农民起义军的力量强大得惊天地泣鬼神。巴西共和国的政府军连续五六次向卡奴杜斯进军，围剿这支农民军，结果都被打得大败而逃。共和国倾注了更大的军力终于把卡奴杜斯这个愚昧信仰的小王国包围到了最小的范围之内。起义军面临灭亡，劝世者也患了重病，奄奄一息，卡奴杜斯岌岌可危。信仰者们预感到了大祸临头的噩梦，他们把他们信仰的劝世者完全当成了下凡的神灵，连他在重病中的肠道排出物都当成圣物吃了下去，以求他们进入天堂而永生。略萨概括得真好，这真的是世界末日的战争。劝世者早已把世界末日的观念灌输到了农民们的心脑深渊，也把人间最大的恐惧感传递到了他们的感觉深处。人类的纪元无论转动到哪个世纪，蒙昧依旧像死神一样不可能远离，它会紧紧地贴着人类的身体，随时会钻进皮肤，钻进五脏六腑，危及生命。这场战争是巴西共和国与古代亡灵的战争，是与古代原始神灵的战争。假如共和政府军的战士也被这种古代亡魂古代神灵附身钻心，这块地域的历史就会倒转，就会回到蒙昧信仰的时代。人类的肉体与心灵神智都是极度脆弱的，它们恐惧的是永远的死，永远的消失，不存在了。有这样的前提压力存在，人类回到远古的现象并不奇怪。内心的脆弱呼唤神灵支撑，永生的梦想焚烧知识与科学，蒙昧与愚昧呼唤着远古的神，这样的神明早已消逝到了人类的神话传说时代了，他们便把他们之中的某个人当作那种神明的化身与象征加以崇拜——这部长篇小说写出了人类的不幸与可怜，写出了人类灰暗的未来前景。英雄与神灵还会回来，还会附丽到某个疯子身上回来，还会依附到某个把自己膨胀成群众的父亲与领袖的人身上回来，那个时候，人类所创造的文明与科学知识是没有力量阻挡的。人距离他的死更近，距离永生的神更近，科学与知识解决不了这样的终极问题。

我曾经在一篇文章里批判过略萨，对他的《情爱笔记》很不以为然，就像我瞧不起他的《胡利娅姨妈与作家》一样，我无法看重把情爱作为主体来写的小说。我预言他获得不了诺贝尔文学奖——那时是2005年的秋天，我没有想到这位我阅读了二十多年的小说家还能写出《公羊的节日》那样的反独裁者小说。我曾经认为《世界末日的战争》是一部反独裁小说，尽管其中的核心人物是个流浪汉一样的劝世者，但他作为一个未来社会英雄崇拜领袖崇拜的独裁者雏形却是完整的。这位劝世者建立的卡奴杜斯政权是个麻雀虽小五脏俱全的独裁政权。在共和政府军的强大包围圈里，在面临毁灭的高压之下，他的拥护者们沉浸在对他的疯狂信仰激情之中，他们之中还没有时间产生清醒者和背叛者，这位劝世者也就没有机会行使绝对权威对于背叛者处以火刑格杀勿论的独裁权力。《公羊的节日》取材于特鲁希略家族独裁统治下的多米尼加共和国，小说写的是几个军官对于老总统实施袭击，刺杀成功之后，他们依靠的国防部长由于他的奴才本性没有敢于承担刺杀的责任，迅速组建新的政府，而被以副总统为核心的顽固势力抢先组建的清算行动摧毁，参与刺杀行动的军官全部被杀，连没有参与行动的国防部长也被严刑拷打，施以酷刑，连他阴囊里的睾丸也被挤压出来，叫他自己吞了下去。这是一次成功的对于独裁者的刺杀行动，可落到了如此惨败的地步。这群军官的行动造成了顽固势力对于多米尼加的更为严酷的极权统治，不但给自己带来了杀身之祸，还把更大的灾难引到更多的人头上。

这部小说我是在略萨获得诺贝尔文学奖的2010年冬天阅读的，它带给我的振奋不亚于我又一次与一个知音相爱。

五

玻利维亚旧称上秘鲁，大哥伦比亚共和国的组建者“解放者”西蒙·玻利瓦尔当过秘鲁共和国总统，同时还是玻利维亚总统。这位天才的英雄在他四十七年的有限生命历程中，发动的战争比《百年孤独》中奥雷良诺上校发动的战争还要多。

在论述哥伦比亚作家加西亚·马尔克斯之前，我插进一段对于《拉德茨基进行曲》的补充解读。昨天早上我刚刚读完这部二十六万字的小说。我一边写作这部全球经典小说的阅读记忆，一边读罗特的小说，当我看他的小说时，一进入那些字里行间，我心灵里的劳累便消失了，进入到一种带着莫大安慰的休息状态。罗特生于1894年，殁于1939年，享年四十五岁。罗特的这部小说是在卡夫卡病逝八年之后的1932年出版的，罗特当时三十八岁。读了这部长篇，我对奥匈帝国和弗兰兹·约瑟夫一世皇帝、被刺杀的接班人斐迪南大公和卡尔一世有了近距离的直观认识。卡夫卡在创作其伟大长篇小说《城堡》之时，还没有对这个没落的奥匈帝国的衰亡进行思考，他书写的还是这个帝国的高高在上与极度神秘。他把它象征化了，把这个帝国微缩为一座城堡，一心想进入者必须经过炼狱般的考验。卡夫卡的“城堡”是上帝之国，是天堂，是经历过黑暗深渊的地狱，爬上净界炼狱山峰，升华到地球之外的天界。罗特的这部小说里的特罗塔家族三代单传，第一代是索尔弗里诺战役的英雄，这位上尉在战场上，当弗兰兹·约瑟夫皇帝拿起望远镜朝远处敌方阵地观察时，他迅速扑过去把皇帝按倒了，与此同时，一颗枪弹穿透空气呼啸而来，打碎了上尉的肩胛骨。他因救了皇帝的命被封为男爵。这位上尉成了人上人之后就与他的父亲——一个有残疾的卫队长——拉远了距离，从战场上退役之后，他只见了父亲一面，一直到父亲去世他才再次出现在老人家的遗体旁。这位新晋男爵与和皇帝有亲缘关系的某个大臣的女儿结婚生下了特罗塔家族的第二代——弗兰兹·约瑟夫·封·特罗塔·齐波尔耶男爵。男爵执意不让儿子与军队沾边，把他培养成了一个文官。这位特罗塔家族的第二代在索尔弗里诺英雄死后，当上了地方长官，他与另外一个贵族的女儿结合有了第三代。他给这个男孩取名卡尔·约瑟夫。这位第二代男爵没有理解他的父亲为何叫他学法律而与军队拉开距离的良苦用心，怀着对于皇帝的忠诚把他的儿子送进了军队。小说的主体内容是这位第三代男爵在骑兵营与步兵营里的成长过程。军队营地像是古罗马的斗兽场和妓院，军人们醉生梦死，一派暮日景象。皇帝老得连他的记忆也衰老了，不努力回想就找不到昔日的影子。大战爆发了，卡尔·约瑟夫随军队开赴边境战场，他为渴得将要毙命的连队去井里取水，结果被爆头而亡。特罗塔家族的唯一继承人消失到了尘土的地平线之下，第二代的特罗塔男爵——地方长官——垂垂老矣，他去看望病入膏肓的耄耋皇帝，回到他的任地之后，他与皇帝几乎是同一时间咽下最后一口气的。第二代特罗塔男爵在得知皇帝将不久于世之后，他的心理上做好了殉葬的准备。他的生命力过于脆弱，大气中的一丝气息就足够使他面见死神了。这之前描写了皇帝的继承人斐迪南大公被刺杀身亡的消息传到军营时的场面。死亡灭绝的气息笼罩覆盖了世界。特罗塔家族随着帝国一起灭亡了，断绝了。这是一曲哀婉的挽歌，写尽了将亡事物的悲凉气氛。

这部长篇小说在法国贝·皮沃、皮·蓬塞纳编写的《理想藏书》的德语文学中排名第十，在美国评论家哈罗德·布鲁姆的著作《西方名典》中也名列前茅，可见东半球与西半球对这部小说的英雄所见略同。

我终于能够甩开膀子来对加西亚·马尔克斯进行评判了，这得花费相当大的篇幅，耗去相当多的时间。

我突然想起了荷马的《伊利亚特》，在批判《奥德赛》的主角奥德修斯的奴隶主的残暴思想与行为的时候，我还没有思索出《伊利亚特》的可憎之处。文学评论必须要有灵感，灵感闪现时你才会发现你所研究的作品的意义，正面或者反面的，或者正反面同时混合存在的。荷马为什么认识不到帕里斯与海伦是真心相爱的，为什么不分析一下这两个男女之间的爱情的合理性与崇高性。世间的人都是自由的，没有所属与从属的关系，男人女人都是自由的，独立的，都是天地的精华，从什么时候开始一个女人嫁给某个男人就为他所有了，成为他的财物了呢？这是违反天地神明原初真理，是人自己规定的，是违反自然的。这种反自然的人文人规反过来变成人的枷锁，把人间变成了炼狱。墨涅拉奥斯虽然是海伦的丈夫，但这位妻子在爱上帕里斯之后，在海伦为了与帕里斯的爱情而抛弃了一切包括她的女儿赫尔弥奥涅，与帕里斯同奔特洛伊之后，这位丈夫就失去了对于这位女性的所有权利，她不再爱你，你对她也就没有了丝毫的权利。但是，墨涅拉奥斯鼓动他的哥哥阿伽门农因此发动了惨无人道的希伊战争。十年战争，导致无数人命丧黄泉，真是罪恶滔天。敢设想我们生活的这个时代发生这样的事吗？！专有、私有、极端导致因一个与他生活过的女子与别的男子相爱奔向自由而发动战争，这一切都是权力私有的罪恶。我要说的是，帕里斯与海伦的爱情是美丽的，是值得赞颂的。这种崇高真诚的爱高于斯巴达和特洛伊，高于任何政权国家。帕里斯与海伦一见钟情，倾心相爱，即使是一夜情也是天地神明所赞许的。但是，那些把权力把国家看作私有财产的魔鬼们，不惜打十年的仗，不惜牺牲千万人的性命，这种罪恶荷马不去清算，居然连一句批评的言辞都没有；他不去歌唱爱情，人类的崇高的爱情，而去歌颂战争、战功、英雄、残暴、死亡和伤血。因此可以判定荷马不是一个向往自由的人，而是一个满脑子奴隶主专制极权思想的早已被彻底驯化了的类奴隶主。

有了上面对于《伊利亚特》的认识，我就更容易批评加西亚·马尔克斯的代表作《百年孤独》了。这部长篇是我开始接触世界现代文学时最早阅读的几部小说之一，那应该是1985年前后吧，最迟也应是1986年，我刚刚二十出头，就读《百年孤独》。我的记忆力比较好，尽管读了一遍就把霍塞·奥雷良诺·布恩地亚和表妹乌苏拉·伊瓜兰繁衍的七代人名字弄清楚了，可我还是把它连续读了好几遍。霍塞·阿卡迪奥是霍塞·阿卡迪奥·布恩地亚的长子，奥雷良诺上校是霍塞·阿卡迪奥·布恩地亚的次子，阿玛兰塔是霍塞·阿卡迪奥·布恩地亚的女儿，庇拉·特内拉是霍塞·阿卡迪奥的情妇。第三代阿卡迪奥是霍塞·阿卡迪奥之子，奥雷良诺·霍塞是奥雷良诺上校之子，十七个奥雷良诺是奥雷良诺上校的儿子。第四代俏姑娘雷梅苔丝是阿卡迪奥之女，霍塞·阿卡迪奥第二是阿卡迪奥之子，奥雷良诺第二是阿卡迪奥之子，这是一对双胞胎兄弟。第五代霍塞·阿卡迪奥是奥雷良诺第二的长子，梅梅是奥雷良诺第二的长女，阿玛兰塔·乌苏拉是奥雷良诺第二的小女儿。第六代的奥雷良诺·布恩地亚是梅梅的私生子。第七代的长猪尾巴的孩子是第六代的奥雷良诺·布恩地亚的后代。第一代表兄妹生下的第二代有三个孩子，两男一女，两个男性分别繁衍了十九个孩子，第三代只留下三个后代，双胞胎兄弟和一个女儿。第五代还是三个人，一个男性，两个女性。到第六代就只剩下一个男性了，第七代便是预言中的长猪尾巴的孩子了。这个近亲结婚的家族从开始到结束，时间是一百年，总共是七代，最后一代已经变形了，长了猪尾巴，说他不是人了，也能说得过去。我上个星期还在读《拉德茨基进行曲》，小说里的特罗塔家族是三代单传，由第一代的索尔弗里诺英雄在战场上救了皇帝的性命，到第三代的卡尔·约瑟夫在奥俄边境战场上把青春生命献给了王朝帝国，第二代的地方长官在皇帝弗兰兹·约瑟夫一世去世后的殉死，这个家族彻底灭绝。《百年孤独》也是这样的一部家族命运小说，从有到无的历程中，生发出无数人物的悲剧与喜剧。哈布斯堡家族的纯血统繁殖，一代不如一代，直到灭绝。在这个家族统治的奥匈帝国，不但产生了卡夫卡这样的现代派伟大作家，还产生了像约瑟夫·罗特这样与卡夫卡相比稍微有点儿逊色的世界级大作家，布罗赫和穆齐尔也不是等闲之辈。这类小说的开山祖师应该是《旧约·创世记》。这部小说中对于时间的描述使我当时就认为它是一部有关时间哲学的小说。人无论是家庭、家族，还是个人，他们在时间之海里是渺小与无奈的。奥雷良诺第二的妻子菲南达，这位从小就被她的父亲按照女王的标准教育的女性，应该说是堂吉诃德的女性接班人，类似的接班人还有包法利夫人。她在最后的时间里穿上皇后的服装，进入到了她迷梦的世界，以王后的身份与感受去死神那里报到了。我觉得这一部分是小说写得最凄凉的章节。天空中的黄色旋转物，预示了神明对于这个家族的抛弃。那难道不是约定的信号？神与人之间的约，彩虹是其记号，旋转的飞盘也是。香蕉的没有限度的繁殖侵占了这块地域人的物理空间，更是把他们的心理空间挤压得风雨不透，他们感觉无法呼吸，就示威呐喊游行，结果被政府派来的军队扫灭。运输尸体的火车长得无法数清它有多少节车厢，幸存者阿卡迪奥第二从尸堆里苏醒，跳下火车，踏上了回乡之路。当阿卡迪奥第二步行回到故乡，接触到的马贡多居民对于他所说的大屠杀惨剧如闻天书，没有丝毫的记忆了，那么这个故乡，这个马贡多绝对不是之前小说中所说的那个马贡多了，这是马贡多的镜中影像。马贡多不就是一座镜子城吗？他们全生活到了镜子里面那个世界了。这样的马贡多的厄运是注定了的，只配被大旋风刮走，什么也不会留下。

我对《霍乱时代的爱情》没有一点儿兴趣，对这部小说没有好感。主角在追求到他一心相爱的女人之前，竟然与无数的女性疯狂做爱，直到那位女性的丈夫去世，才给他腾出了位置，他便驾船与她遁于海上，船头上挂上霍乱病魔猖獗的旗帜，他们在旗帜之下完成老年的疯狂——这部小说里的丑恶是不言自明的，这里所宣扬的爱情似乎也是不存在的。《迷宫中的将军》写的是拉丁美洲的解放者西蒙·玻利瓦尔生命的最后旅程，他身经百战浴血赶走了西班牙人，却使新大陆陷入到了武力强力的混乱的迷宫之中。赶走了异族压迫者，野蛮武力统治众生，把这块地域变成了炼狱，平民百姓的奴隶地位没有改变，还要流血，献出生命。新生的本民族的野蛮力的代表比以前的异族统治者还要残暴邪恶——玻利瓦尔深深陷进这样的迷惑之中，走进了时间的永恒迷宫中去了。他这个解放者是怀着不解的迷惑死去的。他浴血战斗四十七年，赶走了西班牙人，却营造了一个混乱的地狱，他的死亡之旅中浸淫着沉郁的懊悔之意。这使我联想到了《维吉尔之死》，维吉尔患了热病，徘徊在死亡的门口，躺在船上，在海上航行。维吉尔的死前意识里涌动的是他这一生与皇帝的关系，他成了皇帝的变相奴隶，在他的不情愿里面却有着愿望，甚至愿望是主要的，他愿意成为那样的奴隶。望着倒映海洋的蓝天，他否定了自己的一生，遗嘱焚烧颂唱罗马的史诗《埃涅阿斯纪》。玻利瓦尔的一生也是一部史诗，是血与火的一生，但在他死前对于这样的一生做出的是否定性的结论。《百年孤独》中的奥雷良诺上校转战南北的历程无疑借用了玻利瓦尔的事迹，这两个人物一个在他的虚构世界里思考他起义战斗的无意义，一头栽倒到树根下，死了，直到兀鹰飞来才被人发现；一个是在现实的世界里冥想迷宫里的虚无。在这个自然进化的地球上，造化之力创造了一切，时间的无限中，造化之力创造的早期生命进化到了神明阶段，神明创造了我们现在的人类。神明远去了，人独立了。每个人都是地球和宇宙的中心，个人的心是整个世界，一旦被释放，人人都会成为权力的巅峰——西蒙·玻利瓦尔解放的就是这样的新大陆的人心。他是波澜壮阔的解放者，权力在他的心里得到了最大限度的释放，他创建了大哥伦比亚共和国，创造了拉丁美洲的新结构，被他解放的被解放者人人都要成为他那样的解放者，对于武力的要求是天地开辟以来最强烈的——新大陆的武装林立、混乱的秩序是不可避免的。这似乎进入到了荷马史诗的时代，每一个人都要完成他的英雄梦想。他们生命的意义是成为英雄，青史留名，他们不在有限的生命历程中奋力一搏，似乎就是懦夫。西班牙人被赶走了，魔鬼被释放出来了，从此以后，新大陆的魔鬼不断地变着身份登上权力的舞台……

我不能不说的是，《迷宫中的将军》这部小说最初的构思与设想是马尔克斯的一位朋友的，多年之后，那位朋友不但没有完成这部作品，依旧还要把它拖延下去，马尔克斯就请求这位朋友把这样的题材让给他写。那位朋友痛快地同意了。假如一个作家具有马尔克斯这样的才华，却一时找不到合适的写作题材与构思，不妨也向身边的朋友请求一下，看他有没有多余的，让一个出来。这一点儿也不会贬低自己。劳动是崇高美丽的，只要你创造了一个新事物，便是神明对你的回报和奖赏。

六

我买过两种版本的基罗加的小说集，一个叫《独粒钻石》，一个叫《基罗加作品选》，我怎么也不记得有一篇叫《胡安·达里恩》的小说。我看过《独粒钻石》，主人公用这粒钻石刺进了心脏——结尾叫人心寒胆战。《胡安·达里恩》的童话色彩浓烈，说它是一篇变形的童话也未尝不可。这类童话是黑色的。胡安·达里恩是个小虎崽，一个寡妇的最后一个小儿子死了之后，它填补了那孩子的位置。它虽然得到寡妇百般保护，村子里的人还是不允许它存在的。它历尽艰难，最后回归到了丛林里。把这篇小说与卡夫卡的《变形记》放在一起比较研究，你会发现这是另外一种变形记。这篇小说是1910年写的，而《变形记》完成于1912年，1915年才首次在《白色书刊》10月号上公开发表，不能说两者之间有影响和继承关系。

玻利维亚的阿尔西德斯·阿格达斯有一部叫《青铜的种族》的长篇小说。一对印第安青年相爱了，姑娘是一朵山花，美丽的光芒照亮了山川，照到了劣绅潘托哈的眼睛里，成了梁木，拔不出来了。他和他的狗腿子与姑娘在山野相遇，命令狗腿子把姑娘拖进山洞，实施强奸。姑娘反抗，被用石块击昏了。有人看见了这一暴行，连忙通知姑娘的丈夫。那个印第安青年赶到时，姑娘已经死去。全村的印第安人得知姑娘被害的消息后，义愤填膺，多年积压的怒火冲破障碍，他们拥进庄园，把庄园主和他的打手绞死了。这就是“青铜的种族”，青铜的烈火洪流。这样的小说看起来好像是《白毛女》和《暴风骤雨》什么的。应该反过来说，《白毛女》《暴风骤雨》之类像是人家的《青铜的种族》，因为这部长篇小说于1919年就在玻利维亚首都拉巴斯问世了。厄瓜多尔作家霍尔赫·依卡萨的《养身地》发表于1934年，也叫《瓦西蓬戈》，也是属于这类反抗压迫文学。

危地马拉和古巴都有世界顶级的小说家，危地马拉的阿斯图里亚斯1967年获得了诺贝尔文学奖，而古巴的阿莱霍·卡彭铁尔甚至比20世纪的那一百多位诺贝尔文学奖获得者中的任何一位还要优秀，他的长篇小说《消逝的足迹》《光明世纪》和《这个世纪的王国》都是世界文学园地里的珍品。我记忆里难以忘怀的是《这个世纪的王国》中受压迫受奴役的黑人通过起义夺取了政权之后，对于黑人同胞的统治比以前的白人对他们的统治还要残暴无数倍。加西亚·马尔克斯在他的长篇小说《迷宫中的将军》中通过垂死的西蒙·玻利瓦尔将军的意识反映的也是这样的人类的严重命题。海地的白人被消灭了，被赶走了，黑人自己统治起自己的种族来了，这跟在玻利瓦尔将军领导下赶走了西班牙人的情况是一样的。白人走了，留下了这块新大陆，他们实行的对于同胞的统治更加疯狂与残暴，西蒙·玻利瓦尔将军陷入的便是这样的“迷宫”。这迷宫比古希腊神话中克里特岛上弥诺斯王豢养他的王后与公牛结合所生的怪物陶诺弥诺斯的迷宫还要复杂而没有希望。扮成祭童的忒修斯通过与国王的女儿的爱情之线还能够进入迷宫并杀死牛怪，解放那些被当作祭品送进迷宫的童男童女，但是通过起义战争消灭与赶走了白人统治者的新大陆完全变成了新的更加混乱的迷宫，牛怪一夜之间成几何级数繁殖，到处都是吃人的怪物，这片新大陆没有希望可言，陷进了万劫不复的绝望之中，连这片大地的解放者都放弃了希望，以四十七岁英年永逝。

权力进入到新人手中，新人被权力所掌握，变成了权力的魔鬼。旧的主人死了，走了，奴隶们人人解放，人人都被权力施魔，力量最大的便对弱者进行消灭——权力之战便是迷宫，这便是将军的迷宫，迷宫中的将军。

顺着宽阔的河流倒溯，进入到了原始热带雨林，在那人类之初的村庄里，有人建造了未来城市的雏形。这个雏形是一座小小的茅屋，它是未来城市的核心，是最原始的中心点，它在时间里生长，会变成大都市。未来的日子，有人也许会通过这个中心点回到城市的原初时间里去，寻找治愈大都市进行性腐烂的不治之症的灵丹妙药——这便是阿莱霍·卡彭铁尔的长篇小说《消逝的足迹》的闪亮线路。城市在它的雏形之时，在它还只是一个小茅屋时，残酷的镇压就同时诞生了。一位患了麻风病的男人奸污了村里一位姑娘，未来城市的设计者便用手枪把这位男子枪毙了。这是城市的普通法则吗？是以铁与血为标志的？一个男子与一个女子的肉体接触，一个肉体进入到了另外一个肉体之中——这样的现象是未来城市的设计者不能允许的，违犯者要付出血和生命的代价，那么造物主会怎么说呢？未来城市还处于雏形之中，铁就成了这座城市的真正主人。铁大概就是魔鬼吧。《光明世纪》中的商人维克多·雨格带着埃斯特万远离古巴到了大革命时代的法国巴黎，经受了法国大革命的洗礼，把大革命之经带回到了拉丁美洲。航船上高高飘扬的解放奴隶的旗帜之下是铁的阴冷的断头机。维克多·雨格把革命的断头机运输到了新大陆，他在法国本土之外发动的革命把自己逐渐变形成了暴君，他占领了瓜德罗普岛，又成为法属圭亚那的实权领袖，卡宴变成了他自己的家。埃斯特万的表妹索菲亚在她的丈夫豪尔赫患热病死后，离开古巴前往卡宴去投奔雨格。雨格曾经追求过她，鬼迷心窍要强奸她，遭到她的反抗，束手了。她成了年轻的寡妇，从未婚姑娘变成了已婚女性，又变成了寡妇，她的到来给卡宴的新的统治者注入了生命的活力，他们疯狂地做爱，弥补多年前的损失，想把所有的感受都从肉体里挤压出来。当索菲亚认识清楚了雨格新的奴隶主的真面目就离开了他，前往大洋彼岸的西班牙寻找埃斯特万。他被押解到了马德里接受审判。此时拿破仑大军占领西班牙，两个相爱的表兄妹参加到了抗议的民众之中，结果双双死于非命……

波澜壮阔的海，波澜壮阔的革命浪潮，波澜壮阔的人物命运的波浪——与巴洛克式的文风相得益彰。法国大革命的壮丽背景给予埃斯特万、索菲亚和维克多·雨格这些人物的命运装饰上的是金箔玉片，但是这部小说的情感结构还算不得新奇。由此可见创造一个人类情感的新结构将是多么困难，在20世纪的小说星空里想要找到一部可以与雨果的《悲惨世界》这样的人类情感结构相媲美的小说几乎是没有可能的。

七

我曾经给米盖尔·安赫尔·阿斯图里亚斯的反独裁小说《总统先生》另外起了一个名字《托依尔的舞蹈》。托依尔是火神的名字，这个神要求献祭，要求牺牲们舞蹈着走向祭坛，在燃烧中彻底奉献。暴动后夺取政权的总统先生成了火神在人间的化身，他要的也是同胞活体的献祭，把他所统治压迫的地域变成给他自己供奉牺牲的祭坛。这部小说里除了总统先生的阴险残暴统治、被暗害的将军和曾经的总统先生的亲信红人——像天使一样美貌的安赫尔——之外，还贯串着一个人类的情感结构。这个情感结构是总统的亲信红人米格尔·卡拉·德·安赫尔奉总统先生贝内梅德洛·德·拉·帕特里克的指示去诱骗总统先生的政敌、反对总统独裁的将军欧塞维奥·卡纳莱斯从家中逃逸，在将军逃逸过程中，将被布置在别墅周围的重兵击毙。安赫尔在执行任务的过程中对于将军的独生女儿卡米拉·卡纳莱斯一见钟情，临时改变主意，创造机会，真的帮助将军逃了出去。逃到边境地区的将军组织了起义大军，向首都进发，决绝地一心想推翻总统先生的独裁统治。总统先生不动声色，利用媒体大造影响，说是将军女儿与总统先生的亲信结婚，总统先生还亲自参加了结婚典礼。在边境地区领导起义军的将军得知女儿的消息之后，气绝身亡，起义大军失去统帅，树倒猢狲散，起义大业夭折了。总统先生绝对不会放过手下的背叛行为，他派安赫尔到北边一个大国当大使，在安赫尔将过边境关卡时将其抓捕，押入地牢。地牢里的日子比但丁的地狱里的日子还要难熬，受总统先生指示，狱卒用装粪便的罐头盒给安赫尔盛饭食，安赫尔对于卡米拉的爱情依然深沉，没有丝毫反悔之心。为了爱，他吃下了那样的饭食。总统先生又派另外一个亲信扮成犯人进入地牢，这个人取得了安赫尔的信任，他告诉安赫尔，卡米拉由于不堪忍受逆境磨难，成了总统先生的情妇。安赫尔系在最后一线的活下去的希望断裂了，肝脑涂地，放弃了呼吸。这位总统先生便是通过起义上台的起义领袖，他是拉丁美洲反抗西班牙人的将领们的后裔。这部长篇小说有一个并行的寓言主体，火神的化身总统先生把人间变成了他的祭坛，是以人作为牺牲的祭坛。残忍的火神摇身一变成了人，他要统治人间了，人间就发生了革命暴动，无数的无辜百姓卷进了这样的滔天巨浪之中，死于非命。

我常常思考人间权力这个问题，觉得很难理解。这种权力是哪里来的？是谁把权力交给了这一个人或这一帮人，他或者他们就把周围的人管制起来了？被管制的人愿意你或者你们这帮人管制他吗？这些被管制的人自愿放弃管制他人的权力了吗？假如这是个神造的世界，那么造物神无疑忽略了人间的权力问题；假如这不是神造的世界，生命都是自然进化的结果，那么这种生物还没有进化到人人放弃权力的阶段，设想到人人放弃权力的高级阶段，世界会是什么样子？

危地马拉是个小小的地方，可在我年轻时就对这块地域充满了敬仰之情，这一切全是由于我记住了这个小地方的阿斯图里亚斯，读了他的小说。我这个人对神话童话一直偏爱，对于把神话童话作为主体结构的小说更是神往不已。《玉米人》这部长篇小说我读了好几遍，几乎可以说是我小说创作最初道路上的启蒙树，我在它的阴凉下度过了火热如蒸的夏天。印第安女性不堪生活的苦难重负，逃往更深的山峦，自己变成了硬化了的山峰——玛丽娅·特贡山峰，她的丈夫是个瞎子，自从走上寻妻的不归之路，就注定了他死亡的宿命。他听见了妻子的声音，朝山峦扑去，掉下深涧，与虚无拥抱了。还有一会儿是人，一会儿又变成了狼的邮差，奔跑在莽莽苍苍的群山里。这部小说对于印第安神话传说的开掘应用，使我耳目一新。但它的意义似乎不够远大深厚。印第安原始部落一样的村子里，人们过着好像几万年前就过着的这样的生活，外来人的进入，打破了这里的沉寂。传说中的原始神明，还有众多妖怪，都与外来人展开了斗争。它说的似乎也不是野蛮与文明之间的较量。外来人并不代表文明，部落村子也不落后野蛮，他们的原始信仰似乎与更为遥远的远古世界相通，他们生活在以原始信仰为核心的迷幻里。也许世界就该如此，没有开发，没有文明，没有人为的、人造的世界的侵入，这个世界也就不会遭到破坏。不坏的世界应该是永恒的。进一步发挥的话，那么这个世界不要科学，不要炸药与子弹，不要机械与物质里的力量，这个世界就会永远不坏……

《危地马拉的传说》是《玉米人》的开端，这部薄薄的小说，我找了许多年，读到了像《文身女》这样的单篇，也没有受到多大的启发。后来终于买到了新版的书，却失去了当初盼望时的阅读热情。一部书与一个人的相遇是受星辰时间影响的，如果在你最渴望的充满激情的时候，没有与它相遇，那么你与它的缘分有限，它便不是你生命里的书。迟到了的阅读不会产生惊雷和地震，也就不会有茫茫黑夜大海里的灯塔，你也就不会朝某个方向前进，也就不会与你生命中的“爱”遇合，产生你们的优秀后裔……

八

我在三十多年前读到过一篇有关长篇小说《桑古里马家族》的评论性文章，是刊载在《外国文学》（1988年6期）杂志上的。这篇文章的作者经过研究对照，认为加西亚·马尔克斯的《百年孤独》是在前者的影响下产生的。何止是影响，几乎可以说是重写的结果。《桑古里马家族》里面的人物与故事情节后者都用了，还不是用了一次，早在马尔克斯写《枯枝败叶》时就用过。《桑古里马家族》是三部分，以三个主要人物自述，《枯枝败叶》亦步亦趋，没有给马尔克斯的文学事业带来辉煌，但是到了《百年孤独》这部小说里，作者改用了讲故事的上帝角度，并加了限制，成了一种限知的或者说上帝故意假装有限的角度进行讲述，于是这部1967年出版的长篇取得了前所未有的成功。由此看来，一部成功的小说其中一定掺杂了人类共有的智慧，甚至不是一代两代人的智慧，像马尔克斯这样的善于融汇他人智慧的小说家大红大紫是迟早的事。这也从反面证明一部真正伟大的小说的来之不易，他不是一个人的天才就能够完成的。汇合他人的天才，接受人类共同的智慧，这应该说没有什么羞耻可言。那些强调自我天才的小说家，也许只是因为他的阅读量不够，无法从他人的小说智慧里吸收营养，没有条件才如此的。《桑古里马家族》是厄瓜多尔一个叫何塞·德·拉瓜德拉德的小说家的作品，我的记忆如果无误，应该就是这样一个人。这部长篇成书于1934年，比《百年孤独》早问世三十三年，同样是西班牙文，马尔克斯绝对不会否认他阅读过这部小说。同样是写新大陆的家族小说，《桑古里马家族》没有得到像《百年孤独》那样的传播，决定的因素是多方面的，但是有一点可能是关键的：这就是便于阅读，通俗性，阅读的无障碍性，一读就懂的文字与故事。内容可以是五花八门的，奇谈怪论，甚至荒诞不经，都没有关系。这样的话，似乎可以把《百年孤独》归为通俗家族小说，而把《桑古里马家族》归为试验探索小说了，它毕竟用了三部分，分别以三个人物自述的方法完成小说——这样就打乱了读者的思维，使阅读有了难度。

按照顺序，下来应该回忆对于委内瑞拉的小说《堂娜芭芭拉》的阅读感受了。这部长篇小说我最早是在陕南汉中市的莲花池公园里的市图书馆借到的。别看这样一个小小的图书馆，里面还是藏了相当多的宝贝。上个世纪80年代的中国翻译界所有翻译的作品，这些图书馆里大多都会有。我读完小说的前一百页时，被其中的野蛮气息慑服了，想象力的粗粝程度似乎可以感受它的尖刺划伤的痛楚。大地的精灵与人的融合，造就的主人公堂娜芭芭拉，她自身便是大地的化身，原始野蛮广阔母性的强大全在她的身上。一头公牛死了，它就会化为这块土地上的力量之灵，守卫着这块地域……

我对于小说的后半部颇有微词，它把人物关系处理成了简单的斗争双方，丧失了神秘原始的力量感。这部小说后来我还到陕西省图书馆去借过两次。看了之后就还了，至今手头没有这样一本书。

乌斯拉尔·彼特里的《独裁者的葬礼》我是在河南许昌一家超市的图书经营隔挡里买的，我把它带到陕南，又把它带到了西安。我阅读它时多次产生联想，心中不由得会心微笑。彼特里描写的独裁者佩莱斯太具有普遍性了。拉丁美洲这块大陆自从把西班牙人撵走之后，便盛产独夫民贼，有个专门的名词——考迪罗。这样的普遍现象产生了反独裁者小说这个庞大的类型，在古巴是卡彭铁尔的《方法的根源》，在哥伦比亚是马尔克斯的《族长的没落》，在危地马拉是阿斯图里亚斯的《总统先生》，在巴拉圭是罗亚·巴斯托斯的《我，至高无上者》，还有秘鲁略萨的《公羊的节日》。

此外我要提及的是哥伦比亚作家里维拉的《旋涡》。这是我多年来一直计划要读的长篇小说，可还没有腾出时间来读它。今年我读完了《海上劳工》和《特罗塔家族》，回想还读了什么长篇时，却没有找到目标。这一年我真的就读了这两部长篇？恍惚中不可思议之极。我就要进入到墨西哥这块地域了，这儿可真是文学的沃土厚土和热土，伟大作家如林，小说的森林更是充塞了天空、覆盖了大地。

九

好在我不是搞学问的，我只是把我所阅读过的中国之外的世界小说回顾一番，谈谈我的心得而已。我是自由的，可以随意去谈论它们，没有什么顺序必须要遵循，想起来了就补充补充。现在我要补充的是我对博尔赫斯的一个叫《第三者》的短篇小说的看法。这篇小说在我的记忆里没有留下深刻的印象，我从读它的那一天起就没有把它看作什么杰作，甚至在我的记忆里它并不是这样一个名字，而是什么“兄弟”。兄弟两人因为一个迷人的女人而不能像以前那样和平共处了，占有欲这个魔鬼出来了，占有的同义词是贪婪，总之它们都有一个前提是爱，爱和爱欲——于是兄弟两人把这个女性杀害了，把她埋到了沙漠边缘，兄弟两人又恢复了从前的那种和谐与团结。这篇小说哲理过于清晰，也就过于简单化了，不像是小说，而像是论文似的。博尔赫斯是个一生都在学习的榜样，他是个集大成者，从他的每一篇小说里都能透视出人类古典文学的影子，这篇小说可以说是陀思妥耶夫斯基的《白痴》的微缩版。罗果仁和梅思金是好朋友，娜斯塔霞是在他们之间左右摇摆的女人，罗果仁杀了娜斯塔霞，世界便到了尽头。博尔赫斯把四十多万字的《白痴》简化成了不足三千字的短篇，他的浓缩能力实在是超强的。《旧约·创世记》中的亚伯与该隐兄弟两个在耶和华那儿争宠，结果是该隐杀了弟弟亚伯，该隐受到上帝的诅咒，漂泊劳苦终生。如果把耶和华换成女人，便是《白痴》的女主人公娜斯塔霞，便是《第三者》中的第三者。

我在写这部书时，空闲下来了，就看书。我是无意中发现，在科塔萨尔的《游戏的终结》这部小说集的第三部分有一篇叫《夜，仰面朝天》的小说，便是我前面提到的《仰望星空》。我说过它是受博尔赫斯的《南方》的启发而诞生的。我想这类小说有着一个更为遥远古老的来源，可能就是《浮士德博士的悲剧》，来源于德国的此类传说。把自我分裂为二，让其中的一个去完成自己的梦想——这样的思维方式在人类的文学中产生的杰作比比皆是，它还将影响未来人类的思维，并诞生出新的经典杰作。我要说的是，在这个新译本的这篇小说第一页底部的注解里有这样一段解释：荣光之战是中美洲特有的一种以献祭为目的的战争，通常发生在大旱季节。诸部落之间达成协议，宣布战斗开始，捕捉对方的战士祭祀神明。《仰望星空》的标题下面有一句引言：有些时节，他们会出去擒敌——他们称之为荣光之战。在博尔赫斯的《南方》里，主人公因为玻璃划伤了头部，引起深度感染，高烧昏迷中，梦想中的他前往莽莽苍苍的南方，在古老的潘帕斯大草原上拔出刀子，与人决斗，变成了祖先那样的英雄。而在科塔萨尔的《仰望星空》中，主人公因为骑摩托车受伤昏迷，古老潜意识中的他在荣光之战中被抓捕，变成了神明祭坛上的祭祀品。两篇小说虽然形式脉络上十分近似，但挖掘的意义却各有千秋，从祖先英雄梦想到部落被当作人祭祭品捕捉的俘虏，这两者之间的鸿沟博尔赫斯跨越不了。我也有了自己的想法，不同于博尔赫斯，也不同于科塔萨尔，我想到的是在青年战士被当作祭品捕获的部落战争中，这些年轻武士在他们的黑暗命运的强大压力之下，猛然醒悟到，上天施加人间的大旱，需要牺牲祭祀，需要人间拿出最好的供品，难道是我们这些位低价微的普通战士吗？不是，应该是部落的最高位的价值连城的酋长本人。部落战士们如醍醐灌顶，开导了与之争战的对方部落的战士，于是他们冲向对方部落制高点抓获了酋长，分别把对方的酋长献祭给了大旱神明。灾难从哪里来？就是从这些酋长们那儿来的。把他们除掉，部落也就安宁了。

墨西哥的小说对我来说是一块巨大如山峦的西绪弗斯之石，凭我之力把它推上山顶，我感到十分吃力，问题是我还要把它安装在山顶之上，不能叫它滚下山谷，这就有了额外的难度，需要更多的智慧和技巧。

我还是从卡洛斯·富恩特斯的小说说起吧。从我开始接触外国现代派、后现代派文学的第一天起，我就阅读这位小说家的作品了。我最初看的是《阿尔特米奥·克罗斯之死》。这本小说我是从那个把卡夫卡、福克纳、马尔克斯、黑塞、伯尔、卡内蒂从北方的城市带到秦岭南部的地质大学生那里借的。那时我还在内科病房上班，干护士工作。由于沉寂而显得漫长的夜晚，病人们全都进入到了梦乡里，我就坐在护士办公室里细心阅读这部长篇小说。我对于其中的"我""你"及第三人称叙述方法并不感到惊奇，却对其中描写的主人公与一个姑娘的爱情十分入迷。战斗空隙，他去看她，与她有了人类古老的云雨之欢。富恩特斯把那个爱情之夜描述得犹如身临其境，把爱情之美尽情歌唱。当时我毕竟才二十出头，对它的深意还不能很好理解。我把它归还给了它的主人。半年后，我休探亲假，二十二天，连路程所需时间加到一起。我没有穿越连绵的群山，没有到中原地带去看望父母，而是到了女朋友的一个亲戚家里，写小说去了。那小说的名字叫《沉醉的鏊》，至今没有发表。它依然是手抄稿，我学会打字后也没有把它敲打出来。这篇小说我深受《喧哗与骚动》第一部分的影响。亲戚家在一个大工厂，那里有图书馆，我又一次借到了

《阿尔特米奥·克罗斯之死》。这本书我没有还。十多年后，我又重新买了一本《阿尔特米奥·克罗斯之死》。发生于1910年的墨西哥大革命，与中国1911年到1949年之间的大革命十分相似。阿尔特米奥·克罗斯这个奴隶的儿子，不能主宰自己的命运，卷了进去。奴隶的儿子，假如能够活着从战场返回家园，战场便是他最好的晋身台阶。这位奴隶的儿子十分幸运，子弹都长了眼睛，专打别人，他是命运之神恩宠的选民。他被敌方俘虏进了监牢，相遇了另外一个革命者。这位革命者是位有钱人的儿子，他还有个妹妹，他是敌方必须要处决的重要分子，被处决前，这位有钱人的儿子给克罗斯交代了后事。奴隶的儿子出狱后，到了有钱人的庄园。他的革命者的身份如夜晚的圆月一样明亮，很快获得了有钱人的妹妹的欢心，他成了乘龙快婿。大革命之后的墨西哥鱼龙混杂，他借机成了新的大财主。这部小说一开始写的是这位已经成了社会支柱的墨西哥革命元老在病床上奄奄一息时的意识流动，回顾他一生中辉煌闪光的时光。这就像卡夫卡说的“革命的洪流远去了，留下的是官僚制度的淤泥”，人类就在这样的一轮一轮的循环中挣扎苦熬。1910年的大革命并没有给墨西哥带来平等公正民主自由，而是完成了新一轮的财富转移易手，贫富悬殊，富人还是富人，虽说姓名换了，人换了；穷人依旧贫穷，他们永远是大多数和绝大多数。

《最明净的地区》这本书我要么是从漓江出版社邮购的，要么是从汉中市东大街的原地区书店买的，我把它带到了北京宣武门外的长椿街29号，一个不像胡同的小窄道的尽头。我在那儿租了一间以前当厨房用的小偏房，这部小说就是在那儿读的。那是1999年的冬天，我第一次感受到了北京冬天的严寒，心想我是经受不了那样的寒冷的，第二年的深秋就离开了。也许是新换了居住地，心不静，我没有读出味儿来，甚至可以说没有弄懂。我对小说中神明样的人物伊克斯卡·西恩富戈斯的象征性十分入迷，他去无踪来无形地出没于墨西哥社会的各个犄角旮旯，把其他人物连缀起来，把小说的深意体现出来。罗布莱斯这个贫苦雇工出身的人后来参加起义队伍，九死一生，渡过难关，成了大革命后的功勋人物。他随军队进入墨西哥城后，还到学校攻读了一段时间法律，成了律师，又靠倒卖因革命破产的家族的地产变成了阿尔特米奥·克罗斯那样的财阀。后来，罗布莱斯破产了，妻子诺尔玛离开了他，但他的瞎子情人奥特西亚·恰孔收留了他，仿佛是重新回到了伊甸园。这个人物在卡洛斯·富恩特斯的大脑里不断成长，终于在1962年长成又一棵大树——《阿尔特米奥·克罗斯之死》。

一个小说家的思维是具有延续性的，思考的问题还会再思考，处理过的人物还会再处理，直到这个人物长大成熟成为不可替代的典型。从《最明净的地区》到《阿尔特米奥·克罗斯之死》，可以辨别出人物成长发展的脉络，而从卡夫卡的《变形记》《城堡》《地洞》，可以研究出一种形而上思考的发展成熟的历程。邱华栋写的《静夜高颂》中有对墨西哥这位大作家的详细研究。对于《我们的土地》这部长达六十万字、厚度七百八十三页的长篇小说，我充满了期盼。《我们的土地》成书于1975年，要是个生命的话，已经四十二岁了，这样一个已过不惑之年的人，我见不到其真人，只能凭想象和介绍来了解之，并试图理解之。这如果不叫学习的话，那么说是预习似乎更准确一些。我就是靠这种预习之方法理解了世界上许多一直没有谋面的小说。这部《我们的土地》我记得最早对于它的了解是说，一个坐轮椅的老妪永远不老，她在我们的土地上巡视……这样一句话的内容也曾经给予了我无穷的想象空间。这部长篇小说分为三部分：旧世界、新世界和另外一个世界。旧世界的主角是西班牙国王菲力二世，一个名叫路德维克的神学系大学生向他讲述故事。这叫我联想到意大利作家卡尔维诺的《看不见的城市》，马可·波罗向忽必烈讲述他的旅行故事。菲力二世在位期间，西班牙由盛而衰，他是关键人物，他决定让西班牙全盛之后跟他的生命一道衰亡。这里起主要作用是遗传基因的变异，由于近亲乱伦，衰亡成了必然。菲力二世与他的王后伊莎贝尔成婚前，他的父亲就占有了她，儿子长大之后，王后又与儿子通奸。富恩特斯把古典小说里的人物也放置到了他创作的小说中，如西班牙名著《塞莱斯蒂娜》的主角、戏剧《唐璜》中的主角，还有骑士堂吉诃德先生。小说中的神秘元素众多，最神秘的是船只搁浅从灾难角登陆的三个有着金色头发的青年。这三个青年脊背上有血色十字印记，并且都是六指脚。这三个青年像是从天界下凡的神明的儿子，进入到了不同的社会群体之中。第一个青年成了王后伊莎贝尔的情夫，他是她的私生子，母子乱伦。第二个青年当了前王后的侍从。第三个青年被前王后的跟班拉皮条的老妇人塞莱斯蒂娜招为仆人。三个金发青年贯串了小说整体，像是中心轴那样重要。在小说第一部分“旧世界”收尾时，第二个名叫贝雷格里诺的金发青年进入西班牙王宫，对国王菲力二世讲述他在海上的冒险历程，讲述“新世界”。在小说的第一章《塞纳河畔的肉体、大气和灰色的眸子》里，这三个金发青年就登场了，此时的时间是2000年7月14日，地点是在法国巴黎的塞纳河边。巴黎的末世景象的目击者是一位叫保罗·费波的独臂金发美男，他从一位九十岁高龄的孕妇体内接生出一个脊背上有红十字印记、六指脚的婴儿。2000年7月14日之前的一个日子，保罗·费波收到一封从数百年前菲力二世王宫寄来的信件，信函的落款处是神学系大学生路得维克和拉皮条的老妇人塞莱斯蒂娜，来信的重要内容是给他刚刚接生出来的婴儿取名为约翰内斯·阿格里帕。之后保罗·费波沉入沸腾的塞纳河消失了。作者把1492年、1521年和1598年发生的历史事件穿插到小说主体内容中。剥开历史真相的面具和伪装，还原真相，靠的是作者天才的想象力。本书对于《新约》主体故事的还原更是真刀真枪，毫不留情。它把耶稣还原成为一个青年骗子，把玛丽娅还原成一个与他人通奸有了私生子的姑娘，把木匠约瑟还原成一个说大话的男子。亵渎、解构、颠覆经典，这样的经典包括《圣经》。西班牙卡斯蒂亚的公社起义发生于1521年，这次公社社员起义遭到了查理五世的铁手严酷镇压，起义领袖被全部处决。借此，查理五世把日耳曼—神圣罗马帝国的专制集权引进到了西班牙，扼杀了西班牙民主发展的萌芽。也是在这一年，埃尔南·科尔特斯领军占领了阿兹特克王国的都城特诺特奇特兰。菲力二世于1598年病死，这个星辰时间也是小说里的重要时间节点。小说中的菲力二世与历史中相比，掺杂了大量作者的想象成分，这个人物典型以历史上的菲力为基础，添加了费尔南多国王和查理五世的骨头与内脏。“新世界”的内容主要由菲力二世的儿子贝雷格里诺讲述，讲述他漫游到美洲后亲眼所见的那块神奇的土地。美洲早已存在，它的现在只是重复那古老与永恒的戏剧仪式。生生死死不灭——这是菲力之子的口头禅。小说第三部分《另外一个世界》的主角是堂吉诃德、塞莱斯蒂娜和唐璜。这三位古典文学中的不朽人物把新旧大陆紧紧地联系到了一起，旗帜高扬的理想主义、淫荡的大男子主义和腐败的妓院气息。这一部分里引用了古罗马第二代皇帝提比略的故事，这位皇帝是在杀害了第一代皇帝奥古斯都的孙子、皇帝唯一的合法继承人阿格里帕·波斯图穆之后爬上宝座的。奥古斯都的孙子就是胡安·阿格里帕，就是灾难角滩上的遇难者，这个死不瞑目的冤魂一人化身为三人，三人背上红色十字印记，更以六指脚作为特殊标记来到人间。提比略皇帝弥留之际说他假如有三个儿子，就把帝国分成三份，他们再把帝国分给九个孙子，子子孙孙以此分下去——这样无限地分下去，就会达到平等公正无限自由的时代。他还想叫子孙们与母狼交配，生下狼性继承人，让他们去嘲笑耶稣的血色十字印记。这部小说把《新约》中基督降世、拯救人类的主体骨架暗暗地穿插了进去。一间茅屋，里面有个女人，好像是战斗又像是葬礼的鼓声使她兴奋——那奇异的鼓声是菲力二世的儿子贝雷格里诺曾经相遇的那个半人半仙的老太太的呼唤之声。2000年的最后一天，世界末日景象呈现，保罗·费波与塞莱斯蒂娜在巴黎街头舍命交合，人类只剩下这两个人了，他们的结合诞生了新人类：雌雄同体的人。新世界来了。我对这部小说的结尾特别振奋，新人类一定蕴含着其情感的新结构，在富恩特斯的这部长篇基础之上，我的新的小说理论一定会找到新的支点。

十

墨西哥还有一位世界级的重要小说家，他的名字叫胡安·鲁尔福。还有一位叫奥克塔维奥·帕斯的诗人，1990年获得了诺贝尔文学奖。上个世纪80年代和90年代，我一直订阅的《外国文学》《外国文艺》《世界文学》《国外文学》《当代外国文学》《外国文学评论》《外国文学研究》，都对帕斯有大篇幅的译介，特别是《外国文学》对《孤独的迷宫》的译介十分慷慨。可是帕斯的那些散文我没有读出我所需要与期盼的深意来，字面上的意义之外再没有别的什么了。《太阳石》这本诗集我也买过，记忆中没有哪一首是深刻不忘的。我对诗歌和散文是外行，这样对帕斯妄加评议是不负责任的。我还是进入到我深爱的胡安·鲁尔福的小说的阅读记忆中去吧。我在最初接触外国现代派小说时，并没有读他的小说。随着我对拉丁美洲魔幻现实主义、结构现实主义、神奇现实主义、心理现实主义小说在阅读上的深入扩展，很快就发现了墨西哥这片海洋，发现了胡安·鲁尔福这座海拔高及蓝天的岛屿。我先是读了富恩特斯的《阿尔特米奥·克罗斯之死》，之后就认识到了胡安·鲁尔福小说的非同寻常。有关介绍拉丁美洲魔幻现实主义文学的文章没有不提到这位文学大师的。他是略萨、马尔克斯、富恩特斯、何塞·多诺索的前辈，也是他们的文学导师，要提到他们就必得先提到他。这位文学巨擘的小说总共也只有三十万字，最长的是约十万字的《佩德罗·巴拉莫》，其他的都是一些短篇小说。他的短篇小说比较好读，除了其内容的惊世骇俗之外，形式上倒没有什么难度。可他的《佩德罗·巴拉莫》不独内容惊天动地，形式同样响遏云天。我阅读这部小说至少不下三遍，有位朋友说他读了四遍。我说读到了中间部分才知道小说从开始到中间的第一人物自述是怎么回事，原来是胡安·普雷西亚多这个人物来到科马拉村寻找他的父亲，在村子的广场上热死了，被埋到了土坑里与躺在旁边的多罗脱阿的鬼魂在对话。小说到这儿之后，第一人称完成了任务，也就隐退了，其他人、其他鬼魂的声音纷纷出场，倾诉这个炼狱世界的变革与生命故事。佩德罗是如何演变为这块地域的暴君的？他的父亲是个庄园主，被雇工杀害了，还在少年阶段的他把仇恨算到了整个世界头上。他的长子成了欺压周围村庄姑娘的魔王，一天夜里骑马飞越高墙时落马摔死了，佩德罗的仇恨里又多了一重。他少年时就爱的女子苏萨娜嫁给了另外一个男人，那男人死了，她成了寡妇，回到她父亲那里，父女两人发生了乱伦关系，这位命运多舛的女子的精神到了崩溃的边缘。佩德罗把父女俩接回来，像国王的岳父那样隆重招待，设计把这位父亲除掉后，他与心爱的女人终于成婚，可她的神志彻底丧失了，成了一个疯子，死了。佩德罗为他心爱的女人敲响丧钟，村子里的人听到钟声，以为是什么庆贺活动，跳舞欢唱，遭到佩德罗的痛恨与报复，致使村庄凋落，变成了一座荒村。我不明白的是，佩德罗喜爱的女子苏萨娜为何嫁给了另外一个男子？是佩德罗的父亲不同意他娶她吗？还是苏萨娜的父亲看不上佩德罗这个女婿？那时的佩德罗几乎还没有什么权势，不能把自己心爱的梦想变成现实。墨西哥革命的到来给予这位野心家莫大的际遇，他派人参加起义队伍，暗中操纵了革命，起义非但没有给他的大庄园造成损失，反而有了机会与借口吞并周围的庄园，他一举变成了这片大地上最大的庄园主。他在大革命中如鱼得水、游刃有余，富恩特斯在1962年出版的《阿尔特米奥·克罗斯之死》的主角可以说就是佩德罗·巴拉莫这个角色的发展。拉丁美洲小说中的反独裁小说蔚为壮观，我觉得《佩德罗·巴拉莫》这部小说应是其中早期重要的一部。佩德罗统治的疆域虽然不大，可他作为独裁者却是麻雀虽小五脏俱全，并且还是非常独特的一个。自从我阅读了这部小说之后，就在思索它的来源，也就是说胡安·鲁尔福是如何构思这部小说的，他所受到的启发是从哪儿来的。半年前我在读意大利撒丁岛小说家黛莱达的《风中芦苇》时有所感悟，惊喜地捕捉到了《佩德罗·巴拉莫》的源头。我想到的是，胡安·鲁尔福一定是在阅读《风中芦苇》时产生了《佩德罗·巴拉莫》的最初构思，因为黛莱达的这部小说无疑会把胡安·鲁尔福大脑中积存的对于他的凋敝的故乡的记忆激活。后来经过反复思索，我发现这部小说的来源可能不是一个，而是很多个。但丁的《神曲》也可以作为它的来源，还有维吉尔的史诗《埃涅阿斯纪》中的平面地狱，过了河就到了地狱地界，过河入林，树木地带便是亡魂的世界——进一步回溯的话，便到达了荷马的《奥德赛》中奥德修斯的地狱之行了。更多的相似成分是胡安·普雷西亚多与忒勒玛科斯的寻父之旅，还有《奥德赛》这部古希腊史诗在人类20世纪最有成效的复制与发展成果——詹姆斯·乔伊斯的《尤利西斯》。这种寻父模式原型在人类的文学中不断重现，这个现象本身就证明了它在人类情感关系中所占的重要地位。胡安·普雷西亚多遵照母亲临终前的遗嘱返乡寻父，这位青年没有料到的是他的父亲原来是个暴君，为霸一方，到处播种，连他自己都不知道自己有多少儿子。因为父亲的横死、心爱女子的不幸命运，他心底的积怨仇恨把生他养他的故乡科马拉变成了炼狱，变成了没有人只有鬼的荒村。据评论家说科马拉还有三个活人：成了夫妻的兄妹俩和一个叫多罗脱阿的老太太。躺在地下与死去的胡安交谈的是多罗脱阿老头儿，是多罗脱阿老太太的丈夫。从短篇《卢维那》《教母坡》可以看到《佩德罗·巴拉莫》的雏形，寸草不生的卢维那和荒凉的教母坡是胡安·鲁尔福思想中早期的科马拉。用一个匪徒的身份讲述的《烈火平原》这个较长的短篇中，作家把墨西哥大革命的混乱写得淋漓尽致。起义的农民军逐渐滑向土匪的演变过程，与政府军的不断对抗，最终的毁灭命运——讲述者比乔恩因盗窃入狱，只判了三年徒刑，小罪掩盖了大罪。这个讲述者仿佛是以实玛利，是《白鲸》中最后一个从海洋活着回来的人，也就成了唯一的讲述者。

十一

我想起了萨特的戏剧《阿尔托纳的隐居者》，想到了主角弗兰兹从二战的阿尔及利亚战场回来之后，在楼上一个小房间里幽居了十三个年头。他曾经把一个求援的同学暗藏到他家庭院的深处，被他父亲发现后告密，同学被抓处死，他被送进军队。在军队里，这个本来具有良善素质的年轻人转变成了屠杀平民的魔鬼。战争结束后，他满身罪恶，不愿面对乾坤重整的世界。曾经出卖了他的父亲与他一道驾车冲进大海，父子同时寻找到了解脱。我想到的是卡夫卡的《变形记》。萨特戏剧中的隐居者心理上已经变了形，已经完全是一只虫子了，时刻啃噬着他的罪恶。

戏剧中还有他的弟弟和弟弟的未婚妻，这两个人好像是《变形记》中葛利高里的妹妹。存在主义文学与表现主义文学的关系非同一般，萨特和加缪与卡夫卡的关系几乎就是近亲繁殖。

在加勒比海还有一个叫圣卢西亚的地方，有个叫沃尔科特的诗人和剧作家。《奥梅罗斯》中的加勒比海便是荷马时代的地中海，你把两片海域进行比较，会发现它们惊人的相似。有了地理的相似，也就不会奇怪《奥梅罗斯》与《伊利亚特》《奥德赛》的相似了。《猴山上的梦》的主角黑人卖炭翁是堂吉诃德的多少代孙子了，无法统计，没有结果。尤金·奥尼尔的《琼斯皇》中的黑人琼斯是黑人卖炭翁的第几代父亲，我一时也难以弄清。

下来我要回顾我对于美国文学的阅读历程了。美国简直就是小说的大海，过于宽阔，波澜滔天，你得花去阅读十个地域的时间才能完成对这片大地的阅读。

我总是在进入一片新的天地时插进去一点儿对于旧的东西的看法，这也许是一种畏惧心理的表现吧。我想到了《伊利亚特》中的海伦，她虽然不是这部史诗中的主角，但她却是整部史诗的轴线，没有她这部史诗也就散伙了。假如把海伦这样一个美女换成金钱，由人到物的转变，也许会产生意想不到的奇妙。帕里斯从斯巴达王宫带走了金钱，把金钱带到了特洛伊王宫，全希腊在墨涅拉俄斯、阿伽门农兄弟的带领下前往特洛伊，在海边驻扎，打了十年的仗，毁灭了特洛伊，而在希腊联军方面也是损失惨重，无数勇士战死，血洒疆场，骨埋黄沙。在梅尔维尔的巨著《白鲸》中海伦变成了莫比·迪克，导致了整个捕鲸船的沉没，只留下唯一的存活者以实玛利。海伦、白鲸和金钱之间是可以画等号的，这个恶魔在人类世界的繁殖越来越兴盛了。假如把列夫·托尔斯泰《复活》中的玛丝洛娃置换成资本金钱，那么毁灭的方向似乎应该打个颠倒，金钱将要毁灭的是政治犯西蒙松。金钱本来就没有灵魂，它是撒旦，潜入人类家园是专门来毁灭地球的。再把金钱与弥尔顿的《失乐园》中的魔鬼联系起来，你会发现这个恶魔就存在于那个诱惑亚当夏娃“堕落”的果子里，那好像不仅仅是智慧，而是性的开蒙。这么说，当玛丝洛娃把灵魂出卖给了魔鬼，她还有复活的希望吗？如果她是金钱的化身，那么魔鬼也会被她毁灭。资本会把人类诱惑向永劫不复的死灭，资本指向的无疑是一条不归之路。

我是从美国文学的古典时期回顾我的阅读历程呢，还是从20世纪开始？这是个艰难的选择，但却可以任意为之。我的本意可能不是说选择本身艰难，而是说不论从哪个端口进入，都会面对巨大的艰难。这个任务过于艰巨了。伸出指头稍微一算，就会算出在20世纪美国有辛克莱·刘易斯、尤金·奥尼尔、赛珍珠、福克纳、海明威、斯坦贝克、索尔·贝娄、艾萨克·辛格、布罗茨基、托妮·莫里森等十位诺贝尔文学奖得主。进入21世纪之后，也就是2016年，鲍勃·迪伦这位歌词音乐人也获得了这个奖。“荒诞派戏剧”有爱德华·阿尔比、田纳西·威廉斯、萨姆·谢泼德；“黑色幽默小说”有约瑟夫·海勒、约翰·巴思、托马斯·品钦、库尔特·冯内古特、唐纳德·巴塞尔姆；“迷惘的一代”有司各特·菲茨杰拉德和欧内斯特·海明威；“垮掉的一代”有杰克·凯鲁亚克和艾伦·金斯伯格；“极简主义”有安·佩蒂、博比·安·梅森、雷蒙德·卡佛，这些文学流派都有风骚人物引领潮流。还有一大群黑人作家：理查德·赖特、拉尔夫·埃里森、詹姆斯·鲍德温；以及一帮犹太作家：罗斯、马拉默德和获得了诺贝尔文学奖的索尔·贝娄、艾萨克·辛格。更为辉煌的是以福克纳为首的美国南方作家群：卡森·麦卡勒斯、韦尔蒂、波特、弗兰纳里·奥康纳。19世纪还有一个“美国的文艺复兴”，霍桑、爱伦·坡、梅尔维尔是其代表人物。

写了半天，我才把这些美国文学史上的明星作家的名字写了一遍，还没有谈及他们的任何作品，已经快到了吃午饭的时间了，而我觉得好像是刚刚坐到电脑桌前，真不忍心双手离开键盘放弃敲打。辛克莱·刘易斯的《巴比特》我买过两本，至今还没有读。《大街》还是在北京的图书大厦买的，带着它坐火车回到陕南，最终也是没有读。但这并不意味着我就对这两部小说没有了解和认识。我很难喜爱这位作家的现实主义小说，就像我同样无法喜欢德莱塞的小说一样。巴比特这个现实生活庸俗不堪的人物在黑夜里的梦境中居然与仙女有了“他处的生活”，问题是夜间的梦想毕竟是救不了他的，他必然会死在白日的庸俗劳累之中。黑暗深处的仙女没有法力把他从放射出灼目明光的金钱里拉出来，这说明白天的金钱的力量过于强大了。这些不可一世的庸人迟早会叫金钱取走他们的性命。巴比特曾经一度想逃避阳光里的“金钱”，钻进了缅因州的大森林深处，去寻找他梦中的仙女。结果是，仙女真的出现了，他却忍受不了那样的高雅孤独，还是迫不及待地回到了城市，回到了金钱主宰的办公室，做他的人上人，享受金钱赏赐给他的毒品——这种被金钱魔鬼买走了灵魂的人，是没有希望可言的。《大街》中嫁给乡村医生威尔的法官的女儿、大学生卡萝尔·米尔福德像一个力图改造旧世界的女改革家，但一心想改变他人生活的人毫无例外会被当作异端看待。她所要的所谓新生活并不是乡村小镇人所需要的，他们沿着旧有的路稳步走向生命的另一头，这没有什么可指责的。她的努力付出失败了，远走首都，想在那里寻求到她理想中的生活。华盛顿人有他们自己的生活轨道，无须另外一个领袖或者神明来引领，卡萝尔发现这儿与乡村其实毫无二致，她重新回到了草原小镇。这个人物身体里有包法利夫人的气味，刘易斯把她改造成了十足的美国风范。实际上卡萝尔要的是包法利夫人那样的生活，她想要封闭的乡村小镇人也过那样的开放生活，她认为这就是进步与革命。假如她倒回到一百年前，倒退到中国的一个世纪前，她这样一个女性可能就会被家族里的保守顽固分子合伙谋杀，把她作为破坏家规乡约的坏女人对待，把她沉潭。“乡村病毒”在人类对待性的开放或封闭的态度里是有其寿命的，百年之后它会自行灭亡，断代终结。然而人类的苦闷无聊不会消失，卡萝尔还会在她的失望中苦熬。时间会无穷地延续下去，人的烦恼绝望将会与时间一齐延续，一代一代，从来如此，永无改变的希望。

我读过赛珍珠的《大地》第一部，对其中主人公在战乱中拾到了一袋钱这样的关键情节记忆十分深刻。这部小说写的是中国人的故事，运用的也是中国人的思维模式。无论谁都梦想获得一大笔财富，从此改变他的人生道路。这让我联想到《悲惨世界》中的关键道具，冉阿让的钱，他把它埋藏到森林深处，他多次出入森林的行动使当地人误以为是魔鬼在埋他的财宝，以致有了耐人寻味的传说：一到六月，魔鬼就到森林里来了，碰见他的人的命运都是非常不幸的……《大地》中的钱派上了特别重要的用途，一家穷人从此变成了富人。这个家庭的第二代是富家子了，故事的内容也就与第一部有了截然区别，我便没有兴趣读下去了。假如这家人一代一代传下去，像《特罗塔家族》那样，灭绝了，那么这个家族的命运显然是在拾到那一袋钱时就注定了的。然而赛珍珠在她的《大地》三部曲里并不是这样安排人物命运的，王家的第三代——王龙的孙子、王虎的儿子王源成了典型的知识分子，还留过洋，梦想实业救国——这就使这部小说失去了深度，没有了经典小说的气息。假如那袋金钱是莫比·迪克的化身，是中国人命运的象征，小说可能就是另外一番风貌了。

这位女作家是美国获得诺贝尔文学奖的第三位作家，时间是1938年。辛克莱·刘易斯于1930年获得此奖，是第一个，尤金·奥尼尔是第二个获得此奖的剧作家，获奖时间是1936年。我没有料到这位剧作家对我影响深远，从青年时期就抓住了我的心，还将影响我的未来。我一直念念不忘的是《琼斯皇》。这部不长的剧本，充满了神奇的想象与结构。在这部剧作的影响下产生了曹禺的戏剧《原野》。剧中对鼓声的运用算是一大奇迹，更为天才的表现是，尤金·奥尼尔把琼斯黑人祖先及他自己的不同人生阶段分割成不同的幻觉空间布置到一座黑暗的森林深处。如果以编年史的方法，按照现实主义的手法去再现历史，不但显得笨重，也起不到重要的效果。这样的幻觉性空间消除了线性时间，不同的空间内容有人物有行动有景象，显现在琼斯的眼前，以他的幻觉把它们有机地联结起来，形成了有机故事时间的整体性。尤金·奥尼尔应该算是表现主义文学大师，从《琼斯皇》中可见一斑。至于琼斯这个黑人囚犯逃到大洋中的岛上当上皇帝，这样的梦想是堂吉诃德怀揣了一生的，这位戏仿出来的角色繁衍的后代层出不穷。《毛猿》是苦力工人的变形记，他们像畜力一样待在轮船底层的锅炉房里，煤炭的颜色也就是他们的本色，这样的人向往的是动物园里的大猩猩，他们是人，但他们多么想过大猩猩的生活，扬克与猩猩拥抱，献出了年轻的宝贵生命。他们就是这样的毛猿，已是非人了，而那些上层人却在大肆享受——这种等级是上帝划分的吗？造物主并没有把人分为不同的等级。人类就在这样一艘轮船上，在人压迫人、人奴役人的残暴状态中，在无边无际的大海之中，这样一艘船除了沉没似乎不配有更好的命运。威尔斯的《时间机器》中，生活在地面上的上层人埃诺伊人与生活在地下的下层人莫洛克人的关系更为令人发指心寒，上层人奴役下层人，依靠下层人享受着，而下层人爬上地面捕猎上层人，把他们拖到地球的深处吃掉——这是多么可怕的人类未来的前景。社会失去了平等公正，必将走向这样的毁灭。《大神布朗》这部剧作在我的朋友圈里几乎没有人读过。夏天时从广东来了位年轻的文学评论家，我问了他两部小说，一部是尼日利亚作家图图奥拉的《棕榈酒鬼，以及他在死人镇的死酒保》和唐·德里罗的《毛二世》，这位年轻的朋友居然一部也不知道。如果是我的话，我就会向对方请教一番，了解一下是什么样的作家及什么样的小说内容。我深感失望。说起《大神布朗》，阅读过程本身就是一个长达二三十年的故事。我既然是个好买外国小说、戏剧、史诗的人，就会常常光顾旧书摊，有次发现了一本《外国文艺》，上面有《大神布朗》。我把它买回去后，看了，可能是当时没有看明白，居然没有留下任何印象。在过去了这么长的时间之后，我忽然迫切地想再一次看它。我在书堆里没有找到这本《外国文艺》。我的记忆里好像是把它从陕南拿来了。没有办法，我只好在淘宝网上网购了1982年度全年六本《外国文艺》，单本是不会卖的。我花去了一百二十元钱。我把这个剧本重新读了一遍之后，感到那些钱花得真值。

比利从小就爱上玛格丽特，但她一点儿也不爱他。她爱戴恩，戴恩也爱她。戴恩与比利是好同学好朋友。比利把戴恩高薪引诱到他的设计所里，导致他更加疯狂地饮酒死亡，他为了爱玛格丽特算是“仁至义尽”了。他在戴恩死后，戴上他的面具假扮成他，与玛格丽特行了夫妻之实。东窗事发之后，他又作为戴恩被打死了。还有严重的问题是，玛格丽特爱的是戴恩的面具。当戴恩卸掉面具，她就无法爱他了。她在他戴面具的前提下与他生了三个孩子。比利戴上戴恩的面具，她就能与他相爱，还越发地爱他。这说明什么呢？这部剧作是够复杂的了，但说它简单似乎也有道理。把简单的事物神秘化，也就复杂起来了。如果把比利扮演成戴恩理解为为了得到玛格丽特，就过于想当然了。他为何毁了戴恩，毁了自己呢？戴恩的自暴自弃糟蹋了玛格丽特的生活，非要到比利的设计所去挣钱才能改变生活吗？不挣钱难道就真的生活不下去了？不见得吧。剧中的西比尔是作者设计的妓女大地形象，那么玛格丽特象征什么呢？她养育了三个男孩，还养育了戴恩，她似乎更像是大地母亲的化身。比利的形象是最值得玩味的，他的生与死笼罩在不透光的谜团深处。戴恩倒在椅子上，越来越虚弱，快要死了，他说自己不行了，心脏不行了。他长期喝酒，伤害了心脏。他在临死之前把遗嘱留给了他的对手与好友比利，他要把他自己留给比利，让他去爱，去服从，让比利变成戴恩，玛格丽特就会爱比利。他对比利说，“饶恕我吧，埋葬我，把我藏起来，为了你自己的幸福忘掉我吧。愿玛格丽特爱你！愿你设计人的灵魂的圣殿！温柔的人和虚心的人有福了。”他吻了一下比利的脚，便死了。比利没有为了爱杀戴恩，他是醉死的。之后比利扮演成戴恩，戴上他的面具，成了玛格丽特的床上同睡人，占有了她的身体。为此要拿生命作为代价吗？他想让自己消失掉，要戴恩取代他，显得好像是戴恩杀了比利，与玛格丽特出双入对的只是戴恩，比利必须消失掉。他便顶着戴恩的名被警察开枪打死了，最后，他得到了玛格丽特“我的情人！我的丈夫！我的孩子！”这样的呼唤，算是寿终正寝了。他对他的死应该是满意的。尾声中，世界又轮回到了开始，戴恩的儿子又在重复父辈的命运了。这可能便是比利没有希望的真正原因，他不选择生，而决定去死，并上演了那样惨烈的故事。

上面有关《大神布朗》的阅读心得是当时就写出来的，我把它复制粘贴到了这里。这不是问题的关键，我感谢这个剧本是因为我有一个重要的长篇小说构思来自于对它的阅读。构思的内容与它几乎是没有关系的，但构思却确实产生于对它的阅读过程之中。我的经验是，只要你不断地阅读经典名著，我指的是小说、戏剧和史诗，你就会不经意间得到你想要的创作构思。它们存在于你的大脑深处的黑暗犄角旮旯里，但寻找到它得靠你自己，阅读伟大的经典作品便是通向它的道路。这条路也许很长很长，需要走的时间是二十年、三十年或者更长的时间，没有关系，只要你走下去，它一定会像仙女一样飞到你的怀抱里。至于那是一个什么样的构思，我不便于写到这里，待我的小说完成以后，再把它发表出去，那时就无所谓了。看来人是自私的，我同样自私。我找了几十年才找到的一个仙女，怎么会轻易送给你们呢？况且你们有你们的命运，你们绝对是能够找到自己的仙女的。你们有这个能力，就不必怜惜力气了。

说起福克纳就叫人头痛，他一个人便是一个文学的大海，许多人辛苦大半辈子也没有完成对他的阅读，有些人根本就读不进去，被他的繁复迷乱吓得止步，终于转身走到其他的路上去了。幸运的是，我阅读福克纳的小说的时候刚刚二十二岁，无论他的小说多么繁复叠杂，我的记忆力还是能够把它征服的。它的内容深刻地留在我的记忆里，待我慢慢分析，仔细回味。《喧哗与骚动》的第一部分约八十多页，除了班吉明与勒斯特这条现在时的线索之外，依附在这条现实线索之上的还有九条不同时间段的线索。这是20世纪的意识流小说家绞尽脑汁的手法之一，也是最叫读者头痛的地方。人的大脑处理这样的问题显然不如计算机，对于电脑来说，这简直就是小儿科了。我并不认为这样的九条线索在班吉明的伤残的大脑里齐头并进有什么了不起，我只是对小说的内容有兴趣。没有过硬的故事内容，设计上九十条线索的共享也没有什么意思。这部长篇小说的四部分都有一个共同围绕的核心，这个核心便是班吉明的姐姐凯蒂。我觉得这个人物是女性基督的化身，但她不是为了拯救康普生家族而来的，她是专程来毁灭这个没落的家族的。这个家族在把黑人当作奴隶的历史中犯下了无法偿还的罪恶，它的命运早在百年之前就注定了。从南非移民到澳大利亚的库切的《耻》，似乎是从福克纳的这部小说生发出来的灵感中产生的。《耻》中白人教授的女儿远离城市到了黑人经营的农庄劳动，遭到黑人强奸，她不但默认了这样的事实，反而还给黑人当了老婆——库切把这个人物作为南非历史中的白人的总体化身，他们以此行动来赎罪，赎的是白人历代相承的对于黑人的罪。父亲明白了女儿的心，也就心如止水地离开了农庄。第二部分的意识流是凯蒂的哥哥昆丁的，关于他准备自杀前的行动与流动的意识。他想与妹妹凯蒂结合以挽救家族的灭绝命运，但是这种逆伦行径连他们家族的最高权威都要坚决反对，昆丁也就熄灭了他的幻想，离开正在学习的大学校园，用两个铁熨斗把自己沉到了河水的深处。第三部分的主角是杰生，他是三兄弟中的一员，他作为舅舅把妹妹凯蒂的私生女逼得离家出走。这一部分几乎就是用现实主义手法写的了，感觉不到意识的流动，有的只是杰生的怨诉。第四部分写的是老年黑人女佣迪尔西，完全是以现实主义的手法写的。在迪尔西的时间里，康普生庄园被挤压得只剩下微小的空间，满目萧条。凯蒂的私生女跟上马戏团的戏子私奔了，班吉明做了去势手术，凯蒂成了德国纳粹军官的情妇，昆丁自杀了，康普生先生去世了，康普生太太也死了……这部小说的核心——凯蒂——只出现在其他人物的意识里，她从始至终没有出场——这种手法曾经叫我痴迷不已。

我从一开始就不看好《我弥留之际》这部小说，现在依旧是这样的结论。总体结构过于平庸，特别是结尾，安斯从杰弗逊镇带回了一副新的假牙，一个续弦的新太太——这似乎不是出自福克纳的大脑。也许是他一边烧锅炉，一边在锅炉边的黑夜里写这部小说时情绪不佳、精力不足，思维没有打开，想象力没有飞跃起来。想想他当时的处境，只是一个劳苦的锅炉工，心里却怀揣着世界文学大师之梦，但毕竟条件艰苦，阻碍了他的文学天才。《圣殿》是值得欣赏的别样犯罪小说，《八月之光》也是犯罪小说的一种变形。《押沙龙，押沙龙！》是福克纳最复杂难读的小说，在它的影响下才有了法国克洛德·西蒙的《弗兰德公路》。这部长篇小说从主题上来说是《喧哗与骚动》的扩展深化的结果，手法上把“讲述”发挥到了极致状态。托马斯·萨德本这个老大卫王的化身，有种出外打江山至少当一个小地方的皇帝的堂吉诃德的精神。说到这种佯狂精神，不得不提到这部小说。《堂吉诃德》尽管有七八十万字，可它却只是一个中篇小说的体制，主仆二人的第一次行侠出游，这一出一回也就决定了这部小说的结构与容量。假如没有后面的几次同样性质的出游，似乎也无损于这部小说的完整。一次循环之后的二次三次四次循环，除了出游时的人物对象换了，事情有了差别之外，没有本质的变化。这部小说没有结尾，塞万提斯也没有能力结构出来一个结尾，它本身是无结构的，除了主人公的死亡与忏悔，再也弄不出花样来了。《堂吉诃德》在结构上无法与《白鲸》相比，可以说前者是无结构的，而后者的杰出与优秀恰恰在于它的结构的完整性。亚哈带领一船人去寻找一头叫莫比·迪克的白鲸，堂吉诃德与桑丘只是出外乱撞，路见不平，拔刀相助而已。寻找本身就是一个伟大的主题，是小说与史诗历久不衰的模式。《白鲸》只写了一次出海，一次漫长的寻找，一次就到达了人物命运的终点，这一次的五十多万字就足够了，假如再来个第二次同样的故事，便贻笑大方了。《我弥留之际》可以说是《堂吉诃德》的第一次出游行侠，用意识流这样的手法写这种大刀阔斧的史诗性质的人物与故事，好像是把大刀巨斧熔化了，只是用那些铁分子铁原子去砍一棵大树一样。设想福克纳用《押沙龙，押沙龙！》的讲述手法来写《我弥留之际》，也许后者会被写成不朽史诗。从《旧约》里借来的老大卫王，他的名字换成了托马斯·萨德本，他是个穷白人的儿子，他的母亲的血液里也没有丝毫的黑人血统成分，他是个百分之百的白人，穷白人。他离开山区到了海地，与一个庄园主的女儿结了婚。他没有料到的是，白人庄园主的女儿居然有黑人的血统，那么无论她的肤色多么的白，她也是个黑人。他与她有了儿子查尔斯，他还是抛弃了他们。他有了钱，有了财富，有了黑人奴隶，他带领他们回到美国本土，创建了他的贵族式王朝和宫殿——“萨德本百里园”。他娶了当地望族的女儿，重新生了两个后代：女儿朱迪丝、儿子亨利。人算不如天算，千算不如一算，这两个同父异母的兄弟到了同一所大学成了同学，还成了好朋友，一个居然还把另一个带回了家，那一个看上了这一个的妹妹，实际上也是他自己的妹妹。古巴风俗主义小说家比利亚维尔德的《塞西莉亚·巴尔德斯》中同样有同父异母的兄妹相爱，不但结了婚，还生了下一代。比利亚维尔德生于1812年，殁于1894年，他去世后三年福克纳才在美国密西西比州的新奥尔巴尼出生，而《塞西莉亚·巴尔德斯》的第一部是1839年出版的，1882年出版了第二部。老大卫王的化身萨德本一眼就认出了他的儿子查尔斯，他的阴谋式的阻止没有成效，于是亨利便杀了他的哥哥查尔斯。亨利外逃，这个犯了死罪的儿子无疑被执行了没有实际执行的死刑，他不可能作为人活在世上了，他只能以鬼的面目浮现在黑暗里。萨德本死了一个儿子，也就等于死了一双，一个是另一个的反面，一个在镜子外面，一个在里面。萨德本在他老年的悲惨境遇下与一个穷白人的孙女成了好事，当这个穷白人的孙女生下了一个女婴时，萨德本把她们母女一齐抛弃了。于是穷白人祖父用镰刀杀死了萨德本。这样一个带有史诗色彩的家族故事被福克纳以三对人物讲述的方法分别以三部分完成。三对人物实际上总共也就四个人，昆丁与父亲康普生、昆丁与萨德本的妻妹萝莎·科菲尔德小姐、昆丁与大学同学施里夫。小说中的内容有许多是不确定性的，因为讲述者并不是当事人，不了解真相，他们也只能通过推理与猜测来把故事说圆。福克纳把这样一个没落的堂吉诃德式的大卫王的故事放到康普生家族的父子口中，让昆丁来承担讲述与探究的重任，其寓意是处心积虑的。萨德本的毁灭中蕴含着康普生家族的命运暗码和符咒。这个时候的昆丁还没有自杀，康普生家族还活在世上……

还得补充一点的是，《弗兰德公路》里的雷射克贵族家族、佐治的祖先们也犯下了不可饶恕的罪恶，他们在几百年间对他人的奴隶与压迫，这种罪恶的结果必须是以其家族根绝的代价偿还。两者比较，你会更加清楚前者与后者的关系。人类的小说不论形式手法如何创新变化，但其核心内容却难以改变，这是因为人只有男性与女性两种性别，如何加减乘除都是祖父母、父母、子女这样的关系。男女两性的变化是有其上限的，一旦加减乘除到头，也就不存在什么新花样了。开掘的空间实在有限。这就使我提倡的人类情感的新结构的小说新理论剩余的空间几乎为零，这就更需要全世界全人类的小说天才在这上面施展才能，尽力一搏。

十二

我对荒诞派戏剧一直情有独钟，对划归到表现主义文学范围内的戏剧同样倍加热爱。我认为荒诞派戏剧与表现主义戏剧是一回事，两者没有必要去刻意划分。爱德华·阿尔比的《美国梦》

《谁害怕弗吉尼亚·伍尔夫？》都是我难以忘怀的戏剧杰作。有一个流传久远的童谣唱的是“谁害怕大灰狼？”剧中主角把“大灰狼”换成了“弗吉尼亚·伍尔夫”。这部戏剧虽然在我的脑海里存在了二三十年，可我猛然想到它时，对于这个标题还是有些懵懂。弗吉尼亚·伍尔夫是英国意识流小说家，在20世纪文学史上有十分重要的地位，怎么会害怕她呢？原来搞的是文字置换游戏。剧中有主人家夫妇两人和拜访他们家的客人夫妇两人。主人家夫妇乔治和校长之女玛莎念叨他们已经二十一岁的儿子，乔治提醒妻子客人夫妇来了以后坚决不要提他们的儿子的事。但是玛莎还是向客人尼克的妻子哈妮说了他们的儿子，这叫乔治十分愤怒。中途有敲门声，之后乔治就告诉妻子玛莎刚才是邮递员送来了电报，说是他们的儿子死了。玛莎不信，要看电报，乔治说他把电报吃了。这时客人才明白他们所说的儿子是不存在的，只是这对夫妇幻想出来安慰他们未来的精神寄托。可见这个家庭是没有未来的，没有未来哪儿会有希望可言呢？这个家庭是地面上的坟墓，夫妻两人生活在死灭中。爱德华·阿尔比1961年创作的另外一部戏剧《美国梦》里，父亲与母亲这两个没有姓名的剧中夫妻从巴克太太那儿买来了一个孩子，作为他们的养子养育着。夫妻两人发现这个孩子一点儿也不称他们的心，就把养子残忍地折磨死了。这时候来了一个找工作的年轻人，这位年轻男子身材容貌十分俊美，一个完美的美国梦的化身。外祖母发现这位美男子是那位被她的女儿女婿害死了的孩子的孪生兄弟。于是在外祖母的英明安排之下，她的女儿女婿有了一个俊美的新养子。这就是他们的未来之梦吗？典型的美国梦？外祖母老眼昏花，根本认不清走进家门的是人还是非人，他完全可能是那位被折磨死了的男孩的冤魂，他也长大成人了。这个鬼魂便是他们的未来，他们的美国梦。

晚阿尔比十五年出生的萨姆·谢泼德也是美国重要的剧作家，他于1978年创作的《被埋葬的孩子》中把孩子这个“道具”作为戏剧的核心处理了。在道奇与妻子黑利一家，二儿子蒂尔顿与母亲黑利乱伦生了一个孩子，这个孩子被道奇作为家庭的耻辱一出生就被埋到了后院的玉米地里。文斯是道奇、黑利夫妇两人的大儿子的长子，这个孩子的归来在这个家庭引起了超级地震。他们如梦似幻，以为乱伦之子并没有死去，他活着回来了，或者以为是那孩子的鬼魂归来清算他们的罪恶来了。他们哪一个也不敢看后院的玉米地，心里有鬼，诚惶诚恐。最后是蒂尔顿从后院玉米地里挖出了孩子的尸骨。这就能够祛魇除魔吗？不能。这个家庭的弥天大罪并不是母子乱伦，而是他们对这一行为的恐怖所犯下的杀人恶行。这个家庭的领袖人物道奇是罪魁祸首。他把这个家庭带进了没有未来没有希望可言的炼狱地带，这个家庭的每一个人都犯了杀人罪，每个人的手上都沾满了婴孩的鲜红血液。这个孩子有罪恶吗？可怜的孩子从无中来，来自天地精华，来自冥冥上苍，如果他是有罪恶的，就不会来，连天地都欣然接受的事物，人为什么不能接受？这是人的观念出了比死还大的症结。人因观念而被永远逐出了伊甸园，永劫不归。我觉得值得重视和研究的是从阿尔比的戏剧到谢泼德的戏剧反复出现的被残害的孩子这样的现象。人类因观念的腐朽没落而残害无辜鲜活的未来，这样的人类还有救吗？英国女剧作家萨拉·凯恩活了二十八岁就自杀了，她创作的《摧毁》一剧中也有一个死去的孩子。这个孩子被埋进掘出洞来的地板下面，房子外围的战争氛围浓重，主人公饥饿难耐，竟然把孩子的尸骸挖出来吃了——这样便把什么都摧毁了，把人类所有自认为有价值的事物全部摧毁了。这些天才剧作家感受到的是有关人类未来的什么样的启示呢？他们与上帝相通，接收到了来自天国的对于人类的判决。

田纳西·威廉斯的《玻璃动物园》我看过好几次，从二十几岁就开始看，后来又看，却总是记不住它的内容，这是为什么呢？用玻璃做的动物成了有跛足残疾的女主人阿曼达的女儿劳拉的生活伴侣，在她自己的狭小世界里，她拒绝与外界接触，以掩藏她的不健康的自卑心理。她与一群玻璃小动物们秘密相处在一起，对其中有缺陷的独角兽情有独钟。她的哥哥引来了他的同事吉姆，原来他还是劳拉的中学同学。劳拉冰冻的心回温了，爱情苏醒了，但是吉姆已经有了心上人，还订了婚，无法再爱一个。劳拉像她的玻璃独角兽一样被打碎了，成了一个彻底的牺牲品。这个家庭的最高权威是母亲阿曼达。母亲是一口井，一口没有底的井，掉下去就永远没有爬出来的希望。儿子和女儿都在这一口井里。这位母亲又是什么的化身与象征呢？社会的，政权组织之下的。是谁叫这一家毫无希望可言呢？剧作家处理得并不强烈，淡薄得很，所以对于记忆没有深刻的刺激。《欲望号街车》中的姐姐布兰奇从古老守旧的南方来到北方投靠已经身怀六甲的妹妹史蒂拉和妹夫斯坦利一家。妹夫斯坦利是典型的北方汉子，像尤金·奥尼尔的《毛猿》中被上层小姐叫作毛猿的动力底层工人扬克一样，五大三粗，体魄如山，坚信劳动能够创造世界。扬克因为爱上了上层的像是皇帝的女儿那样的小姐，被骂作毛猿，顿时明白了自己的地位与价值，心落千丈，去动物园找大猩猩倾诉，被对方拥抱碎裂，一命呜呼。姐姐看到妹夫还殴打妹妹，就撺掇妹妹离开斯坦利。斯坦利调查布兰奇的过去，得知她是由于与男学生有不正当的肉体关系而被校方开除的。她原来是个荡妇。斯坦利趁妻子被送进医院分娩之际，强奸了妻姐。妹妹宁愿相信姐姐真正疯了，也不愿相信她所说的斯坦利的行为。布兰奇被送进了精神病院。自从南北战争之后，南方失去了他们明亮的天堂，失去了天堂的布兰奇也就像《玻璃动物园》里的跛脚劳拉一样成了小人物。布兰奇的妹妹史蒂拉是个先知先觉者（这个先知先觉的妹妹史蒂拉应该是库切的小说《耻》中的教授的女儿的“祖母”了），她早就明白她从南方的天堂落下来了，到了人间，成了可怜的凡人，成了小人物，所以她倾心爱着她的毛猿斯坦利，不再放手。而这个有知识有幻想有美梦的布兰奇还死抱着她的南方天堂不放，那么她只有与她的天堂一起进疯人院去度过她凄凉的余生了。

十三

海明威在福克纳获得诺贝尔文学奖五年之后也获得了此奖。这个海明威对于中国人来说过于熟悉了，我对于他的阅读虽然也花去了相当长一段时间，几乎看了他所有的小说，可我并不想对他有过多的评论。马原先生十分推崇海明威，我也不敢小看这位美国大作家。他的《乞力马扎罗的雪》《弗朗西斯·麦康伯短暂的幸福生活》《白象似的群山》《桥边的老人》《杀人者》都曾经是我学习过的典范。长篇小说《太阳照样升起》《永别了，武器》《过河入林》《伊甸园》《丧钟为谁而鸣》都曾占去了我青春岁月相当宝贵的时光。我只想说的是，《老人与海》是一篇亮色的寓言，或者说它是白天的寓言，而卡夫卡的《城堡》等一系列小说则是黑色的寓言。这部中篇小说是从梅尔维尔的《白鲸》的海洋里用长把勺子舀的一勺子海水。这是大作家的大手笔，没有这样的大手笔，是没有能力改造经典名著的。斯坦贝克是1962年获得诺贝尔文学奖的，这位现实主义作家虽然在相当长的时间内遭到我的冷遇，可我对他的《愤怒的葡萄》《珍珠》《人鼠之间》从来没有轻视过。我觉得斯坦贝克的小说里有极其浓厚的传奇色彩。比如《珍珠》就使我联想到了中国的民间传说《明珠记》。《愤怒的葡萄》中一家人开着一辆破旧的卡车就像是摩西的出埃及之民族壮举。

写到这里我忍不住把一个闪念先行写出来。这是有关哈姆雷特和忒勒玛科斯的闪念，这两个文学经典中的著名人物多么像是一对孪生亲兄弟。哈姆雷特是受到他死去的父亲的召唤，按照鬼魂的旨意捍卫父子的共同利益。他的父亲是国王，死后的继承人应该是他的儿子哈姆雷特，却让其叔父抢了先，这位叔父还娶了前国王的王后，也就是他自己的亲嫂子。哈姆雷特从国外回来后，受到鬼魂的召唤，立志重整乾坤，要把已有的世界秩序颠倒过来——这与忒勒玛科斯的处境十分近似。忒勒玛科斯的父亲奥德修斯二十年未归，伊大嘉的贵族们跃跃欲试，只要王后同意他们的求婚，他们其中的一个就会坐上空了二十年的国王宝座。这位国王的儿子绝对不会甘心把国王宝座让给他人，他认为天经地义是他这个国王的儿子应该承继的，是雷打不动的。但是他的母亲珀涅罗珀并没有下决心把求婚者——也就是未来国王的候选人们撵走，因为万一国王真的永远不回来了，这个地方还是需要一个国王的。儿子坚信父亲会回来的，母亲却摇摆不定。从故事后面的结果看，这两个国王的儿子都是守旧自私的残暴邪恶之徒，他们为了自己的权力地位不惜叫他人死光死净。这样看来，莎士比亚的《哈姆雷特》一定是从荷马的《奥德赛》中接受了灵感，他把忒勒玛科斯这个人物改造成了哈姆雷特。阅读经典名著，叫我愉快的便是这种发现，发现文学人物的家族遗传基因，追溯他们的祖先，找到他们的源头。

斯坦贝克的《伊甸之东》曾经叫我牵挂不已。很早了，应该是上个世纪80年代中后期吧，我经常光顾汉中地区书店，它坐落在东大街的东头靠近东门桥的地方，每次去我都会看到这本书。那样的年月，书店还不是开架售书，你得站在柜台外面，越过柜台与书架之间的距离，远望书脊上显得过于微小的汉字。那真是比赛目力啊。我的眼睛近视，常常是盯着看半天，也猜不出那是什么字，只好叫营业员把它拿出来看。看了一本，不买，再拿一本，还是不买，第三次叫人家取书时，人家就烦了，脸色难看，假装看不见，再就是问你一句：到底买不买？言外之意便是不买就不要这样烦人了。我心里涌出尴尬，十分别扭。我囊中羞涩，月薪买不了几本书就光了。这本《伊甸之东》陪伴我书店之行了好多年，它一直待在书架上原来的位置上，直到这家书店搬走了，变成了经营其他货物的商店。那时我对现实主义文学没有好感，没有一点点的爱，对斯坦贝克的小说是不会买的。《伊甸之东》借用的是亚当夏娃的儿子该隐因为上帝宠爱弟弟亚伯而把弟弟杀死埋进了大地泥土下面的典故。亚伯向上帝献祭的是畜牧类的肉体，而该隐献给上帝的是农作物果实，看来上帝是喜爱食肉的。特拉斯克家族的第一代赛勒斯把自己伪装成南北战争中的英雄骗取名誉地位，并且掠夺了一大笔财富。赛勒斯养育了两个儿子，一个叫亚当，一个叫查尔斯。父亲偏爱亚当，致使亲兄弟势不两立。亚当只好离家参军，退伍后娶了一个名叫卡西的女子。卡西生了一对双胞胎，亚当分别给他们取名迦尔和阿伦。卡西虽然是在生命垂危中被亚当救活的，但她生性淫荡，逃离丈夫与两个儿子到外地重操旧业。双胞胎长大后，亚当喜爱阿伦而讨厌迦尔。迦尔有意告诉阿伦他们的母亲是个妓女。阿伦从梦中醒来，发现世界对他的不公，绝望中入伍，在第一次世界大战的战场上寻求到了他的最后归宿：死亡。斯坦贝克想在北美的现实生活中找到《旧约·创世记》的现代版本，便虚构了这样一个家族故事——这显然是他创造力衰退的结果。我所在单位的图书室里还有他的《愤怒的葡萄》，我把这本书借来放到我的书架上，全文阅读是没有的事，可我还是学习了前言和后记，再就是随意翻一翻，读多少算多少。这本借来的书我没有还，后来图书室清理时，我按定价把它作为丢失的书赔偿了。这本书现在还跟随着我。我对小说中破产农民乔德一家十二口人与教会除名牧师凯西被迫背井离乡，从俄克拉荷马到加利福尼亚的迁徙历程——这浸淫着旧约壮举的近似神话不能忘怀。乔德的妻子、这一大家人的母亲乔德大妈这个形象是大地母亲的化身，是爱的象征，是圣母的姊妹。

十四

索尔·贝娄是个犹太作家，他于1976年获得诺贝尔文学奖，之后两年，同为犹太作家的艾萨克·辛格也获得了这个世界文学大奖。说起美国的犹太作家，我不由得想起了伯纳德·马拉默德，还有菲利普·罗斯，还有约瑟夫·海勒这位黑色幽默小说流派的重要小说家。我感觉马拉默德的才华似乎高于索尔·贝娄，而与艾萨克·辛格旗鼓相当。《赫索格》是贝娄最高成就的长篇小说，把主人公的行动写得像是奥德修斯英雄还乡一样。詹姆斯·乔伊斯的《尤利西斯》也是这一类的城市漫游记。赫索格的妻子与他的好友瓦伦汀好上了，成了情人，这位大学教授对于他头顶上的绿帽子甚是憎恶。他同时还有情人雷蒙娜和朋友玛莎。他意外联想到了他的女儿会被继父瓦伦汀诱奸残害，拿了父亲用过的手枪欲把前妻玛德琳和其共同生活者瓦伦汀击毙，到达目的地时，他目睹的一幕胜似乐园的情景扭转了他阴冷的心肠：院子里，瓦伦汀正在为他的女儿洗澡。《雨王汉德森》还算是发挥了一点儿想象力，但这样的到原始部落的类似故事在人类的小说里层出不穷。可以说非洲原始部落里被尊为雨王的故事是尤金·汉德森分身出来的另外一个他自己的幻想。贝娄抹掉了《堂吉诃德》《浮士德》《双重人格》《化身博士》等一系列此类手法的作品的痕迹，把分身后留在美国本土的本身抹去踪影，仅仅留下前往非洲原始部落的那一条线的行程与故事。《洪堡的礼物》《赛勒姆先生的行星》《抓紧时机》《更多的人死于心碎》等一批现实主义小说没有多少文学天才可言，这种在泥土上的匍匐，除了满身泥泞之外，望不见山外之山、天外之天。《晃来晃去的人》和《受害者》这类有着浓重存在主义意味的小说，虽然叫人想到加缪和萨特的作品，进而联想到了卡夫卡，但在文学才华的展示上还是能够给贝娄加分的。《受害者》还与梅尔维尔的《书记员巴特尔比》有血缘关系。两个同为杂志编辑的人，一个被炒了鱿鱼，失去了生存下去的“劳役”（职业），怪那个还留在原位上的编辑同人，跑到他家找他闹事。关键是这一闹被无限地拉长，这一拉长便有了荒诞性，便有了哲学的形而上内涵。失业者住到了没有失业者的家里，一个走到哪里，另外一个就跟到哪里，简直成了连体人了。我记得梅尔维尔的《书记员巴特尔比》中的巴特尔比失业以后住到办公室里，再也不走了。你辞退了我，可我无处可去，我就赖到这里，仿佛是长到了你的身上——一个年轻母亲肚子里的胎儿与母亲也是这样的关系，一种疾病与主人也是这样的关系。

一直以来我对艾萨克·辛格的《撒旦在戈雷》充满憧憬，那是因为我总是把它与苏联时代最不幸的作家布尔加科夫的《大师与玛格丽特》联系到一起。后者描述了撒旦沃兰德一行光顾斯大林时代的莫斯科的喜剧、闹剧和悲剧，我想象撒旦来到了戈雷小镇会闹出什么样的名堂，总是不能满意自己的想象，觉得见了真身才会甘心。当我看了这部小说才明白它与布尔加科夫的撒旦相去甚远。这部小说是艾萨克·辛格于1935年创作的，它虽然比《大师与玛格丽特》早四年诞生，但在当时封闭的苏联，布尔加科夫无疑是不会看到这部作品的，也不会受到它的影响。实际上影响与非影响都无所谓，关键要看最终的果实如何。艾萨克·辛格的《撒旦在戈雷》让人想到当今世界的邪教“人民圣殿教”之类，世界末日要来了，小镇上的人一心想着跟救世主远行，连过冬的棉衣与粮食都不预备了。时间就要终结了，明日就是天堂。小镇上的人没有等来救世主，等来的反而是撒旦，小镇顿时陷入到了恐慌、绝望之中。《卢布林的魔术师》中的魔术师雅夏·梅休尔是个出身贫寒之门的犹太人，他在故乡卢布林有个贤惠本分的妻子，但他的心就像他玩的魔术一样变化多端，挣了钱就去勾引女性，结果他迷恋上了一位叫爱米丽亚的上流社会的寡妇。这位寡妇一心要与他私奔，到远方去发展事业，出人头地。问题是这位魔术师不能像他变其他东西那样变出大笔大笔的钱来，他胆大妄为去偷窃，不但没有偷到钱，还把一条腿弄跛了。这样一个跛脚的魔术师谁还会爱啊！他遭到寡妇爱米丽亚的遗弃和耻笑。心灰意懒中他回到故乡，用砖头修建了一座小屋，把自己关到里面，把门窗堵住，终身在里面忏悔。这像是《巴黎圣母院》中艾丝美拉达的母亲、妓女、隐修女的故事翻版。这一行为引起了周边乡镇的好奇，善男信女们把他当作圣徒看待。这样的结果令忏悔者意外，他没有想到这样的行为本身就具有堂吉诃德出外行侠仗义那样的意味，这样把悲剧又变成了闹剧。《奴隶》这部长篇小说我不能不在这里分析解读一番。17世纪中叶哥萨克人对波兰犹太人的大屠杀中，雅各布失去了妻子儿女，被当作奴隶卖到了偏远山区。也许是这位小说的主人公长得过于英俊了，他虽然为奴隶身，却并不缺乏爱情，财主的女儿旺达漂亮得跟仙女一般，她无条件地爱上了他。他是犹太人，拒绝外族女性，坚持犹太自律。四年之后，雅各布接受了旺达的爱情，但要求她通过仪式宣布自己信奉犹太教，并改名为萨拉，还要把自己伪装成哑巴——这对于财主的女儿旺达来说像是传奇，很有吸引力，十分刺激。她跟相爱的人走上流浪路，像吉卜赛人那样生活。美好的事物总是被世道残害毁灭，财主女儿被她的族人发现，被抓，她死于难产，埋葬到了一个无名的地方。雅各布二十年后回到家乡，一心要找到旺达的尸骨。他虽经多年努力，却一直没有结果，他到死都不知道他相爱的人埋葬在了哪儿。他也走到了生命的尽头。别人为他挖掘墓穴时，居然挖出了旺达的遗骸，她的遗容还像当初一样美丽，有情人终于生不同衾死同穴了。这部小说的亮点是旺达的死亡。旺达的死留给小说的是无穷的魅力。世间美好事物的失去尤其能够抓住世人的心灵。

对于《原野王》的阅读占去了我记忆世界的一角。阅读这部艾萨克·辛格的长篇小说的时间应该是上个世纪80年代末，过了几年吧，我又重新读了一次，即使这样，岁月毕竟流逝得过久了，我在寻找它的脉络线索和轮廓概貌时，相当的模糊，我甚至回忆不起来主角的姓名了，记忆里只剩下一些情景与景象。山区森林地带活动的是游牧部落，山下广阔的平原上居住的是农耕部落。山上部落的酋长带领部落战士到山下平原上抢劫，不管是财物还是女性，他们都抢。我印象最深的是，深夜里，他们骑马从高山上下来了，进入到了平原地带，看见了星光沐浴下的大片大片的麦田。麦子蓬勃茂盛得简直要长得高得跟星星去亲吻了，这帮游牧战士被麦子的广阔茂盛吓住了，他们从麦子的蓬勃里看到了一种陌生的令他们震撼的神明。这是神的旨意啊！这是神向他们显示的景象，这里面暗含着教导与命令。他们对此充满敬畏，不敢去抢劫了，黯然地返回到了山上。这是文明的力量，文明毕竟要战胜野蛮。野蛮部落的酋长乔装一番从山上下来，到农耕部落学习种植，还到远离平原的口岸学习商业交流。当时我写过一篇文章谈到《原野王》，谈到我的《想象一个部落的湮灭》，说我若是在创作后者之前阅读了前者，我的小说就会有很大的改进，遗憾是没有办法消除的，也就只好如此罢了。一说起《原野王》，我自然就联想到了威廉·戈尔丁的《蝇王》。80年代中后期，我十分迷恋这部小说，看了不下三遍吧。《蝇王》虽然写的是第二次世界大战期间的故事，但它所挖掘的却是人类远古以来的邪恶本性。一架载满儿童的飞机坠落到了一座荒岛上，飞行员死了，孩子们失去了成人的管束，分裂成了两派，一派倒退到了原始野蛮部落社会，一派趋向现代民主文明，结果是倒退到野蛮时代的孩子们几乎把趋向民主文明的孩子斩尽杀绝了。从这部小说可以看到野蛮时代还会回到我们人类中来。威廉·戈尔丁于1983年获得了诺贝尔文学奖，他的《金字塔》《塔尖》《品彻·马丁》我都一一读过，还有一部令我向往了二十多年的《继承人》，上个月才买到，还没有安排时间阅读。若是二十年前就有它的中译本，我不会把它放这么久，会几天之内就把它读完的。《继承人》写的是远古部落的人类，写人性的邪恶不可挽救，与《蝇王》相似，应该是同一主题的不同开掘。把《原野王》与它们比较着一起阅读，我想我们会获得深刻的思考。戈尔丁应该说是个写思想的作家，小说结构基本上是寓言化的，这类小说的缺陷是思想深刻而人物的鲜活性、典型性不够，像是纸片似的。小说里人物的活动环境是封闭式的，为了适应寓言，必须把外界关闭，使寓言能够自圆其说。所以这类小说的时间不是历史中的时间，是非时间，是死的时间，凝固了的时间，一般不会有波澜壮阔的史诗命运，充其量是一场戏，戏剧冲突严格限定在封闭的小环境内，时间可能是一天两天三天，也可能是几个小时，或者是没有时间，冲突结束了，一个人死了，一方胜利了，也就结束了，小说也就到了结尾。《蝇王》便是这样的结构、人物与冲突故事。

十五

美国小说确实跟太平洋一样广阔，海平面之上的岛屿如夜空里的繁星一样，可我觉得意外的是，在如此浩繁的小说星际却没有一部反独裁小说。这种现象与拉丁美洲文学形成了强烈的反差。一个地域产生自身地域的文学，那么反独裁小说也是有其地域性的。布罗茨基是苏联时期被驱逐的诗人，说他是不劳而获的“寄生虫”。诗人创作诗歌不被作为劳动对待。即使今天还是有人不把文学创作当作工作对待。我想说的是，一个人由于他的灵感，也就是与神灵的约定之后，把他的一生都交给文学创作了。他由于热爱这个工作，是心甘情愿创作的，从来也没有觉得劳累，痛苦，从来不会罢工，抗议，也从来不会磨洋工。他按照自己的时间把文学与阅读排得满满的，没有假日，没有休息，或者说他把工作当作休息了——这样的劳动态度及劳动本身连神明都会感动的。好了，不说这些了，我还是说说黑人女作家托妮·莫里森吧。美国有一大帮犹太作家，也有一大群黑人作家，在这一群体里获得了诺贝尔文学奖的就是这位1931年出生的托妮·莫里森。写了《看不见的人》的拉尔夫·埃里森是托妮·莫里森的老师。她于1993年10月获奖，当时我还在陕南汉中市北边连城山脚下的小镇上，听到她获奖的消息，我与我的老朋友爱琴海先生欣喜不已，立即踏着十月秋季连阴雨下田间小路的泥泞，前往褒河西岸连城山山窝里的陕西工学院的图书馆去寻找她的小说。其实之前我就有她的《娇女》，是湖南文艺出版社出的，对这部小说我读得十分认真，心里埋下了对这位作家的深厚热爱和崇高敬意。十年之后当匈牙利作家凯尔泰斯·伊姆莱以他的《无命运的人生》《惨败》《给一个没有出生的孩子的安魂祈祷》获得这个世界文学大奖时，我把这两位作家的小说放到一起评论比较，还写了一篇名为《托妮·莫里森的奴隶马车》的文章。我感觉中，托妮·莫里森的当奴隶的祖先赶着马车，马车上爬满了逃亡的奴隶，向北方飞奔，越过他们噩梦中的“约旦河”，就到了自由解放的天堂。《娇女》也译作《宠儿》，书名下引用着《圣经》里的诗句“你们都是上帝的娇女宠儿”，读了叫人热泪盈眶。娇女的母亲黑奴塞丝带着她的孩子们逃出了奴隶种植园，逃到了俄亥俄州的辛辛那提，奴隶主带领着凶恶的帮凶追捕而来，娇女的母亲眼看恶徒们扑了过来，不假思索地拿起斧头，把小女儿娇女的脖子砍出一道死亡血河。前不久，几个月前吧，甘肃兰州北边有个县，是临夏州的一个县，有个叫山老爷湾社的村子，一位二十八岁的母亲把她的四个孩子用斧头全部杀死了，然后她也自杀了。她在没有失去意识之前，有人问她为什么要把孩子都杀了，她说她们到了十八岁就会跟自己一样。娇女的母亲说的也是同样的话："他们不能再那样生活下去。"十八年后，在阴间仍旧成长的娇女还魂，重返母亲身边。这位年轻漂亮的姑娘纠缠塞丝，塞丝不能正常生活。村人为塞丝祛魔，聚集到宅院镇鬼。问题是，这位年轻姑娘身后有六千万黑奴冤魂，深如大海，阔似大海。凯尔泰斯·伊姆莱的《给一个没有出生的孩子的安魂祈祷》里的夫妇根本就没有允许孩子出生，他们恐惧孩子们重复他们做奴隶的命运，更恐惧他们没有黑奴塞丝的胆魄勇气把孩子们杀死，他们便把他们扼杀在没有成形之时，在还不是生命的时候。我并不赞同塞丝的杀女行为，无论生为奴隶还是贵族，都有生存的权利，在世上人间走一场的权利，这样的权利即使是母亲也没有权利剥夺。有生命就有哪一天挣脱奴役的希望，没有生命，一切都是零。由此不得不联想到托马斯·品钦的《万有引力之虹》中的非洲部落，德国人把这个部落征服以后，把部落人民全部迁徙到了德国北部火箭基地，他们存活的理由就是劳动，就是当奴隶。这个部落的人采取的是消极抵抗的方式：他们男女之间不再相爱，不再生育，让他们断种灭族，从世上消失——以此来摆脱他们做奴隶受压迫的命运。人类的压迫给人类自身造成了多么深重的伤害，由此可见一斑。

我对托妮·莫里森的《所罗门之歌》一度十分着迷。我对这部长篇小说的开始部分并不喜欢，觉得过于现实化当下化了，没有什么可圈可点之处。主角黑人青年奶娃回到古老的南方老家寻根。他逐渐深入山林，祖先们似乎依旧还活着，他们的声音还在山谷里回响。黑人的奴隶命运仿佛永远没法改变，他们还在种植园的大田里劳作。奶娃的曾祖父所罗门是从非洲贩运来的黑奴，他会飞翔，带领二十一个孩子飞回了非洲。奶娃的祖父是在飞行途中掉到地面上来的，便留了下来。这个从天上掉下来的孩子长大以后，有了一个叫“林肯的天堂”的农场，白人们打死了他，农场被夺，他的两个孩子：儿子麦肯和女儿派拉特逃到山洞里，在那儿他们意外发现了一袋金子。奶娃的父亲肯特认为奶娃在姑姑派拉特家发现的那个袋子里装的就是金子，唆使奶娃把它偷出来，没有料到袋子里装的是被白人枪杀的父亲的尸骨。托妮·莫里森把一袋金子这般安排，使这部小说有了许多庸俗的情节。假如没有奶娃的南方老家之行对于祖先们的招魂，没有唤出无数祖先的声音，没有对于故乡深夜的远古感受——这一切都是筑建在奶娃走进深山，在黑夜里寻找父亲与姑姑曾经躲藏过的山洞这一历程之上的，没有这些内容，这部小说就会滑落到平庸小说的范畴之内。《柏油娃娃》也是读了就能获得启发的小说，还有《最蓝的眼睛》也值得一读。我的印象里好像她没有中短篇小说，想不出哪一篇的名字。如果她有中短篇的名篇，它就会在我的记忆里浮现出来。

既然说到美国的黑人作家，《看不见的人》这部长篇小说不能不说。我是从美国文学史中发现这部小说的，说是美国上个世纪50年代有两部小说成就最大，一部是塞林格的《麦田守望者》，一部便是这部小说。当初我是从旧书摊上花了两元人民币买到这本小说的。我拿着它到朋友家做客，走的时候竟然把它忘了。这一忘，坏了，书就给了那位朋友。我没有办法，只好又到图书馆去借。看了后，舍不得还，就把它花大价钱赔偿了。我觉得花那样的钱是值得的。为你的爱花些钱吧。我爱的是小说，是书。《看不见的人》的主人公是位黑人青年，他在街头示威混乱中掉进了一个地下室，于是就在里面向读者独白他二十多年的经历。小说是以第一人称写的，第一人称的“我”像是我们自己一样，语气情调仿佛出自我们自己的胸膛和心灵。我记忆中印象最深的是，主人公深夜来到哈莱姆街区，他骑着一匹白马，横操一杆长矛，宛若街区之王，黑暗被他的王子一样的光芒照亮了。他为何来到混乱中的街区？原来是白人兄弟会想要借他人之手除掉他。黑人同胞把他看作叛徒，白人把他看作黑鬼，他弄不清自己是谁。这是一部传记式的小说，到今天我还没有弄清它对我的启发是什么。我只是觉得我不能忘记它，我感受到了它的力量和魅力，有机会有时间的话，这部小说还是值得再读的。黑人作家还有赖特和鲍德温，我没有细读过赖特的《土生子》《黑孩子》，也没有读过鲍德温的《向苍天呼吁》，便也没有资格对这几部黑人文学的经典小说说什么了。

十六

相对于拉丁美洲出现的反独裁小说群体，美利坚似乎难以找到一部合格标准的此类小说，但在描写战争与军队的小说《裸者与死者》《二十二条军规》里却有着高调的反控制、反极权思想。前者是诺曼·梅勒的作品，描写的是二战中在太平洋某个小岛上日军与美军的战斗，具有自由主义思想的侯恩少尉是个没有丝毫指挥经验的副官，推崇集权的上司师长卡明斯少将对他的自由言行心生厌恶，便派他到侦察小分队去完成对于整个小岛的侦察任务。没有作战经验的侯恩少尉白白丢了性命。《第二十二条军规》是约瑟夫·海勒的黑色幽默小说杰作，写的是小人物对于权力的毫无希望的抗争。“第二十二条军规”把尤索林紧紧地捆绑在战争这架战车上，他无论如何超额完成飞行任务，也不能离开军队，更不能脱离战斗。最后这个小人物逃到了瑞典，离开了战争与极权这头恶魔。海明威的《永别了，武器》的结尾也是主人公带着一个与他相爱的女护士划船逃到了瑞士。战争与极权之间是等号，逃离一个的同时也就摆脱了另外一个。这类小说的结尾都是相同的，说明前因也是相同的。捷克作家哈谢克的《好兵帅克》是约瑟夫·海勒借鉴学习的范本——这类小说的前身好像都可以倒推到《堂吉诃德》那儿。它们注重的是人物的言语和行动，他们无论干什么，只要有趣就算是小说的优点了，讽刺、戏仿、滑稽幽默是这类小说惯用的手法。这类小说的最大缺陷是没有结构，如果说它有结构的话，也只是一些人物传记性质的结构，它的白色的或者黑色的幽默性质决定了它们不可能有正常的人类情感的结构，假如把一个严肃的爱情结构种植进去，显得很不合适，不但糟蹋了爱情，也糟蹋了小说。问题的症结可能是因为这类滑稽幽默小说的主角不可能是严肃的、正经的，他一出场就是个丑角，这样的角色利用的恰恰是自身的滑稽可笑本质，把权力制度也滑稽化，小丑化，手法就是内容，形式与内容也就达到了完美的融合。

黑色幽默小说在美利坚这片大地上如此旺盛发达，难道是地域的特殊性所决定的？上面说到的约瑟夫·海勒是这个文学流派鼻祖性的人物，他的《上帝知道》中的大卫王也是个带有滑稽色彩的人物。他病入膏肓，身边睡着一个年轻的姑娘，用她热血沸腾的体温给他暖冰凉的身子。他回顾一生，不断地抱怨上帝，他为权力和女人而战斗的一生，他所获得的光荣与地位，他与儿子押沙龙的权力之战——这一切在他的强词夺理的言语中都暗含了黑色幽默，作者把他这样一个以色列的开国英雄变成了滑稽小丑。

托马斯·品钦也是黑色幽默小说家族中的一员，提到他，我总是有许多许多的理由放弃言说。我把《万有引力之虹》认真地读了两遍半。为什么还有个“半”呢？读了两遍还有一些问题模糊不清，就又读了一半，这才清楚了。阅读过后至少有八个年头了，很多问题又出来了，曾经清晰的东西沉没到了遗忘的大海，万物又模糊了。这个家伙把四部长篇小说穿插组合到一起，再用斯洛索普这个奇怪的人物把它们串联起来——这种方法其实也很简单，对于小说家来说真的是一种十分简单的方法，但对于读者来说，可就苦不堪言了。这部长篇我虽然花费了过多的时间与精力去阅读去研究，可我对它的评价并不慷慨。它的总体结构，也就是斯洛索普这条主线是有极大问题的。这个年轻军官，他性生活过的地方总是引来德意志的火箭，原来是他在儿童时被父亲卖给了火箭专家，他的性器官里被植入了与火箭引擎相同的材料——这种通俗科幻的思维模式的引入，难以使小说崇高起来。因为发现火箭击中的目标与这位军官的性生活的直接关系，盟军成立了一个叫“白色幽灵”的专门研究机构。机构负责人把他安排到海滨宾馆，叫一个女间谍对他进行专门培训。斯洛索普逃了出去，踏上了去探寻他的出身秘密的征途。我觉得小说的第三部分对于被德意志征服的非洲小部落的描述是能够叫读者脑洞大开的。这个部落为了摆脱自身的被奴役的厄运，男女不再相爱，只允许同性相爱，目的是杜绝生育，灭绝后代。部落首领恩赞说他们全死绝了，也就不会再被奴役了。这个自绝于世的民族，在德国北豪森的火箭基地，寻找挖掘到一枚像火车头那样巨大的火箭，场景十分壮观，这个将要灭绝的部落的劳动热情直冲蓝天。与天斗，与地斗，与火箭斗的壮举令人热血激流。这个非洲的被征服部落有了个名字，叫“火箭支队”。斯洛索普从海滩逃走，到了炮火连天的战场，随着他不断地靠近火箭的秘密，对于组成火箭的部件的逐渐了解与掌握，他自身却出现了相反方向的解体运动。火箭由零件逐渐组合成了整体，他由整体向零件迈进，最终解体了，消失了，不存在了，变成了无。小说中还有一个重要的内置暗藏童话：《汉赛尔与格莱特》。火箭似乎是格林童话中的“烤箱”，或者说火箭是“母体”，一个小个子黑人的进入（这个黑人好像是雄体自身的隐喻），完成一种特殊的结合，火箭才能腾空飞行……

我曾经对这部小说的黑色幽默性质不能理解，说它的幽默在哪里，还是黑色的？后来灵机一动，才感觉到它的幽默几乎处处都有，而且还是黑色的。比如一个偌大的科研机构“白色幽灵”，光医学科学家就有上百人，还是世界上这个领域的著名人物，他们研究的居然是一个中尉的性生活问题，设计把他抓住，施行阉割手术，想以此彻底解除德军V2火箭的严重威胁。整个第二次世界大战，无论是盟军还是德军围绕的中心竟然是斯洛索普的做爱，托马斯·品钦真是幽默了全世界一把。这种开全人类玩笑的非逻辑，没有正形，形象猥琐，难以在文学的崇高圣殿里占有一席之地。一个年轻人在其是职业间谍的父亲死后，在父亲的日记本里发现了一个叫V.的神秘女人，这位年轻人认定这个女人一定是父亲的情妇，决定用自己的毕生时间和精力去查找这个女性——这是托马斯·品钦的成名作《V.》的主体构架，这样的主体也难以产生崇高的小说，况且作者并不是要创作一个完整的情感结构，而是让这个年轻人陷入V.的谜团，进入虚无，V.代表了空和无，年轻人原来是与空和无作战，他一无所获，发展下去，他也将与斯洛索普一样解体消失。《拍卖第49批》写的是一个大富翁留下遗嘱，指定他曾经的情人为他的遗产执行人。女主角离开丈夫前去调查富翁的遗产，发现了一个地下暗邮组织——特里斯泰罗帝国。这引起了她极大的好奇，她把希望寄托到大富翁所收藏的一批邮票上。这批邮票便是第49批货组。盛大的拍卖会上，她等待着前来购买这批邮票的神秘人士。《葡萄园》与福克纳的《圣殿》大致属于一类小说，但它却没有福克纳的智慧，小说写得并不紧扣人心。

十七

有一部表现主义的名叫《加算器》的戏剧，是艾尔默·莱斯写的。连续劳作了二十五年的零先生，厌烦了这种每天重复的单调工作，要求老板加薪，遭到拒绝，他便杀了老板。他被处死后到了阴间，这才知道自己的无数前世都是他人的奴隶，为他人所管制。他无法接受这样的事实，愤怒痛苦，难以平静，他找到上帝，要求接管天堂里的一台加算器。上帝同意了，零先生竟然是个天才的加算器操作手。上帝让他转世，原来是人间有一台超级型的巨大加算器需要有人操作，他成了最合适的人选。我对零先生在地狱里对于他无数前世奴隶身份的发现——这一细节十分震惊。为什么像零先生这样的人就得生生世世做被他人管制的人，也就是奴隶呢？那管制他的人的权力是从什么地方来的？世上总有人当官，官是什么阶层？这些少数人为何就坐在多数人的头上？零先生在阴间的发现触目惊心，使所有的人不得不思索这个问题。艾尔默·莱斯是归到表现主义文学里的，与尤金·奥尼尔、爱德华·阿尔比属于一类。接下来我要分析的是约翰·巴思的小说，他是黑色幽默文学里的一个重要的小说家。

刚才从校园大门进来上学生公寓楼时，看见了贴在玻璃门上的通知。我猛然感觉到年的脚步的紧迫匆匆，感觉到冬季的易逝。这个学期就要结束了，1月12日封校，届时停电停水停暖，我就得离开校园到别处去。我感到这个冬天是我的生命中创作条件最好的一个冬天，这部《我的世界文学地图》的世界小说总论就是在这个冬天完成的。今夜是元月3日的夜，距离封校还有九天，有关美利坚小说的评述已经写了两万多字了，预计是可以在放假之前完成的。

在评述约翰·巴思的小说之前，我想先把塞林格和菲茨杰拉德的小说谈论一番。读塞林格的《麦田里的守望者》的时间大概是1986年前后，也正是我的青春岁月。那个年龄的我对于一个被开除的中学生对于成人世界的亵渎与反抗，觉得很过瘾，十分解气，心中的愤怒与怨恨都可以通过霍尔顿的呼喊宣泄出去。这个少年要做儿童麦田的看护者，儿童们都是麦田里的麦子，每一株麦子都变成了孩子，麦田四周是悬崖，崖下是深渊，霍尔顿的使命是不使任何一个儿童越过悬崖，掉进深渊。霍尔顿的小妹妹菲比是一个纯洁的精灵，还是童话世界的仙女，她代表了儿童世界所有的梦想与爱。假如要在麦田里找到一个最典型意义的“麦童”，那么这个小姑娘就是最好的代表。塞林格把成人世界写得如此恐怖，这可能是儿童心理所致，或者是不成熟的表现。难道越过了性这一关，成人就可恶起来了？这部小说对于世界的感觉和解释是偏颇的，它把成人世界与儿童世界截然分开，显然是有问题的。儿童怀揣梦想，把成人世界看作平庸的泥坑，生怕自己掉进这样的泥坑里不能自拔。儿童把未来的自己想象成伟大的人物，把他身边的成人看成庸碌之辈。当霍尔顿看见他的小妹妹菲比拿着行李奔跑而来，要与他一起到西部去寻找梦想中的净土——这一幕确实令人垂泪。这部小说像是一则童话，它不能再往下发展了，就此打住，似乎便到了仙地胜境。问题是这样的儿童思维虽然色彩绚烂、充满梦幻，但它毕竟是缺乏深度的小说文本，就像主人公霍尔顿一样，你拒绝掉进成人世界的深渊，那么就得进精神病院。这是一部给儿童或者青春期的年轻人看的小说，畅销流行有其必然性。

把菲茨杰拉德的《了不起的盖茨比》与福克纳的《献给艾米莉的一朵玫瑰花》放到一起进行分析，会有意想不到的发现。把后者中被南方老处女毒死的北方佬、她爱的包工头与前者到外地打拼挣了大量财富的盖茨比同时放到美国资本发展的链条上，你会发现他们是近亲兄弟，再把这样的近亲兄弟与现在的美国大亨比尔·盖茨放到一起，你会发现他们形貌相近，一眼就能认出来，他们都是亲兄弟。兄弟三个分别代表美国资本的不同阶段，这里说的资本也可以说成是美国梦。南北内战结束之后，北方佬到南方发展，争取资本的新地盘，这个北方佬被代表南方古老的化身的艾米莉小姐物色上了。北方佬是摧毁奴隶制的解放者，艾米莉小姐是蓄奴制的妖魔，她用她的身体和伪装成爱的奴隶主顽固观念的魔爪擒获了解放者，当北方佬刚一意识到自己的处境，想要挣脱魔爪之时，便被妖魔下了毒手。他被毒死了，她则搂抱着他的尸骸直到她自己的死亡到来。两者之间是旷世的恨呢，还是巨大的爱？南方奴隶主与北方解放者的关系用这样的人物关系与行为解释，这是福克纳的高超圣明之处。盖茨比也被古老南方的化身露西送到死神手里，这里的露西与艾米莉是亲姊妹吗？菲茨杰拉德与福克纳是同时代人，前者出名较早，要说受启发与影响的话，应该是后者受了前者的。盖茨比是了不起的，可他的奋斗里贮满了悲剧元素。他的美国梦是获得露西的爱情，与她结合组成一个比梦还美的家。他是穷人，没有金钱。金钱这个恶魔在这里又一次成了人的主宰。《呼啸山庄》里的希斯克利夫是主人从外地回来的路上捡的弃娃，他在财主家长大，爱上了主人的女儿凯瑟琳，但他近乎奴隶的身份给他带来了巨大的伤害，他走了，三年之后又回来了。他发了财，有了可以与主人的长子亨德尔相抗衡的金钱。希斯克利夫的金钱把呼啸山庄及周边的画眉山庄带进了时间停滞的死灭状态，毁灭了这两个山庄里的第二代继承人。希斯克利夫到外面的世界弄到了钱，不管这钱是如何来的，也许是像盖茨比那样搞的非法生意，贩毒走私，无所不为，也许是抢劫来的，革命来的，把财富的主人的命革掉，占有他的财富——不管怎么说，他是有钱了，有了钱就有了可以与凯瑟琳的哥哥、呼啸山庄的新主人较量的资本，他战胜了亨德尔，攫取了呼啸山庄。也许他并不是老主人捡的孩子，而是他的私生子，老主人不便于说明真相，就把他当作弃子收养了——假如他真是这样的身份，那么他所进行的夺取呼啸山庄的行动就带有捍卫他的既有利益的合理成分了，那么，他与凯瑟琳便有了血缘关系，他们就是兄妹了，他们的爱便有了乱伦性质。西班牙作家佛朗西科·阿亚拉的《杯底》——这部《惨死如狗》的姊妹长篇的结尾，商行老板鲁伊斯的妻子克利娜刺杀了她的情人路易斯·罗德里格斯的儿子小罗德里格斯，原因是克利娜的情夫罗德里格斯抛弃了她，而她是为了报复丈夫与女秘书坎迪出轨而投进情夫怀抱的。小罗德里格斯与坎迪定了终身之后，鲁伊斯几乎发了疯。小罗德里格斯被杀，死罪自然落到了鲁伊斯头上。鲁伊斯在确凿的证据面前，失去了活下去的信心，甘愿接受惩罚。这个时候，他的妻子克利娜来到死囚牢房向丈夫交代了一切：她是由于爱他而恨他跟女秘书搞到了一起，由于爱他而恨他才与他们的朋友罗德里格斯搞到了一起，由于罗德里格斯抛弃了她，她为了叫他心痛而杀了他的儿子……丈夫原谅了妻子，并情愿接受死刑。克利娜的丈夫鲁伊斯显然与盖茨比有基因遗传关系。盖茨比的心死了，对于生命也就没有什么依恋，他替露西承担了罪责，在面对威尔逊的枪口时，他的大脑闪过的念头是：这是我期盼已久的最后一幕。也许当年他离开露西之时，心就半死了，当他听到她嫁给汤姆的消息时，他的心的另外一半也死了。他获得了大量的足以推翻一个市政府的钱后，回到露西所在的城市，他不过是想与一具死尸重温恋爱时光，梦想这具死尸还有人的体温，可令他绝望的是，这个叫露西的女子浑身如冰，她把青春时期的爱人当作了她需要的金钱，她只是与一笔巨大的金钱逢场作戏而已。盖茨比确实已经变成了金钱，这样的金钱怎么可能会有人的体温呢？他融化不了似冰的她，结果是他也化作了冰雪。《夜色温柔》也是一部长篇小说。一个没有钱的心理医生娶了一位有巨大财富的有心理疾患的女病人，由于她的大量财富，丈夫辞去大医院的工作成了她的专职医生，把家变成了他的工作场所。随着日子进展，丈夫与另外一个女子坠入爱河，伤透了妻子的心。夫妻之间战争频仍，丈夫身心疲惫，妻子的钱财对他失去了吸引力，他遁向远方。妻子爱上了一个军官，而丈夫流浪江湖，行医为生，再也没有回来……《最后的大亨》的情节设计还蛮有意思：有两个商业巨头，一个爱上了另外一个的女儿塞莉西娅。塞莉西娅的父亲坚决反对女儿的选择，爱上塞莉西娅的商业巨头与她的父亲成了死对头，决计除掉对方。他发出了刺杀她的父亲的命令。然后他乘飞机前往她的父亲所在的城市，在白云之上他突然后悔了，决定取消刺杀令。菲茨杰拉德设计的小说情节是：飞机坠毁了。结果是，塞莉西娅不但失去了未婚夫也失去了父亲，一石二鸟。追求塞西莉娅的商业巨头出身贫寒，靠自己打拼，建造了自己的商业帝国，他追求另外一个根正苗红的世袭的商业巨头的女儿，是为了给他的美国梦涂抹更为浓艳的色彩。这两部长篇与《了不起的盖茨比》相比无疑逊色很多，但也不失为“迷惘的一代”的代表作家、“爵士时代”重要代言人的杰作。《人间天堂》和《美丽的和可诅咒的》也是值得了解和阅读的。

美国后现代主义作家约翰·巴思的《羊童贾尔斯》讲述了这样一个故事。上个世纪60年代的计算机大概有一座楼那么巨大，这个庞然大物，这个超级巨人与图书管理员克里米尔夫人交合之后有了一个叫乔治·贾尔斯的儿子。这个儿子是被一个叫乔治的黑人在计算机的电梯间发现的。当时，整个世界微缩成了一座大学校园，分东西校区，它们分别由两台超级计算机控制着。计算机有了自身的进化与演变，他的制造者麦克斯已经不能控制它了，解决的方案是让一个新的救世主创造一套新的哲学，利用新的哲学将计算机的程序重新编码，才能拯救世界。这就有了巨人计算机与漂亮的克里米尔夫人交合的故事，便有了新基督乔治·贾尔斯的诞生。麦克斯选择黑人乔治担当养育新基督的任务。他把贾尔斯放养到山坡上的羊群里，让他像羊一样长大成人。成长之路充满艰辛与危险。有一个叫莫里斯·斯托克的家伙是个计算机专家，他是巨人计算机的知音，他想要计算机自由发展，要计算机成为自主的无机生命，行使它自己的自由意志，这个家伙是不会让新基督安全成长的，在新基督的成长之路上布满了荆棘和蛇蝎。还有一个童话中精灵式的人物——诗人哈罗德·布雷，他说他才是真正的基督。这个精灵式人物与新基督的爱侣安娜泰西娅在大庭广众之下公开性交，被贾尔斯手中的棍棒赶开了。东西校园分裂并处在交战状态，贾尔斯三次与安娜泰西娅进入巨型计算机肚子里的肉体结合，他在瞬间快感之中，跨越了矛盾两元哲学，大脑的第三视觉看见了神秘混一的上帝。他的结局是被愤怒的学生私刑处死。他的命运重复了基督耶稣的命运，尽管牺牲了，但并未挽救校园。我想到的是，约翰·巴思为何没有把巨型计算机设计成羊孩子贾尔斯的母亲，而是相反，假如按照我的设想，贾尔斯进入计算机，便是与母体交合，便是乱伦，而这种行为有可能是挽救世界的唯一通道。这个戏仿性的基督进入EASCAC计算机中，便是进入了上帝体内，和迷宫中的雅典少年王子忒修斯一样，他将被巨型计算机吃掉，或者是他自身融化进去，消失掉了，计算机才能恢复原有的正常程序控制。这样的结合可能会产生出雌雄同体的新人类，与卡洛斯·富恩特斯的《我们的土地》的结尾一样，这样的雌雄同体新人类世纪的到来，使人类情感的新结构有了难以想象的巨大创造性空间。我联想到了澳大利亚小说家怀特的《特莱庞的爱情》中的人体两性的轮换体认，此时是异性恋，彼时却是同性恋，这个阶段是男性，那个阶段就成了女性，这种一体一种性别、却在心理层面上的双性认同局面，在雌雄同体的新神话中便有了迎刃而解的答案。

《羊童贾尔斯》中的校长与校长夫人（前任校长的女儿）这两个主要人物戏仿的是索福克勒斯的戏剧《俄狄浦斯王》中的国王俄狄浦斯与其母亲伊俄卡斯特，这一对母子结构的安排更能说明新基督挽救世界的雌雄同体意图。在英国大诗人弥尔顿的《失乐园》中，反叛的天使撒旦与他的女儿结合生下了儿子，而撒旦的女儿又与她生下的儿子结合生下了拥有同一个名字的一群狗。这群狗在它们母亲的阴道子宫里奔跑狂吠，世界难以安宁。约翰·巴思的巨型计算机的腹部，多么像是撒旦的女儿的子宫通道。

《羊童贾尔斯》中还有一个半人半兽的克罗克，希腊神话传说中的半人半马，梅尔维尔的《白鲸》中的印第安野人……众多的戏仿说明了作者渊博的文学知识积累。问题是这种戏仿性的小说到底有多长时间的生命力，还是个未知数。六百年后，或者六千年后，人类记住的只是被戏仿的原创性作品，这些仿制品，不管你暗含了多少反讽的智慧，都将被遗忘净尽。戏仿与互文方法的诞生，证明的是人类智慧的衰竭。巴思也曾经宣告了“文学的枯竭”，他想在这种枯竭的艰难前提下走一条新路，结果依旧是在老路上徘徊。《烟草经纪人》学习吸收了拉伯雷的《巨人传》、塞万提斯的《堂吉诃德》、亨利·菲尔丁的《弃儿汤姆·琼斯的历史》和威廉·福克纳的《熊》等众多文学智慧的成果，也算是部殚精竭虑之作吧。《曾经沧海》的侵入式叙述人说他的创作时间是1990年10月12日，而故事中的中心情节是发生于1992年10月12日的一次航海旅行，这便使小说具有了未来的梦幻色彩。故事中的航船在风暴中失事，两对夫妻死里逃生，爬上海岸，迷失了方向，进入到了一座迷幻的树林，故事中的作家遇见了他的双胞胎姐姐，还有他的另外一个自我，一个叫杰伊·斯克里布纳的人。这座迷幻的树林是魔林，是禁林的一种，带有祭祀圣地的性质，关键是入侵者将醍醐灌顶、大彻大悟，或者被改变一切，人生从此将会反转……这都是挺有意思的神启式小说智慧。

犹太作家伯纳德·马拉默德的启示录式的寓言小说《上帝的福佑》中，人类末日来了，新诺亚式人物科恩在人类最后的岛上，也许就是喜马拉雅山珠穆朗玛峰顶上吧，全世界被新洪水淹没了，留下的小岛实际上便是地球上最高的山脉的巅峰——科恩在这样的小岛上与活着的动物中唯一留下的雌猩猩交合，妄想繁殖出新的猩人，结果被那些公猩猩们杀死。山顶上只留下人类最后一个人的尸体，此后便是猩猩的世界了。说到了伯纳德·马拉默德，还是分析一下他的第一部长篇小说《天生运动员》吧。这部小说又译为《呆头呆脑的人》，小说在结构上把现实中的人物与故事镶嵌进了古代神话、英雄史诗亚瑟王的骑士寻找圣杯，力图使渔王恢复生殖能力，从而给干旱的大地引来雨水、焕发生机的“圣杯传奇”的框架模式里。这个神话模式在T.S.艾略特的奇诗《荒原》里曾经得到极大限度的应用与发挥，因此而产生了一首20世纪的长诗典范。这样的镶嵌手法詹姆斯·乔伊斯又在他的《尤利西斯》《为芬尼根守灵》中运用到了登峰造极的地步。在艾略特和乔伊斯那里，这种嵌入式模仿还没有发展到约翰·巴思这种戏仿或者叫滑稽模仿的程度，小说还是纯正的，追求价值的，而在巴思、马拉默德及一批黑色幽默作家这里，事物完全被颠倒了。约瑟夫·海勒的《第二十二条军规》把追求个人自由当作最高价值，而把一切制度，包括军人要服从的纪律都拿来戏谑亵渎，把战场上的逃兵当作英雄——这是反英雄的角色。在托马斯·品钦的《万有引力之虹》中，盟军阵营中波茵茨曼领导的医疗机构“白色幽灵”在狂欢节之夜准备把斯洛索普诱骗到手术室去，给他做去势手术，也就是把他的生殖器阉割掉——这样德国的V2火箭便不会落到盟军的阵地上来了，一了百了，彻底解决这个困扰盟军的令他们头痛苦恼的问题。这样的思维脉络本身便是幽默的，而且是黑色的幽默。由于斯洛索普与马维少校换穿了游戏服装，波茵茨曼一伙错把马维少校阉了——这样的幽默显然难以与前面的整体思维性幽默相比。把轴心国与盟军双方战争的核心建立在一个年轻人的做爱上，这实在是滑天下之大稽。

约翰·霍克斯的《食人者》是我惦记了二三十年的小说，它一直保存在我的意识中，酝酿发酵，变醋成酒，五花八门。第二次世界大战结束了，在德国本土有一个叫西善道夫的人要把德国从“外国入侵者”的占领中“解放”出来，具体的实施方案是把一个名叫利维的经常骑着摩托车巡查以防止暴民暴乱的美国监督员杀掉。西善道夫发动疯人院的疯子们，杀掉那名美国摩托车骑手之后，要把他的身体分而食之——这多么像是发生在中国周武王时期的神话传说，武王带领八百壮士在渭河南岸与一条龙遭遇上了。许多战士被龙吃掉，周武士带领壮士奋力与龙搏斗，最终用长矛和青铜宝剑战胜了龙。他们把龙切成碎块，用一口大鼎把它煮了，命令每一个战士吃下去一块。要想彻底战胜敌人，尤其是那带有神秘性的敌人，就得把它吃了，吃了以后，它就永远不会翻身了。约翰·霍克斯的小说还有《第二层皮》《情欲艺术家》和《血橙》，其令人吃惊的奇思异想，尤其是《血橙》，更是值得细心研读。

黑色幽默流派还有一位重要的小说家库尔特·冯内古特。《猫的摇篮》这部不太长的长篇小说我看得比较早，当时由于我对法国新小说派的罗伯-格里耶十分痴迷，对于这样一位带有科幻色调的小说家的小说难以重视起来。今天看来，他小说中的科幻成分，可以说是主体的架构，我已经没有当年神经质的反感了，与巴思的科幻主体，尤其是《羊童贾尔斯》中的巨型计算机的运用相比，冯内古特的科幻应该说是一种高智慧的自然科幻，而巴思还停留在人工科幻阶段。《猫的摇篮》中的原子弹之父在临终之际还发明了能够使江河湖海冻结的“九号冰”，他的三个子女继承了他的这份遗产。长子弗兰克因此为自己在大洋中的一个岛国换取了科学发展部部长的高位。此岛国不但有一个总统，还有一个精神领袖，后者创立了一种新宗教，能够把岛国民众的饥饿贫穷提升为一种艺术。总统因为患病不堪忍受痛苦，用“九号冰”自杀，结果使这个魔界法宝扩散到了世界各处，世界末日降临了，只有小说里的小说家本人和少数一些人得救。看来冯内古特是把小说家作为未来世界的救世主对待的，也许将来的某一天，世界上什么都消失了，只留下了小说家们的小说……

《五号屠场》中的主角比利被抓到了一个叫特拉尔法马多的星球上，被装进展馆特殊材料制造的笼子里展览，与他同时待在笼子里展览的还有来自我们这个地球的一个光彩照人的女明星——想象力乃真正神明，这是毫无疑义的。马洛和歌德的《浮士德》中，人魔狂欢的山上，魔鬼从古希腊召唤来了世界历史上最美的美女海伦，浮士德完成了与古代美女结婚的梦想，还养育了一个拜伦一样的儿子——多么辉煌美丽的想象！假如这两位文学天才把浮士德与海伦的床笫生活尽情渲染一番，写出能够与人类世界的最高智慧者与身体容貌最美丽者相媲美的龙飞凤舞，那将是对人类精神世界的又一大丰富、不朽的贡献。《时震》中时空统一体出现了弹缩灾难，导致的“时震”把宇宙震到了十年前，每个人都得重复他从十年前开始的一模一样的生活——这种重复生活将是比死还难以忍受的巅峰折磨，你会清清楚楚你下来的每一分钟会干什么。这是对于人类惩罚的最高级别的监禁，把你监禁在已知的未来之中，生不如死。冯内古特的短篇小说《石化了蚂蚁》似乎比他的长篇更有深度，把人类专制史描述得叫你身临其境，毛骨悚然。

十八

我早就想转移到对美国南方作家群的分析上来，可是黑色幽默的作家群体过于强大，我又不能越过在我心目中占有较高地位的作家，便迟迟地滞留在上一个章节之中了。弗兰纳里·奥康纳的《慧血》使我不期然而然地联想到了塞林格的《麦田里的守望者》，两部小说中的主角似乎有基因遗传关系。前者出版于1951年，后者是在前者出版一年之后出版，出生年月相差一年时间。两部小说都好像是按照严格的戏剧“三一律”结构的，固定的地点，有限的时间，人数不多的人物，主角只有一个。《慧血》中的年轻人海尔士·莫兹是个退役军人，他在年龄上比中学生霍尔顿年长成熟，肩负的任务就要沉重一些，他是乡村牧师的儿子，厌弃了原有的基督教，创立了自己的“没有基督的宗教”。这是个怪人，一个孤独者，非兽即神。这个年轻的退役军人为他创建的新的没有基督的宗教发展了一群怪异的信徒。一个白痴少年从城市里的博物馆里偷来了一个远古侏儒标本，把它交给了教主海尔士·莫兹。这个标本没有死，还具有暗藏的生命，成了这个新教的新基督。一个冒充瞎子的传教士的女儿爱上了海尔士·莫兹。还有一位冒充成海尔士·莫兹的骗子利用这种没有基督的宗教行骗，被真的海尔士·莫兹在一座平顶的小山上撞上了，他用他刚买来的破烂老爷汽车把对方撞死，抛到了山下的稻田里。海尔士·莫兹杀了人——不管人家是什么样的骗子，你也没有权利杀害对方。此后，海尔士·莫兹的日子便到了末日到来前的最后阶段。他在那个冒充瞎子的传教士的屋子的黑暗中发现了瞎子睁着眼睛在夜晚的一切行动，传教士的女儿要把身体献给他，遭到了他的拒绝。他哪儿还有心情做爱，他用石灰把自己的眼睛腐蚀瞎，给自己的鞋窠里盛上碎玻璃和尖石——如此惩罚自己也难以使内心平静，对于杀人的恐惧豹爪一样抓挠着他的心。他成了真正的瞎子，掩盖了他杀人的事实，但他没有丝毫的真瞎子生存的技能，最后被警察的警棍殴打，跌落到阴沟里死了。“慧血”指的是原罪，每个人从基因里带来的罪，必须经过忏悔救赎的罪。把这部小长篇与塞林格那也不算长的十五万字的《麦田里的守望者》比较分析，我们发现海尔士·莫兹显然比霍尔顿复杂深沉得多，如果说《麦田里的守望者》是一部童话，那么《慧血》便是一部黑色的童话了，在这里奥康纳所暗示给我们的宗教显然不是传统意义上的宗教，没有基督的宗教也许便是普遍宗教，泛宗教。海尔士·莫兹完全没有理由杀死那个冒充他的骗子，他杀死他，是想验证什么呢？人为的宗教无论哪一种，到底哪个才最接近真正的神明呢？人没有能力和权利创建宗教，人为的因素决定了人为的宗教的欺骗性质。神明从来不需要人来维护，更无须人为他创造教义和规章制度。人在自然界中，便就在神明观照之下，人的生命本身就有神明的神圣性。人只需要自然地生存，便就体现了神明的意志。

卡森·麦卡勒斯也是一位重要的南方作家。她的《心是孤独的猎手》把四位生活中没有希望的人集中到聋哑人辛格那里去倾吐心底里的希望与绝望，关于他们自己未来的计划与梦想。可以倾吐，可以倾听，可是双方的信息丝毫也不能抵达——这样一个结构本身就到达了文学的形而上阶段，不管这部小说行文好坏，细节描述如何，结构安排如何，它都是一部值得掌握和学习的小说典范。鸡胸驼背的罗锅李蒙也许是在来到爱密利亚所在的小镇之前，受到了正在坐牢的爱密利亚的丈夫恶棍马文的指示，小说没有交代，我们只好从上下文推测了。罗锅李蒙作为亲戚住进了爱密利亚的家里，从外人的眼光看来，他比她的丈夫与她的关系还要亲密，他几乎成了这个身材高大、结实强健的女人生活的唯一理由，她活着的目的便是照顾他，侍候他，他与她虽然不是夫妻，但比夫妻还要恩爱。可是大恶棍马文回来了，他一出现，就在李蒙的心理上引起了原子弹式的爆炸。他把马文的坐牢看作英雄壮举，你看看某某坐过牢，这是钦佩，也是羡慕，更是恨不得把对方当成他的领袖，带领他去打一座江山，将来坐了天下，他便是开国元勋。马文回来的目的是与妻子爱密利亚决一胜负，较量大战之中，关键时刻，李蒙飞鼠一样飞扑过去袭击爱密利亚，这个健壮高大的女人因此大败，马文与李蒙席卷了她的财物，还砸了她的咖啡馆，扬长而去。在这里李蒙的行为看似悖谬怪诞，实际上有其合理性。恐惧是导致李蒙反戈一击的根本原因。坐过牢的犯人——这样的光环闪耀着光芒，这种不要命的人有可能杀了李蒙，而他俩联手合作，打败爱密利亚则没有丝毫的危险存在。她毕竟是个慈善的女性，还没有把自己锻炼成凶恶的罪犯。这篇小说看似充满哥特味的传奇，实则是一则寓意深刻的象征寓言，它用简单的三个人物涵盖了人类关系结构的所有变形类型。两男一女三个人物，他们之间关系的演变转化，可以适用于人类的大小各个方面。比如一个民族占领了另外一个民族的土地，被占区的民众与占领者的关系大概就是马文与李蒙的关系，爱密利亚代表的是这块地域自身——还可以把这样的三人关系套到人类历史的方方面面，都会体现出它的永恒不变的价值。

还有一个叫雪莉·杰克逊的女作家，写过一个叫《抽签》的短篇小说，运用部落寓言方式解释群体与个人的关系。春天来了，深耕开始了，之前要用一个活人献祭神明，村子里的古老方式是抽签。当许多家庭中的一个家庭抽到献祭签，这个家庭还得决定再抽出那唯一的一个牺牲。在这严酷的态势之下，人的自私本能得到了最好的诠释。没有人会为他的家庭考虑，只会为自己的安全牵挂。当这个家庭的母亲抽到了那个牺牲签，其他家庭成员不是悲伤，而是庆幸自己得以幸免，第一个朝母亲抛出沉重圆石的竟然是母亲的孩子们，村人一起动手把母亲砸死了……这篇小说可以为上面那篇小说找到极好的注脚。

十九

在美利坚这片文学的大海之中还有很多我阅读过的小说，比如乔伊斯·卡罗尔·欧茨，她多次被提名为诺贝尔文学奖的候选人，这也说明她在美国小说中的实力派地位。我感觉她与加拿大的阿特伍德、门罗十分接近，她们的小说关注的问题，处理的题材，构思上的现实化、生活化倾向都是大体一致的。欧茨的《他们》中的核心人物是母亲洛雷塔，少女时代她与一个少年相爱，把这个少年偷偷带到她的卧室过夜，翌晨这个少年竟然被她的哥哥开枪打死了。她去买枪的途中与一个警察相遇，他跟她来到现场，当着那脑浆迸裂的少年的尸首，他强行与她做爱，实际上也就是强奸吧，她怀上他的孩子，只好嫁给了他。不幸的是，这个警察后来失业了，入伍上了战场，退伍后，到工厂做工，被机器砸死，她成了寡妇，又嫁给了一个开卡车的司机。她的儿子对于这个家有的只是恨，没有姑娘愿意嫁给他，生活如炼狱般苦难，没有希望。他参加暴力组织，打死了警察，由社会的受害者变成了残害他人的恶势力。她的女儿遭受继父殴打，还是少女就成了娼妓。好在她到夜校学习，爱上了有妇之夫的授课老师，拆散了人家的家庭，自己成了老师的太太……这般内容的小说显然距离崇高的文学还远。她的《奇境》《我生活的目的》的内容还没有《他们》的级别高，低俗平庸。《奇境》写的是一个叫杰西的年轻人，他的父亲因为经营的产业破产而枪杀了他怀孕的妻子和三个儿子后自杀，杰西是唯一幸存的孩子—— 一开始你就能感到这样的思维结构是世俗的，更是市俗的，下来的杰西的传记式书写又能创造出什么新内容呢？《我生活的目的》写的是一个年轻人的父亲在家门口惨遭枪杀，他的母亲精神崩溃，疯了。这个失去了父母的年轻人活下去，生存下去，与女人结婚，又离婚了，便与一有夫之妇相爱。当他知道了当年父亲遭枪杀的缘由是经济利益的争斗时，他对自己的议员身份恐惧起来。他的女儿为其黑人女友报仇，向另外一个议员开枪，他挺身而出，制止女儿的行为，结果受了重伤……这样的小说除了获得市场的欢呼认可之外，再也找不到什么价值了。我印象中欧茨的短篇小说《二十九条臆想》，还有什么《过境》，在意识流写法上有所创新。

在分析欧茨的小说时，我一时回忆不起她的第一部长篇小说《人间乐园》的内容，经过查阅，我的记忆恢复了。一个少女如何去找一个年长的人并嫁给他，这得有足够的人生经验和聪明才智才行。一般情况下，少女都是找她的同龄人成婚的。年长的成年人的钱可能是因素之一，年长者的地位也是因素之一，但年轻的女孩大多数情况下是鄙夷这两样东西的，被这两样东西俘虏的姑娘一定在她成长的阶段就认识到了男人这个根本性的东西的实质。要说《人间乐园》，就得把《麦田里的守望者》与它联系到一起对照分析。前者中的少女征服了一个年长的成年人，他的妻子已经有了三个孩子，而这个少女占据了他的妻子的位置，那位妻子与孩子们便失去了“乐园”，这里的反讽意味浓烈深厚。《麦田里的守望者》中的少年霍尔顿为何憎恨仇视恐惧成人世界？这是因为成人占据了社会资源。地位和财富都是成人的，孩子们一无所有，是被养育的奴隶，没有地位，没有经济，时常受到成人（父母、师长）的打骂（教育）。被中学开除的少年向往着远方的一片净土，那是因为远方那片他想象世界里的天地是属于他自己的，他有权，有一切，地位，经济，那片净土所出产的农林作物，还有那片净土地下的矿产——还有少年的妹妹，那是黑暗世界里的一缕灿烂的阳光，有了她，那片净土更是有了爱，有了亚当的另外一半，那根肋骨。儿童是未来的成人，在他们年幼的心理世界里早就把未来设计好了。《人间乐园》里的少女是更为现实的霍尔顿，她无须梦想到远方创造一方新天地，打造一个新家园，而是在她的身边拿下一个年长男性的身体和心，也就有了一切。她也许会想到她剥夺了另外一个女性的一切，剥夺了孩子们的父亲，但她是身处他们的地位之下的人，她有向高于她的一切复仇的心理和痛下杀手的手段。她一无所有，这便是最高的理由。

欧茨的很多小说基本上都沿用了“一个少女俘获年长男性然后嫁给他”这样的结构，《他们》《奇境》《如愿以偿》等无不是如此。这样的内容结构在菲利普·罗斯的《波特诺的怨诉》里虽然有了变化，但却有着本质的相同。犹太青年亚历山大·波特诺的精神崩溃了，只好去看精神心理医生，向他倾诉，以释放内心深处的压力。这种压力由来已久，起源于幼小时母亲对他的日日夜夜时时刻刻的管束，母亲的唠叨，母亲的训斥诅咒，母亲的巴掌与拳头……这一切构成了成年人的权力世界，这种权力不受丝毫的民主制约，它是绝对专制、绝对集权、绝对极权的。这位青年从四岁到三十岁，一直没有能力摆脱母亲的控制，心灵深受折磨摧残，他只有在被窝里悄悄手淫以缓解精神的压力，通过肉体的松懈释放心理上的重量。他自慰时的对象是什么呢？他幻想的性对象是谁？无疑是他的母亲。俄狄浦斯情结又一次把人变成其奴隶和俘虏。《美国牧歌》中的犹太殷实商人的女儿梅利为何离家出走、参加了激进组织，成了极端分子？我想问题的根本还是儿女在父亲这里首先是一无所有的被养育的奴隶这样的身份造成的。儿女什么也没有，这个家全是父辈的。梅利反越战，爆破邮政局，采取的全是激进极端的暴力手段反抗成人社会。梅利的极端行动造成了无辜者丧生，她为了活命，只能潜逃。她有的是钱的父亲四处寻找，五年之后终于在一个异教堂找到了她。她完全成了一个苦修者。父亲多番劝说无效，她坚决不跟他回到那个父辈社会——这样的情节使我联想到库切的长篇小说《耻》。《耻》中大学教授的女儿露丝自愿到边远地区黑人的农场去种田，受到黑人强奸也甘愿忍受，还给黑人农场主当了小妾。这又是为什么呢？父辈的罪恶，她要通过这种方式清偿。这又与犹太成功商人的女儿有什么关系呢？这两者可比吗？这里有角色的翻转技巧。露丝把女儿的身份翻转成了父辈，她便不再是父辈的被养育的奴隶与俘虏了，她承担了父辈的罪孽，代父辈去赎罪，这就从根本上把自己被养育的奴隶地位彻底扭转了，她心理不但没有痛苦，有的是旺盛冲天的自豪之气。这样看来，《麦田里的守望者》《美国牧歌》和《耻》等这类小说是有其内在的通道的，只要找到它的入口或者出口，爬进去，就能从这一个爬到那一个，再爬到下一个的心里。通过分析这几部小说，我完全理解了上个世纪三四十年代那些富家子弟纷纷离开父辈家庭去参加暴力革命组织的内因，那实在是年轻人的内心需求，他们需要解放，首先要从父辈这里解放出来。

美利坚20世纪的文学实在是过于浩瀚，曾经花去了我很多年华。维拉·凯瑟的《啊，拓荒者！》《我的安东妮娅》感觉上要比欧茨和阿特伍德的小说更有文学的自然成分，而不是压制的水泥预制件充斥的作品。《啊，拓荒者！》中亚里桑德拉与最小的弟弟埃米尔一直没有离开父亲死后留下来的农场。两个弟弟远走他乡，她唯一的男友卡尔也离开了家乡。小弟弟埃米尔上大学期间的暑假回到家乡，不可救药地与邻居的妻子相好了。他童年少年时就在心里爱那个女人，因为她是姐姐的好朋友，经常到他家来。一天夜晚，他骑马离开乡村庆祝活动的现场，到了那个年轻媳妇的家。他把马拴到马厩里，进门后没有发现她，就朝院子后面的田野走去。她躺在麦草垛下面的情景犹如夏娃在伊甸园里那样自然美丽，充满诱惑。他比她年龄小好几岁，但这不是相爱的障碍。麦草垛下的疯狂成了不可制止的命运的舞蹈。丈夫回来后看到了这胆大包天的一幕，他酒喝多了，头脑混沌朦胧，用他的猎枪向麦草垛射击，仿佛梦中的游戏一样充满迷幻色彩，浸淫着鲜血的花朵和残酷的美丽。《我的安东妮娅》中边疆荒村的安东妮娅一家，恍惚中像是生活在远古荒野。她在父亲死后到距离自家农场几十公里外的小镇去当保姆，爱上了火车站的一个工作人员。别看这样一个身份的铁路工作人员，他在安东妮娅的心目中可是人上人。她把自己的身体给了对方，却遭到抛弃。她怀孕后回到农场，生下了孩子。她嫁给了一个中欧移民，生了十几个孩子——这所有的细节都是由安东妮娅少年时代的朋友吉姆·博顿回忆的。他眼看着一个少女被抛弃，怀孕生子，又嫁人，生了十几个孩子，当他去看望她时，她把孩子们叫到他的面前，孩子们宛若旷野的植物茂盛蓬勃，孩子们的金色头发、黑色头发、红色头发……把人间的美丽全部集中到了一起，闪耀着人类的壮丽、顽强、繁盛。无论父亲是谁，只要大地肥沃，就会生长茂盛的生命，这法则是天地的，而非人的。生命的生长总是美丽的，蕴含着自然的伟大真理。人们之间的夫妻关系，是人的短视观念的结果，大自然承认并壮大一切男女关系，只要孕育，就无比伟大，只要养育，就是崇高的。原野上、院落里强壮的孩子们的奔跑与呼喊吵闹，这才是地球最珍贵的，其他的都是毫无价值可言的残忍陈旧的观念和由此而衍生的权力规则。阅读这部长篇小说我还有一个发现，张承志的《黑骏马》的小说主体结构：“我”对遭到流氓恶棍强奸的草原上的蒙古族姑娘的爱情夭折，对于她生下恶棍的孩子不能理解——这些显然是受到了《我的安东妮娅》的启发与影响。天地之子最能理解天地的美丽壮阔，天地之间草原上的生命蓬勃生长，这比什么都重要。种子与生命，这是天地之所以可爱的伟大的根本。

二十

我早应该与美利坚20世纪的小说来一个潇洒的告别手势了，可我一再被纠缠于此，也是没有办法的事。我对美利坚20世纪的文学曾经多么热爱，由此可以窥见全豹之一斑。前面说到过大诗人艾略特把现实镶嵌到古代神话史诗英雄传奇的框架里的《荒原》，说到了这种手法的普遍应用，说到了这种手法的进一步应用的副产品滑稽模仿性黑色幽默小说。我一时不能明白的是，像《堂吉诃德》这样的小说为何具有生命力，尤其是在我的小说认识里想把它打倒，却力不从心。我想这是因为这部长篇小说里的真实人物戏仿了虚构小说里的骑士英雄，而非这部长篇小说自身戏仿了已有的虚构的骑士小说，像比较有名的《阿玛迪斯·德·高拉》。现实生活中的真实人物模仿传奇英雄去行侠仗义，梦想去打天下，弄个什么小地方的皇帝当当，这样的梦想只能遭到现实世界的无情摧毁，一个人梦想的可怜和他自身的卑微，这是现实存在，企图改变这样的现实的努力，就像堂吉诃德那样成了人间的笑话。我预言《堂吉诃德》将在六百年后，甚至六千年后还会存在，但像约翰·巴思以及其他小说家的戏仿性小说将会迅速朽坏，不复存在。

艾略特还有几部诗剧不能不提及，这就暂时前往19世纪的美利坚去了。《大教堂凶杀案》中的贝克特是坎特伯雷的大主教，他与英国国王亨利二世之间的斗争形成了这部诗剧的主线。他结束了七年的流亡生涯，从法国返回英国，与亨利二世的斗争依旧剧烈，矛盾无法调和。他年高德重，行将就木，对于国王的权势没有丝毫的畏惧。他想他就要去见上帝了，人间还有什么可惧怕的呢？没有什么了。他回答道。亨利二世派去了四名骑士，贝克特没有躲避，依旧宣讲代表上帝的教会的权利，他被愚忠国王的骑士杀死。可以说这样的死是这位大主教真正想要的死，他为上帝献身，被尊为神圣的殉教者，得到了不朽。一个人企求盼望着他自己的死，有意让他的敌人把他刺杀——这样的人物形象对于读者的心灵确实是具有震撼力的。《合家团聚》也是一部诗体剧。哈利的年轻妻子在海上丧生之后，他回到大陆上的家乡，怀着他的妻子是死于他之手的负疚心理，感觉到自己处处受到复仇女神的追杀。他的母亲艾米无法接受他承担妻子死亡责任的变态心理，更承受不了他的再次离开母子分离，在各种打击下死去了。这个家庭随着母亲的死解体了。《鸡尾酒会》中妻子的情夫爱上丈夫的情人塞丽娅，这对夫妻便有了共同的苦恼，这也使他们两人恢复了以往的和谐。问题是那位被妻子的情夫爱得死去活来的丈夫的情人塞丽娅精神世界孤高奇异，她为了精神之爱而踏上了信仰旅程。她到了一个遍地异教徒的地域，开始以护士的职业服务异族，她的牺牲精神得不到理解，连生命也不能保全，她被处死了。后来那片地域发生了天翻地覆的变化，她成了当地被崇拜祭祀的女神。可以说这位曾经当过他人情妇的女子的精神之旅是成功的，她寻找到了她最终想要的“成圣”。她不满现世的庸俗生活，那样的结局使她变成了人们不朽记忆的一部分。艾略特是一位获得过诺贝尔文学奖的大诗人，他的长诗《荒原》曾经折磨了我好多年，我把它读过一二十遍吧，每句诗单独是读明白了，每一段落的内容也是明白的，但是把它们贯串起来，就糊涂了。或者说那些句子与段落本身就是无法连缀的，我硬是要融汇出一个结果来，这种努力一开始就走错了方向。不管怎么说，《荒原》还是在我的记忆里留下了深刻的印痕，神话象征模式结构在小说里的运用，也使我的小说显得不同于那些一般现实单一层面的小说。

《拉格泰姆时代》是多克特罗的代表作，它是1975年版的《马贩子米夏埃尔·科尔哈斯》。这两部小说人物命运的转折点都是主人公受到了不公正的侮辱，进而造反起义，掀起了波澜壮阔的社会运动。更有意思的是，在1811年克莱斯特的笔下，受到不公正待遇和欺压的是主人公的马——这样的道具，而在1975年多克特罗的笔下，受到白人破坏的是主人公黑色锃亮的轿车，经过一个半世纪时间的修炼，马没有得道成仙，变成比大气还轻的仙界精灵，而是由血肉之躯化成了钢铁之身，从吃草料变成了喝石油，哪儿坏了，可以换个零部件，继续飞奔，寿命延长了，是马的多少倍，难以计算。

二十一

总的来说，美利坚20世纪的文学——这片大海，我是从它的深水里泅渡过去了，爬上了19世纪的海岸。一些曾经被观光过的海岛，虽然名称内脏齐全，我想还是把它们遗落在那片海域里吧。我既然爬上了岸，就得晒晒太阳，把身上的水珠擦干，换上一套干净清爽的衣裳，坐在公主的对面，向她回忆我的另外一次文学之旅。

一个叫米里亚姆的姑娘与一个叫唐特里罗的意大利青年有了恋情，这位姑娘却被另外一个男性跟踪。在高高的海边悬崖上，那个跟踪者又来纠缠米里亚姆，唐特里罗不能忍受如此轻蔑他的挑衅，他扼住了这个纠缠者，在米里亚姆的眼神示意下，把纠缠者投下了大海。这个热恋中的青年就这样杀害了一个人，成了杀人犯，如此荒诞的处境竟然是在这般意外的情境下产生的。他为此必须要付出生命的代价。原来米里亚姆的父辈犯下了深重的罪恶，只要一提到他们的姓名，人们就远远地躲开了。那个跟踪者是以此来敲诈她的吗？他是威胁她必须嫁给他，跟他走？这便是纳撒尼尔·霍桑的长篇小说《玉石雕像》的主体内容。海丝特是霍桑的名著《红字》的女主角，把她与米里亚姆相比较，一眼就能发现她们的姊妹血缘。这里可以把海丝特的特征稍作改变。她在怀上了牧师狄梅斯台尔的孩子之后，离开了新英格兰，到了意大利，生下孩子后把她寄养到了一户农民家里。她自己学习绘画，成了一个小有名气的女艺术家。她是单身女性，必然会受到其他男性的追求，这个男青年也叫唐特里罗吧。此时来了一个跟踪者。这个跟踪者是她的丈夫——那个魔鬼一样的医生。假如牧师把老医生扔下悬崖，也就没有牧师被老医生长期威胁与折磨的身心俱裂了，然而，一旦杀人案告破，他却得受到法律的惩处。人为的规则总是在人类伦理道路上一而再再而三地破坏人类的幸福，宗教只是其中的一个方面。海丝特虽然是他人的妻子，但她与年轻牧师的相爱——这种爱情本身却是可能得到天地与神明赞许的，他们的女儿珠儿像监狱庭院里的一枝独艳的美丽花朵，带有自然的神性，她本身是神圣的，她的成长照亮了海丝特苦难道路上的黑暗。尽管她这样一个幼小的神性精灵不能挽救父亲狄姆斯台尔的生命，没有力量把他从魔鬼的手中解救出来，可她毕竟在父亲对于未来的瞻望中看到了漆黑宇宙的一缕阳光。这一缕阳光的明亮灿烂程度是一个人的智慧难以想象的，它可以直接把一个备受苦难的灵魂引进天堂。自然神性从来没有反对任何形式的对应结合，对于这样的结合之后的结果，对应双方的优点综合复制的第二代，遗传学的课程也不能作为反对的理由与神的命令，那只是人自身的有限经验的总结。人用这种遗传上的经验严禁的是近亲关系，即使如此，也不是自然神性所给予的指示。《带七个尖角阁的房子》中的品钦上校觊觎他看中的一块风水宝地，他诬陷这块土地的原有主人莫尔是巫师，因而把人家送上了绞架，莫尔临终前向上校发出了“耶和华使你的后代成为相互喝血的魔鬼”的诅咒。百年以来，品钦家族不断有人死于非命，莫尔的冤魂似乎一直在注视着他们。现在居住在这所大宅中的是姐弟二人，这两个人物不由得让我联想到爱伦·坡的小说《厄舍古屋的倒塌》中的姐弟两人。弟弟刚刚从监狱中出来，他身上早就背上了诅咒。这所百年老宅的时间与空间已经凝固，处在时间之外的冰冻之中，姐弟二人与外部世界被古老的诅咒完全隔绝开了。这个时候，姐弟俩的远房亲戚、一个名叫菲比的单纯善良的女孩的到来，对于这两个好像被时间冷冻起来了的姐弟来说，仿佛是天神派天使挽救他们来了。这个家族还有一位富有的法官，他被百年诅咒的铅水灌注了整个身体，他的贪婪邪恶不断向他施压，依旧计划着攫取更多的金钱。他是不祥的百年咒语之下的品钦家族的最后一个还债者，他的死依然充满神秘莫测的因素。弟弟当年入狱是法官阴谋夺取老宅财产的结果，这样的真相公布之后，老宅中一个房客承认自己是被诬陷为巫师的莫尔家族的最后一个后裔。故事安排莫尔家族的最后一个传人与品钦家族的黑暗中的阳光——善良单纯的菲比相爱，并成了夫妻。这样的结局意味着两个相互残害的家族终于走出了百年诅咒的深渊，他们在时间的冰冻空间里流的血可以蓄满一条山谷，筑建一座堤坝，那就会有一座血湖。新郎新娘离开老宅，到外地开创新的生活，两个家族同时摆脱了罪恶和魔咒。这部小说跟艾米莉·勃朗特的《呼啸山庄》有异曲同工之妙。《呼啸山庄》首版于1847年，比《带七个尖角阁的房子》早四年时间出版，说霍桑受到了艾米莉的影响，不算妄言。霍桑的一些短篇的成就似乎比他的长篇要高得多，《年轻人布朗》《拉帕其尼的女儿》《教长的黑面纱》《胎记》等，我就不在这里一一分析了。

戏仿与穿越这两种小说手法似乎都是模仿这种方法的延伸与发展。真实存在的现实中的人对于古代人的模仿，像《堂吉诃德》里的中年绅士阿隆索·吉哈诺对于中世纪骑士的模仿产生的是喜剧效果，但却是叫人心痛流泪的喜剧——这样的模仿不能算作戏仿。戏仿是虚构作品对于虚构作品的模仿——这种说法似乎也不准确。我要说的是，穿越的结果无疑是一种模仿。你的人物穿越到了某个时间带上，所行所思就得模仿这个时间带上的社会范式。阿隆索·吉哈诺尽管没有穿越到中世纪骑士时代，他在他的现世模仿前世——这种模仿相对来说比较好理解一些。假设阿隆索·吉哈诺穿越到了骑士时代，他在这个时代的大环境之中，照样行事，对于那个他穿越进来的骑士时代的人来说，看不出来他是在模仿他们的生活行为，但他自己明白他是在模仿他们。戏仿，滑稽性质的模仿，带有恶意戏谑的模仿，总归还是一种模仿吧。马克·吐温创作于1889年的长篇小说《亚瑟王朝廷上的康涅狄格州美国人》是我所知道的最早运用穿越手法的小说。这位由于头部受到打击而昏迷的美国人汉克·摩根穿越到了公元528年的传说中的亚瑟王宫廷所在地卡米洛。他把现代科技知识和民主制度带到了亚瑟王朝，并在这个朝代建立了共和国。与阿隆索·吉哈诺对于骑士风范的模仿相比，这位美国人并没有模仿亚瑟王朝的任何行为风范，他把他所生存的时代的现代文明带到了这里，开创出的是另外一番新天地。前者与后者似乎难以比较，主体构架是不一样的，但是我却在冥冥中觉得两者必有一个通道相连。汉克·摩根把他生活的“现代”，也就是他的时代通过他这个独特的人带到了亚瑟王朝，那么整个的亚瑟王朝同时也进入到他的时代，也就是美国的19世纪。两个时代的碰撞，轰轰烈烈，战争连绵不断，一个人对一个王朝的战争——这个汉克·摩根与阿隆索·吉哈诺之间的关系是什么呢？汉克·摩根没有像阿隆索·吉哈诺那样模仿中世纪的骑士英雄行为，他穿越到了亚瑟王朝之后依旧按照他所生活的19世纪美国那一套现代文明现代科技现代民主观念在生活，并且要把它们移植推广到他所进入的野蛮古老的王朝，那么反过来，是亚瑟王朝整个在模仿他，他倒转成了“骑士”和模仿成的骑士“堂吉诃德”。我总感觉到这里一定有模仿存在，原来是一个王朝对于一个人的模仿，这种模仿方式叫我吃惊。可以举些例子说说汉克·摩根在亚瑟王朝遭到的一些人——像王室总管、骑士凯的囚禁，在圆桌骑士那里被判处死刑，还有魔术师梅林及女魔术师、亚瑟王的妹妹仙女摩根的互相反对与斗争，但是这些因素似乎都可以忽略不计，因为亚瑟王朝大的方向是对于他的膜拜和学习。亚瑟王乔装成农民去民间考察，这都是汉克·摩根教化的结果。当他与国王被俘后，他培训教育出来的五百骑士骑的不是马匹，而是他运用现代科技在这个古老王朝制造的自行车。他在这里还娶了妻子，有了天使般的女儿，他们一家一道到法国度假休养。当他返回英国时，这个古老的王朝里已经没有他的位置了，亚瑟王不幸被害，内战的喧嚣声震耳欲聋。他与跟他已经学会了现代科技手段的勇士们一起退缩到洞穴中，宣告了洞穴共和国的成立，击退了野蛮势力的进攻。他竟然在这个亚瑟王死后的混乱时代受了重伤——这是不可思议的。这个王朝的任何伤害都不会落到他的头上，即使施加于他，也不能对他的身体造成些微损伤。魔术师梅林热心照顾受伤的汉克·摩根，对他施行了魔术，他一直昏睡到了他穿越之前的世纪。

一个淘气顽皮的孩子与一个成年黑人在一条大河上昼伏夜行，逐渐靠近了成年黑人憧憬的没有奴隶制的北方——在这样的航行中，孩子得到了成长。这样的小说人物及故事总是叫我神往，常常回味，余音绕梁。奔向自由与磨炼成长，这样的主题和意向，不断地激励着黑暗中的人们，他们的想象里还有一个自由的天国存在。这是《哈克贝利·费恩历险记》给予我的永恒的启示。

二十二

在《我的世界文学地图》中，我反复提到了梅尔维尔以及他的伟大杰作《白鲸》，并把这部长篇巨著作为人类从古到今所有经典文学的双高峰之一。我只选择了两部小说，梅尔维尔的《白鲸》是其中之一。这位受到过荷马、但丁、莎士比亚深刻影响的小说家创作的《白鲸》并不是凭空而来的，也不是他的年长的朋友霍桑能够引导的。霍桑只是在某个节点上点亮了一只飞翔的萤火虫，当然这是天意使然。看了他的《泰比》《奥穆》《玛迪》《雷德伯恩》之后，你就会认识到之后的《白鲸》必然会来到世上。在前面的作品里，你一定能够望见烟波浩渺的远方海浪中那头叫莫比·迪克的白鲸的雪白的影子。梅尔维尔一开始写的小说《泰比》就不是严格意义上的小说，他在游记的记叙中夹杂了社会学和人类学的研究心得，故事情节和人物反而只占了很小的比例。《奥穆》中大量漫谈性的段落，《玛迪》中对于政治伦理、文化哲学、人性的深层探讨——这样的写法在《白鲸》中得到了最大限度的拓展与发挥，一般读者无法接受这样的用论文方式写成的小说，没有人买它，读的人更少，以致作者本人从文坛淡出，只好以其他工作谋生了。《白鲸》确实是供文学专家研究的小说，一般读者很少光顾，也没有耐心和能力把它读完。要说谁是作家们的作家，我看除了梅尔维尔一人外，其他人的资格都不够老到。有人说博尔赫斯是作家们的作家，但他的小说还是容易拿下的，一个短篇，无论多么难读，花上一个小时就可以攻下，与前者相比，分量显得轻得多了。

我还是老老实实地把《白鲸》的内容回味一番吧。小说是个名叫以实玛利的人物以第一人称叙述的：我厌倦了陆地上的生活，要到海上去。我打算到捕鲸船上去当个捕鲸手。我到了海边，住在了大鲸客店。没有空床位了，只能与一个食人生番住到一个铺上。我对这个名叫魁魁格的野人十分畏惧，他竟然在半夜时分把我搂到了双臂里，我挣脱开来，后来发现他是一个慈善的人。他送给我一个香料炮制的头骨，还把他的财产与我分享，有了这样的民间仪式，我们也就成了结义兄弟。我与他一起被捕鲸船“佩阔德”号雇用了。船长名叫亚哈，是个非常古怪的家伙。他一直未露面，也就见不到他。船是由大副二副驾驶着。船上的雇用者也没有一个人提到亚哈，问也不能问，神秘得很。过了好久了，船正向南方航行，船长登上了甲板。他脸上的表情铸铁一般。我发现他的一条腿是用一头鲸的下巴骨制成的，不知被什么破相了，脸上的伤痕十分可怕。伙计们轮流攀上桅杆，向海洋远处张望，寻找着鲸群。亚哈把一个巨大的金币钉到桅杆上。他宣布这枚金币是奖赏给第一个发现白鲸的水手的。据说那白鲸非常大，十分神秘，还有个名字，叫什么莫比·迪克。大伙儿都很兴奋，像是喝了人血酒那样迷狂。亚哈按照他的计划要把捕鲸船直接驶向白鲸出现的海域。大副二副表示反对，说船长置一船人的生命不顾，寻找莫比·迪克，简直就是往魔鬼的怀抱里投。但是亚哈船长变成了一个专制独裁者，谁的劝告也不听，况且大多数水手十分执迷、兴奋，一心要去找那大白鲸，见见真神。捕鲸船过了大西洋，进入了印度洋，大伙儿更兴奋了。他们遇到了一位英国船长，对方劝阻亚哈不要去惹白鲸。大副也想说服亚哈，但是已经没有用了。全船水手与亚哈一样都被白鲸迷住了，根本不知道恐惧是何物了，似乎与白鲸打一仗大家就能进入天国。大副要阻止亚哈，他却抄起了一杆枪，对着大副，把他呵斥走了。魁魁格得了热病，病很重，要死了，他要求给他做口棺材。棺材像是独木舟。后来他的病又痊愈了，他在棺材上面刻画了许多他所在部落的古怪图案。船上有个叫费拉达的印度拜火教徒，他与亚哈关系非同一般，他像是变形的命运之神。他的预言耸人听闻。他说海上将会出现两口大棺材，届时只有一个人能活着回去。漆黑的深夜，暴风雨席卷海面。闪电点燃了三根桅杆，火焰照亮了如山的汹涌海浪。亚哈的喊声传遍了黑夜，原来他发现了白鲸。大伙儿跟随亚哈追赶白鲸。追了三天，终于赶上了白鲸。除了以实玛利一个人，白鲸把全船的人拖进了深渊……

我的概括实在过于简单了，这是没有办法的事。皇皇巨著，洋洋五十余万言，我的区区文字如何能概括得了呢。斯宾塞的《仙后》第六卷《卡利道埃（礼节）传奇》的“喧嚣的野兽”布拉堂，是莫比·迪克的前身。布拉堂象征不可捉摸的、无解的猎物，它最终从英雄骑士手中跑掉了，到世间继续作恶为害。拉什迪的《羞耻》中“白豹痴女”之合体野兽，与《白鲸》《仙后》也有千丝万缕的联系。可以说象征隐喻在《白鲸》中的应用取得了登峰造极的成就，它是形而下细节与形而上思想的最佳组合范例。在具体可触的现实情节细节中找到了挖掘不尽的象征意义。捕鲸船是人类社会的微缩版，其成员都是社会种族的代表。对于以实玛利来说，海洋是他的避难所。他是想避开陆地到船上来的。陆上社会对他来说是地狱，他到海上去，内心里充满了离世的愿望。亚哈船长追逐莫比·迪克，是要深入海洋之心，是要面对神明，这就超出了人类认知的极限，这种挑战也就蕴含了人类的狂妄以及对神界的亵渎。这种疯狂恰恰宣扬了古希腊悲剧和文艺复兴时期悲剧中人物身上伟大的自由精神，即使它是被诅咒的、毁灭性的。捕鲸船注定的悲剧命运，使这部长篇小说赢得了崇高的气魄、庄严宏大、神奇独特的经典品格。看起来梅尔维尔好像只写了一个貌似单纯的海上打猎故事，但它却是人类最复杂纷繁的小说，这对后来者——20世纪的文学大师威廉·福克纳、克洛德·西蒙等诺贝尔文学奖得主的影响和启迪是不容忽视的，《押沙龙，押沙龙！》《弗兰德公路》的辉煌是建立在《白鲸》这座基石之上的。它是历险，是戏剧，是哲学，是科学，更是史诗，是人类最伟大的浪漫象征小说。

梅尔维尔在《白鲸》之后还有《皮埃尔》《伊斯莱尔·波

特》问世，不但没有为他重新赢得读者的青睐，还为后来的研究者提供了一些佐证，说这是他的文学才华大幅度退化的样本，因为这些文本的确大大逊色于《白鲸》。《温托尼·西兰诺》也是相对来说一般化的作品。《书记员阿特尔比》的形而上意味令人心里一振。文学史上说《比利·巴德》是一部小说杰作，我读了之后，并没有产生同感。威廉·福克纳的《寓言》与这部小说形神几乎如出一辙。两者都试图在寓言领域开掘出不朽的辉煌，结果却是适得其反。把《新约》的中心人物移植到人类现代社会的努力是吃力不讨好的。在这一点上，苏联时代的布尔加科夫塑造的“文学大师”的形象，可以说接近了基督的水平。这可能是有赖于撒旦沃兰德一行闯入独裁专制的莫斯科所造成的闹剧效果。撒旦一行是专程来救文学大师的，来把他接走的。一语成谶的是，不幸的布尔加科夫在完成这部杰作不久之后就真的跟随拯救者撒旦走了。

二十三

这部小说阅读心得快到尾声了。我的大放厥词也许会受到许多人的厌恶，也一定会得到善良的朋友们的包涵与喜爱。我还能想得起谁呢？爱伦·坡和梅尔维尔与霍桑同为19世纪美国文艺复兴的主将。他的众多的短篇都是天才之作，是超越了善恶界限的艺术珍品。《一桶白葡萄酒》《黑猫》《泄密的心》等小说里有违人伦的杀人游戏，对于你的道德防线有一定的冲击，但你不能不惊讶于它的艺术想象之奇异孤高。尤其叫我不能释怀的是《红死魔的假面舞会》，这个短篇小说的容量大于许多用现实主义手法书写的长篇社会小说。瘟疫来了，领袖人物带领大伙儿躲进了山区城堡，把数道大门封死，力图与外面的瘟疫世界隔绝开来。城堡里的空间哪会像外面的世界那样广阔，人心受到挤压，寂寞难耐，于是举行了假面舞会。他们把城堡里的房间一间一间布置得花里胡哨、美轮美奂。舞会进行到了狂热阶段，有一个陌生的假面者出现了。尽管大家都戴着面具，可人们对于那陌生的东西还是一下子就能感觉出来。这是五官之外的第六感觉。这个陌生的假面者从布置成不同颜色的房间中穿越而过，王子跟随他进入到了一个布置成黑色的房间里，拉开他的假面具，发现那原来是一具骷髅。王子轰然倒地，红死魔越墙而入，城堡里的人成批倒亡，红死魔一统天下。这样的想象力我辈难以企及。爱伦·坡这个短篇天才，在他四十岁时，由于生活的无望苦闷，倒进一条水沟里死了。与他结婚的年龄小他二十几岁的十六岁的表妹在唱歌时，脑血管爆裂，一朵鲜花枯萎了。这都是爱伦·坡的贫穷导致的不幸。百年之后，美利坚为他迁墓，还大师以尊严与荣耀。号称美国文艺复兴的三位文学大家，其中有两位都是如此境地，生前默默无闻，连一个正常的生活都不能享受，这不能不说是美利坚的悲剧。资本膨胀的车轮如山岳一般轧过文学天才的脊梁，把他们碾成肉泥。因为高雅孤高的文学不会受到同时代人的重视，赞颂之词是后代慷慨赠予的，同时代人从来都是那么悭吝与小气，因为他们怀着邪恶的忌妒之心。他们会说上帝把才华给了你就是对你的最高奖赏，你们在物质占有上也要做第一名吗？太贪婪了。

华盛顿·欧文的《睡谷的传说》《鬼新郎》《瑞普·凡·温克尔》都是带有浓厚传说色彩的短篇杰作。欧文与中国传说的思维比较接近，其小说像是出自中国人之手。还有库柏的长篇小说也值得浏览了解。

一个老头儿带领着他的儿子、女儿和女婿们整天在他拥有的土地上挖洞，说他多次梦见过埋在下面的金子，但有一亩小块土地是献给上帝的，他从来没有在那上面动过一锹一镬，也不允许其他人动镐动锹，不能有丝毫的对于上帝的冒犯。这个老人叫泰伊·泰伊。在这疯狂的掘金热中，这个家庭充满了血腥的暴力和乱伦的情欲。泰伊·泰伊的众多儿女中，一个姐姐勾引她妹妹的丈夫，这位妹妹发现后差点儿杀了她的丈夫。这位妹夫看上他妻子的嫂子，与她同床共枕之后，去参加纺织工人罢工，混乱中送了命。老头儿还有一个儿子，从外地回来后，也看上了他的嫂子，这个叫格丽塞尔达的女子与这位丈夫的弟弟迅速上了床，却被这位弟弟的哥哥撞见，哥哥开枪杀了弟弟之后，无法承受杀弟罪责，自杀了。泰伊一家一下子死了三个男性青壮劳力，老头儿心里想的还是埋藏在地下的黄金。他还有一个名叫肖的儿子，他在家庭的性与血的泥潭中盼望着这个儿子回来，开挖新的地洞。他又一次在夜里梦见了金子的光芒，那金光就是在他站立着的那块土地深处放射出来的。这个家庭陷入了最高家长老父亲的金子迷梦中，就像被打上了灾难的魔咒，没有希望，没有前途，有的只是血腥的贪婪之下的凶杀和情欲，对于性的饥渴如同对于金子的贪婪一样，都是使这个家庭毁灭的必然因素——这便是厄斯金·考德威尔的长篇小说《上帝的一亩地》的主要内容。考德威尔是与安德森·舍伍德、威廉·福克纳、托马斯·沃尔夫、厄内斯特·海明威同样杰出的小说家。2010年我曾经说过，即使他获得了当年的诺贝尔文学奖，我也丝毫不会意外。我一直把他当作三流作家对待，原来他是个伟大的作家，比一流还要一流。他不单单是小说写得优秀才成为一流的，而是他竟然创造了一种使我深感惊奇的创作方法。他用喜剧的方式，最夸张的笔墨，来写悲剧。他的人物完全舞台化了，舞台上的木偶，像是中国的皮影戏，皮影被幕后人完全操纵。《烟草路》中写六十多岁的杰特，他的母亲“老奶奶”，他的妻子艾达，他的儿子杜德，他的“儿媳妇”贝茜姐妹，他的女儿艾丽·梅，他的女婿洛夫。他有十七个女儿和儿子，死了五个，还有十二个，其他的都走了，远远地离开了烟草路边的这户农家，像是植物的有翅膀的种子一样飞翔走了。把长篇小说如此戏剧化处理，如此舞台化，把人物如此简化，棱角化，小说几乎是他们的对话构成的，这样的小说我竟然到今天才见识到（这话不太准确，其实尼日利亚作家奥克利的《饥饿的路》就是这样的舞台戏剧化的小说，我早就读过）。它在我身边躺了近三十年，我今天才把它“宠幸”，这实在太过于滑稽有趣了。我这个号称可能是阅读小说最多的小说家，也会有如此的感慨，这说明什么呢？这并不说明我说的是假话。世界上的小说实在是太多了，伟大小说的量也是太多了，被忽视的可能性也太大了。但是幸运的是，考德威尔最终没有被我忽视，在我的心灵里获得了崇高地位。我见识了一种完全不同于以前所阅读小说的写法，处理人物的方法，这是我最大的收获。他的《上帝的一亩地》创造了一千四百万册的销量，这部长篇我还没有找到它的中译本，但据我所查到的对于它的介绍，我已经深深地爱上了它。这又成了我的一个期待。有期待就有希望，在希望中生存。我回忆起看过的这样的电影，美国南方乡村背景，挖金子的角色，我以为是福克纳的小说改编的。福克纳的《村子》中，一个骗子到处宣传说他的老宅子的泥土之下有法国人的老祖先埋藏的黄金财宝，还花钱雇了几个工人去日夜挖掘，引诱得买主也去悄悄挖掘，结果还真的挖出金子和古钱币。老宅得以高价脱手。我也写过一篇有关挖宝的短篇，讲的是一个贫农成分的十岁孩子想从地主留下来的老庄子里挖出财宝，结果把一个八口人居住的窑洞挖塌了。这家地主早在土改时就被灭了门，绝了户，少年家居住的就是那地主家的窑洞。在坍塌的窑洞后面，财宝果然出现了，原来是一个陶瓷罐子，罐子打破后，从里面涌出的是蛇蝎、蚰蜒、蜈蚣等五毒虫类，它们漫延而出，源源不断，把整个村子覆盖了。

二十四

西奥多·德莱塞的《美国的悲剧》中的男主角——这个英俊潇洒的青年，与一个贫穷的姑娘相爱，姑娘有了身孕——这个节骨眼上，一个有钱人家的小姐爱上了他。他出身虽然低微，但他有一个实现了美国梦的叔叔，是个企业大亨，这当然也是有钱人家小姐爱上他的原因之一。这位青年明白这样的机会是难得的，绞尽脑汁想甩掉那有了他的孩子的贫穷姑娘，利用一起去游泳的机会，把母子两条生命——姑娘与她肚子里的胎儿——按进深水里溺死了。他制造的假象骗不过刑警，他的最后归宿是被送上了电椅。这又是一个美国梦的破灭。诺曼·梅勒的《一场美国梦》写的是同样一个青年，他与一个有钱大亨的女儿订婚结婚，一直压抑着自己的禀性，有一天，妻子的公主脾气发作，他没有控制住自己，爆发了，把她扼死了，然后把她的尸体抛下高楼，造成了她自杀的假象。这也是一个与美国梦紧密相连的杀妻案。有钱大亨知道女婿之所为，他没有告发女婿，只是有一个条件：女婿必须赤手空拳攀缘窗台，在百米之高的大楼周围走一圈。这个杀妻犯在深渊之上，成功地沿着窗台走了一圈。之后他远走危地马拉，消失到了荒岛上的原始丛林深处。这两部长篇中人物命运的差别，说明从德莱塞到梅勒之间有四十年的时间距离，从亦步亦趋的现实主义传统文学到现代主义文学之间的裂变进化，把被杀者的父亲的心也改变了，他不把以杀人者必须偿命作为对凶手的唯一惩罚，而是运用了近似黑色幽默的手法，让罪犯在生命的极限危险境遇下，将过去的灵魂彻底死灭，在极度恐惧中完成新灵魂的诞生。这是对于人类法律中的死刑的最高级别的思考，这一残酷刑罚在全人类中全面废除的日子必将到来。

前面说的这两个小说家与亨利·詹姆斯相比，差距是十分明显的。这位出生于1843年的美国小说家，在小说中的心理性格刻画手法的运用上所取得的成就是非凡的。《鸽翼》《特使》

和《金碗》是我迷恋了二三十年之久的小说。《鸽翼》中秘密订婚的一对情侣，男子是个穷记者，有钱的另外一方不敢把她与他的关系公开。这位名叫凯特·克罗伊的有钱有地位的姑娘与一个刚刚从美国来的继承了百万遗产的名叫密莉的姑娘结识并成了好朋友。当她得知密莉深染重疴、不久于世之后，她不但设计了密莉与穷记者的现在，还设计了自己与将会获得百万遗产的富记者的将来。密莉在弥留之际明白了凯特与她的丈夫的关系，他在与她结婚之前就是凯特的未婚夫，她没有丝毫的嫉恨，把世界上的美好留给了这对早就私订终身的恋人。这里就有了爱，爱的力量能够使世界美好起来。爱的基础为什么是百万金钱？金钱这个魔鬼的使者，它给善良有爱的人带来美好，它给邪恶残酷的人带去的却是丑恶……《特使》这部长篇小说是我在北京工作时买的，一直对它不舍不弃，长爱不移。古老优雅的欧洲改变了来自新大陆的特使。特使改变了劝说他来的女士的儿子回归美国的初衷，完成不了这样的特殊使命，在美国等待他归来的有钱女士就不能兑现嫁给他的承诺，他被这块古老的土地迷住了，即使丢失了新大陆的婚姻也没有什么关系了。《金碗》中一对相爱的年轻男女，男子与一对父女中的女儿有了爱情，女子与这对父女中的父亲有了婚约。原先的那对恋人一起去古董店买礼物，女子要把一只有裂纹的镀金水晶碗买下来作为礼物送给男子与他的新妻子，男子嫌那道裂缝有不祥的预兆，没有同意。后来这对父女中的女子去买下这只金碗时，得知了她的丈夫与继母的私情。镀金水晶碗在夫妻争执中被打破，这似乎并不预示着这两对夫妻关系的碎裂解构，而是代表摧毁了他们夫妻生活头顶的梦魇。金碗的打碎预示着旧生活的死亡、新生活的诞生。这两对夫妻中的一对，回到了大洋那边的美国，遥远的距离变成了新的金碗。这碗是纯金的，不是镀金的水晶，任凭什么也打不碎它了。亨利·詹姆斯最优秀的长篇小说我觉得应该是《一位女士的画像》。它之所以高于其他小说，原因是这里有一个患了肺病的大银行家的儿子拉尔夫。这个世纪肺病是绝症，是不治之症，死神附丽在拉尔夫的躯体上，但他的人生态度并不悲观。他有一个表妹，她的父母双双离开了人间，姑母把她从美国带到了英国。拉尔夫爱上了表妹，但他只能把爱深藏心底。他要求父亲分一部分财产给表妹。表妹有了财产，身份地位便改变了。金钱财富资本这个恶魔又在这部长篇小说里来了，它这一次扮演的角色是天使。它一再在小说中出现，在人物的命运中扮演举足轻重的角色。雨果的《悲惨世界》中它扮演过恶魔的角色，也扮演过上帝的角色。它拒绝到沦落为妓女的芳汀那里去，它便是恶魔，它通过树脂玻璃假造宝石到了冉阿让的手里，它就成了天使。冉阿让经常到黑暗的森林里把六十万法郎埋藏或者取出，给当地创造了一个一到六月魔鬼就到森林里去埋藏宝藏的传说。民间口头文学中，冉阿让成了魔鬼，那么金钱在这里也应该是魔鬼的形象。表哥拉尔夫在亨利·詹姆斯的这部长篇小说里的角色类似冉阿让，他要把表妹变成天使，先得使她有财产有金钱。果然，地位得到改变的表妹成了上层男子们纷纷追求的王后珀涅罗珀。这一切源于有财产有地位的不久于世的表哥，他使她的表妹实现了从贫穷的灰姑娘、丑小鸭羽化飞升为公主王后的梦想。《一位女士的画像》创作于1881年，晚《悲惨世界》二十年，作者所受到的影响是不言而喻的。前者就像是后者的一个小型仿制，即使如此，这部小说还是被利维斯这样的文学评论大家称为少数几部最伟大英语文学中的一部，可见它的文学地位的非同寻常。

我在论述美国小说时，把杰克·伦敦遗漏了。同时遗漏的还有罗伯特·库弗、唐纳德·巴塞尔姆、雷蒙德·卡佛、安·佩蒂、博比·安·梅森等。杰克·伦敦的《热爱生活》《白牙》《野性的呼唤》大家相当熟悉，我也就没有必要评论它们了。对于我来说，《海狼》这部长篇有一个意外感触。凡·卫登这个文学评论家，好像还没有成家，只是个评论者，初写文学的评论者，他参加朋友们的周末聚会，归途中遭遇海上大雾，船被撞沉，生命岌岌可危。这时他被一艘叫“魔鬼号”的帆船上的拉森救了起来。这位船长原来像《白鲸》里的亚哈船长一样是个独裁者，是个恶徒，他并没有把凡·卫登送上岸，允许他回家，而是强迫他留在船上干体力活。这一下子，凡·卫登由一个作家评论家的梦想者变成了捕豹船上的奴隶，被迫劳动，体力柔弱并不能作为逃脱拉森鞭打体罚的理由与借口，想歇一口气，不行！他完全失去了自由，失去了作为自由人的一切权利。这个转变对于凡·卫登太过于重大了，他必须活下去，他也没有想到自杀，他强忍着拉森的奴役，由一个文弱的书生变成了一个高强度的体力劳作者。这种劳动是没有回报的，他成了百分之百的奴隶。这仿佛是一场噩梦，一时难以苏醒过来，也就摆脱不了。假如故事就这样延续下去，那么凡·卫登活不了多长时间就会死掉。既然是小说，而且是名著，还是杰克·伦敦写的，就会出现转机。一个叫莫德的年轻女子被从海里救起。这是第二个被救者。也许那些水手大副二副三副也都是魔鬼拉森救起的。这个年轻女子一上船，船上的世界就有了巨大的变化。这位年轻女子当然也是不会被拉森送回家的，她必须在船上服役。这艘船的象征性是值得深究的。凡·卫登经过一段时间的奴隶式锻炼，加上他原本的文学家的气质，两种元素把他塑造成了体力智力双强的强者，莫德一上船就被他征服了，她没有任何条件地爱上了凡·卫登。这么年轻漂亮的女子，拉森是不会把她让给奴隶的。他首先占有了她。

她虽有反抗，也不强烈，最后就接受了。她的身体虽然被拉森占有了，但她的心是属于凡·卫登的。凡·卫登也不会因为拉森的行为打在她身体上的印记而嫌弃她。他们都是英雄，天地巨人，海上英雄，不会把什么贞洁当作有价值的东西。英雄与巨人总是能跳出庸常人的可怜框框，享受生命的美妙，而那些庸人却跳不出人为的狗屁观念，结果为自己制造了可悲的灾难——英雄从来不在乎这个女子与哪些男子有过那么一腿，没有关系。这样，在这艘船上，莫德尽管成了拉森随意尽兴的玩物，可她却是另外一个暗藏着未来的更强大者的心上人。他们两个最终从这个专制独裁的船上逃走了——这样的逃亡的寓意也是无限深刻的，象征性可以无限扩展开去。男子与女子逃到一座海岛上，鲁滨孙的海岛，荒蛮世界。这个时候主宰人物命运的不是专制独裁的拉森船长，而是自然本身了，一男一女要生存下去，就得与自然斗争到底。这是凡·卫登成长为强人英雄的第二跳。与人群里的强者战斗之后，紧接着就得与大自然这个强大的敌人作战。大自然虽然是养育人类的母体，可它在一定条件下却是杀手。没有食品，没有饮水，没有保护自己的房子或者山洞，这一切都得你去从大自然那儿争取过来。这样的类似鲁滨孙的折磨、磨炼，使凡·卫登不但有了养活自己的生存能力，还能养活他的另外一半——夏娃——莫德。他与莫德把这座荒岛变成了伊甸园，好像成了人类的始祖。下来就必须进行第三个转折了——拉森的捕豹船撞到了这座小岛。上了岛的拉森可不是船的主宰者、船的专制独裁者了，抛弃了船，他也就得把什么都抛弃了。岛的主人是凡·卫登和他的女人莫德。上了岛的拉森还想重现他在船上的那一套，显然是不合时宜的。即使岛的主人不惩罚他，上帝也要处置他了。拉森的大脑病了，这是上帝对他处罚的结果。他失去了以权力奴役他人的根本——他的身体，他也就一无所有了。也许上帝叫拉森驾船来到凡·卫登和莫德的小岛，目的是让他给这对情侣送来帆船。上帝恩赐给拉森的是疾病，是死亡，凡·卫登和莫德埋葬了拉森。拉森的命运完成了。船虽然坏了，一点儿关系也没有，凡·卫登的体力经过磨炼强壮了，上帝满意了，而且他的智慧正等着施展的机会呢。把拉森的坏船修好，这是上帝安排给他的任务，也是使他走向上帝的宠幸者的必由之路。修好了捕海豹船，两个有情人终于能够回归文明社会了。莫德这位女性由强大转为柔弱，由男性化回归为女性化，这好像也是上帝的安排。当她没有爱情的时候，她是强大的，甚至强大过于男人，可当她爱上了某个男子时，她的身心都有了依托时，她自然就会弱化，就会温柔化，就必须成为爱的化身——这是上帝规划好的。有评论说这位女子的变化是作者的败笔，这无疑是评论者没有分析透彻这部作品才会产生的误解。

《铁蹄》过于政治化的内容让一个弱女子担当叙述者，软化了那些社会性的内容，小说性则增强了。有一篇叫《寂静的雪野》的短篇，实在是难得的好小说。两男一女，两个男子是淘金的伙伴，茫茫雪野中救了一个女子，女子为其中一个男子所属。一棵千年大树倒了，压得那个女子所属的男子奄奄一息，男子临终把女子托付给了另一个幸运的男子。自然法则真是强大，不容改变。

二十五

我在前面已经提到了加拿大的玛格丽特·阿特伍德，这位1939年出生的小说家著作浩繁，用著作等身这样的词来形容，已经难尽其意了。其他长篇小说不说，我单就《盲刺客》谈一点儿感受。这部作品里的故事有四个层级。姐姐艾丽丝在妹妹劳拉以车祸假象自杀半个多世纪之后，一直生活在妹妹的阴影里。她已经八十二岁了，在人生的最后阶段，她的大脑里回放着过去的时光。艾丽丝的家族是加拿大某个小镇上的豪门望族，在她父亲这一代，这个家族陷入了衰败的厄运之中。父亲为了拯救这个家族，把年仅十八岁的大女儿艾丽丝嫁给了已经四十多岁的、有政治背景的、实力雄厚的企业家理查德。这位父亲便去撒旦那里报到了。之后艾丽丝的妹妹劳拉也成了姐夫理查德家的被养育者，成了一个失去了一切权利的孩子。这样的状况，似乎是姐妹两人嫁给了同一个男子。劳拉爱上了革命青年亚历克斯，把自己的身体和心无私地交给了对方。亚历克斯制造暴力事件，被警方追捕，劳拉与艾丽丝一起把他藏匿到理查德家的阁楼上。这个家是理查德的，什么事也不可能逃脱他的眼睛，劳拉只好以自己的身体与他达成“三方交易”——她把她的身体交给理查德，对方可以随时随意使用，以此保证亚历克斯的安全。在这个过程中，劳拉一直忍受着姐夫的性欲望性行动，以致她多次怀胎并堕胎，最终精神反常进了疯人院。经过治疗好转的劳拉出院后，驾车冲下桥梁下的悬崖车毁人亡。劳拉死后留下了一部小说，这部小说的故事讲的是上个世纪30年代一个有钱人家的小姐与因一次暴力革命行动而致十几个无辜平民死亡的事件之后躲避警方追捕的穷学生之间的生死恋情。相爱的男女双方在城市的原始黑暗的中心地段租了一间房子，私度春秋。这两个恋人做爱之余的平静中，幻想出了远离地球的另外一个星球上的瞎子刺客的故事。这个星球被独裁者暴夫民贼高压专制，平民百姓，尤其是以自由为生命价值追求的知识分子遭到灭绝性镇压，没有人敢于反抗暴君，只有一个盲人向暴君刺出了利剑……这是一部有三个层面镶嵌套合的四十多万字的长篇小说。第一层面的故事发生在现实之中，劳拉与艾丽丝姐妹，政客企业家理查德，姐妹俩的父亲诺弗尔——这位父亲的行为让我联想到挪威作家汉姆生的《维多利娅》，女主角的父亲为了扭转家庭的破败局面，把女儿嫁给了当地一个有土地有产业的男子，而赶走了与他女儿相爱多年的一个立志当作家的文学青年。我在此前已对这篇小说做了十分详细的评述。《盲刺客》的第一层面内容相对来说比较平庸，把理查德这个艾丽丝的丈夫、劳拉的姐夫写得过于邪恶，几乎失去了合理性。第二层面的故事是第一个层面劳拉与亚历克斯故事的翻版，这个故事中相恋的男女主角幻想出的第三层面的故事：另外一个星球的刺杀暴君故事的深度不容低估。这部小说能够在2000年11月击败日本裔移民作家石黑一雄等五位国际上的重量级小说家而获得英国布克奖，也从侧面证实这部小说的内容及技法的优越。这位女小说家有十多部长篇小说，《羚羊与秧鸡》《强盗新娘》《可以吃的女人》等等，篇幅浩繁，一个人的时间与精力实在有限，不可能一一读尽。

西半球的最北边这块偌大的地域还有一个叫门罗的专写短篇的小说家。我对这位女作家阅读比较晚，大概是2009年吧，为了我的长篇小说《日晷》，我到北京去了，见到了一个好朋友——好像记忆出了错，应该还早几年吧，2007年吧，我在小寨的万邦书城游逛，给这位远在北京的朋友打了一个电话，顺便叫他推荐一本书，对方说的是《逃离》这本书。我当时就买下了，但并没有读。直到门罗获得了诺贝尔文学奖，我才把它翻找出来，八个中篇全读了，其他七篇忘了写的是什么内容，只有第一篇与书名一样的《逃离》留下了深刻的印记。一个妻子忽然觉得忍受不了丈夫，决定逃走，便给不远处的邻居—— 一个女权主义退休教授打电话，这位老太太立即为她安排了奔走远方一个大城市的一切。她坐上了长途客车，踏上了逃离的征程。坐了一段并不太远的路，她突然要求下车，返回了。她的丈夫粗壮结实，像是野蛮部落的野人，他知道了妻子的一切，并没有对她有什么表示。他只是把她拾到并养育的一只小羊羔杀了，扔到了荒野里，叫老鹰啄食得只剩下嶙嶙白骨。这位曾经逃离过的妻子接受着丈夫的一切粗陋，感到的不是痛苦而是幸福。这篇小说探讨男女之间爱与压迫的问题，应该说是十分古老的人类难题。造物主在创造男人与女人的开初，这个问题就存在了。亚当的一根肋骨变成了夏娃，这本身就是把女人放置到了被迫的位置上了。但是逃离了男人的女人世界还会有生活吗？凭着这篇小说的深度，布克奖和诺贝尔文学奖都选中了门罗是有其合理性的。这个集子中的其他七篇小说，远远差于这一篇，这说明一个小说家要在人类的永恒命题上走出一步的艰难程度，即使是小小的一步都是值得奖赏的。

二十六　尾声

这部长达十七八万字的世界小说阅读记忆终于走到尾声了，从开始迈步的2016年11月21日到今天，这次远行一直在路上走了四十六天。我在一天里步行两个小时到四五个小时不等，走的路程有长有短，今天走到了目的地，感觉到了明显的轻松。明天我再不用这样干活了，肩膀上没有压力了，心理上也就松懈下来了。一个作家要干完一个活，至少得一个多月时间，有的要干好几年，这样的劳动强度是其他行业的人所无法体会的。

我还要重复说明的是，人类情感结构小说是世界上最难出新的小说，它要求的不是形式和技法方面的创新，而是内容本身的创新。情感内容的结构经过人类几千年智慧的探索与试验，已经穷尽了。既然穷尽了，还提出这样的要求，这不是难为小说家们吗？我说它穷尽了，这是我的认识水平所认定的，它可能并没有穷尽，还有少量的空间。我几乎阅读完了东西半球所有的小说经典名著，冥冥中感觉还有空间可以挖掘。雨果的《悲惨世界》和梅尔维尔的《白鲸》是我为我们人类既往的小说所立的标杆，我认为这两部长篇小说是世界文学中的双高峰，再没有其他小说能够与之相比。当然你们也可以树立另外的标杆，确定另外的高峰，也有足够的理由能够证明你们的正确。我是这样阅读的，产生了这样的认识，我把我的认识告诉世界，我想这也算是我对世界所做出的贡献吧。

2017年1月6日17时23分

图书在版编目（CIP）数据

我的世界文学地图 / 寇挥著. — 北京 : 北京十月文艺出版社，2017.9
ISBN 978-7-5302-1830-3

Ⅰ. ①我… Ⅱ. ①寇… Ⅲ. ①散文集—中国—当代 Ⅳ. ① I267

中国版本图书馆 CIP 数据核字（2018）第 100304 号

我的世界文学地图
WO DE SHIJIEWENXUE DITU
寇挥 著

出　版　北京出版集团公司
　　　　北京十月文艺出版社
地　址　北京北三环中路 6 号
邮　编　100120
网　址　www.bph.com.cn
发　行　新经典发行有限公司
　　　　电话（010）68423599
经　销　新华书店
印　刷　三河市宏图印务有限公司
版　次　2018 年 9 月第 1 版
　　　　2018 年 9 月第 1 次印刷
开　本　880 毫米 ×1230 毫米 1/32
印　张　10.25
字　数　183 千字
书　号　ISBN 978-7-5302-1830-3
定　价　45.00 元
质量监督电话　010-58572393
如有印装质量问题，由本社负责调换。